一曲三叠

左小翎 著

江苏凤凰文艺出版社
JIANGSU PHOENIX LITERATURE AND
ART PUBLISHING, LTE

图书在版编目（CIP）数据

一曲三笙 / 左小翎著. -- 南京：江苏凤凰文艺出版社, 2019.11
ISBN 978-7-5594-4099-0

Ⅰ.①—… Ⅱ.①左… Ⅲ.①长篇小说 – 中国 – 当代
Ⅳ.①I247.5

中国版本图书馆CIP数据核字(2019)第228628号

一曲三笙

左小翎 著

责任编辑	丁小卉
特约监制	周汝琦
特约编辑	潘轶君　　叶启秀
封面设计	陈艳丽　　猫 纸
责任印制	刘 巍
出版发行	江苏凤凰文艺出版社
	南京市中央路165号，邮编：210009
网　　址	http://www.jswenyi.com
印　　刷	三河市龙大印装有限公司
开　　本	880×1230 毫米 1/32
印　　张	7.5
字　　数	150 千字
版　　次	2019 年 11 月第 1 版 2019 年 11 月第 1 次印刷
书　　号	ISBN 978-7-5594-4099-0
定　　价	36.00 元

燃香寻往事

续一曲梦回，还三生愿违

小说

序言一

作者擅画，久而成文。

随着陆曼笙手中烟气一点点氤氲，一轴书卷也慢慢展开，其间，爱恨分明。

世事如迷宫，纵然小人物们无心结果，也终会以自己的方式在角角落落留下印迹。

青烟起时，忘不了的放不下的，所执所愿，娓娓道来……

> 石板路，忘川河，
> 孟婆一碗热汤卸下三魂七魄。
> 奈何桥边孤舟渡人，
> 以香为媒，何人度我？
> 心头狂风大作。
> 忘我，忘我。
> 树轮又见痴长，
> 岁月静好，
> 醒时绵绵红纱薄帐，

梨花酒，忘忧香。
出梦中梦，还愿中缘，开心头锁。

贺书成。
香炉一捧，聊以慰心。

吴九汐
二〇一九年六月二十七日晨

序言二

　　当这个世界第一次产生文字的时候，世界便多了一束光来照亮我们的人生。如果说，人类的历史是由故事的形式书写出的，那故事的确是我们创造出来留给自己，也是给每个人的最好的礼物。

　　我对于国漫一直有着一份期待，认识作者，便是源于她的漫画。而现在，她终于由漫画到小说，把直观的画面变成文字了，也带给读者更大、更奇幻的想象空间。

　　游历于想象力的巨大空间，是我痴迷执著的事。从一个人物的出现到他的离场，爱恨情仇，喧嚣至平淡，鲜活的是血肉，成长的是生命。在享受作者文字带给我的种种感受的时候，我也会想，她也一定在奇幻中漂流着，如我，如你。

　　这本书里，浓缩着几场遗憾又完美的生命。爱我所爱，恨我所恨，做我所做，想我敢想。如叶申爱着陆曼笙，也如元世臣深爱的他的罗儿（阿生）。相比有希望的相爱而言，谁说绝望的爱恋就不是爱呢？

金浩

二〇一九年九月二十七日

楔子

　　风雷交错，一道闪光撕开了深沉的夜空，瓢泼大雨蜂拥而至。此时，陆府上下一片哀声，陆家备受宠爱的陆二小姐从半月前一病不起，如今已是危惙之际。

　　雨点打到屋檐青瓦之上，似乎想要掩盖这吵闹声。哀愁的抽泣声，穿过了阴雨变成了凄凄的哀号。

　　东院正屋的床榻上躺着一个十四五岁的女孩——脸颊凹陷，唇瓣苍白，嘴角有个浅浅的痕迹，应当是颗痣，面容十分娟秀。

　　床沿坐着一个穿着素色长褂的青年男子，正搭手为女孩把脉。男子长得明眸皓齿、温润如玉，眉间却染了重重的忧愁。男子垂眸沉思片刻，收回了搭脉的手，用绢布擦拭了一番。

　　"言先生，小女的病如何？"旁边等候的中年男子满面焦色，身边的妇人已隐隐开始啜泣。

　　"又语，又语……"床榻上的女孩像是做了噩梦，面色狰狞，迷迷糊糊地说着胡话，声音微弱，"爹爹！娘！"

　　"娘在，娘在！"妇人听到女孩的呼唤，扑到床榻边，把女孩紧紧地搂在怀里，悲怆哭泣，"曼笙，我的曼笙啊！"

跪在另一侧的丫环爬到妇人身边，一手虚扶着妇人一手拿袖子抹着眼泪，劝慰道："夫人……小心身子……"

言先生面色沉静，微微叹息："药石无灵，陆老爷还是准备后事吧。"

"啊——"那妇人闻言直直起身，踉跄不稳，惊得瘫倒在地。

"来人！将夫人抬出去！"陆老爷眼疾手快地扶住陆夫人，强忍着哀色吩咐下人道。

待丫环们将陆夫人带走，陆老爷才看向言甚，神色亦是惴惴不安，声音战栗："先生，小女到底是什么病？"

言先生回头看了眼床榻上的女孩，许久，蹙眉倏然道："陆老爷，曼笙这不是病，已经是命了。"

陆老爷身子一晃，哽咽道："言先生，你是曼笙的师父，从小就照顾她，求求你救救她！她……真的没得救了吗？"

言先生摇摇头，叹道："陆老爷，我与曼笙师徒一场，让我与曼笙再说句话吧。"

陆老爷步履蹒跚地走出屋子。

言先生坐回到床榻边，静静地看着陆曼笙没有丝毫痛苦的神情和仿佛只是睡着了一般的眉眼。将陆曼笙散落在脸颊上的鬓发绕到耳后，他轻声说："曼笙，师父不能救你。违了天理实则是在害你，不要怪师父。"

言先生说罢，起身背起药箱。看着床榻上的曼笙，他眼中闪过犹豫，随即转身离去。

夜色更深了，似乎是雨停了，四周寂静无声，床榻上的女孩缓缓地睁开眼睛，瞳眸清亮，毫无病色。看到眼前还是熟悉的鸦青色床帐，陆曼笙心中安定。恍惚间，她瞥见床边站立着一个与自己一般大、梳着双丫髻的女孩，耳侧还簪着从未见过的白色绢花。

陆曼笙讷讷地问："你是新进府的丫环吗……"

"是啊，我叫馥儿。"名唤馥儿的丫环莞尔，伸手捻了捻曼笙的被褥，举手投足飘然若仙。

陆曼笙愣愣地盯着馥儿："你好漂亮啊，你是仙女吗？"

馥儿摇摇头："我不是仙女，我是花灵。"

陆曼笙不懂，侧头问道："花灵？是什么？"

馥儿的衣着她不曾见过，霜玉长裙像是很久之前的服饰，裙摆上皎白的暗纹流光溢彩、若隐若现。她想去触碰，却没想到手直直穿过了馥儿的身体。

陆曼笙诧异地瞪大了眼睛。

屋外一阵喧闹，是哀号哭泣和杯盏摔落的声音。

陆曼笙咽了咽喉咙，已经没有了痛觉，身子似乎也轻快了起来，原本干涸的唇瓣也没有了不适。她怔怔地看向馥儿，轻轻地问："馥儿，我是不是要死了……"

馥儿闻言，点点头。

"是啊，你马上要死了。"

第一章

扬子江顺流向东，是山明水秀、鱼米之乡的江南。从建康城走水路行船一日便能到恒城，恒城河道直通海口，商船路客络绎不绝。整座恒城，因着外来贸易变成了江南的膏腴之地。

民康物阜，盗贼衰息，这样的形容最是贴切。

南开朱门，北望青楼，恒城的西北口便有条胭脂巷。

胭脂巷原本叫杨柳巷，明朝时著名的临恒梨园原先就在此处营生，因巷子口种了两棵柳树，所以得名杨柳巷。清兵入关以后，北方的商贩就将京中有名的莳花书寓搬到了恒城，将废弃的梨园改成了风月场所。杨柳巷子周遭本就有些秦楼楚馆，都被莳花书寓收入旗下，所以杨柳巷的生意越做越好。姑娘们将妆发梳洗用的胭脂水泼洒在门口，巷子整日里都弥漫着脂粉气息，久而久之杨柳巷就改名叫了胭脂巷。整条街都是秦楼楚馆的营生，因而闻名江南。

当然巷子里这些楚馆营生也是分了三六九等的，最高处那灯火通明的阁亭就是莳花楼。莳花书寓终日宾客盈门、高朋满座，楼中的姑娘非同一般——花容月貌不说，更是柳絮才高、博古通今。连弹曲的女乐都是特地从苏州找的老师父教的手艺。

此时刚刚日落西斜，就有喝得昏醉、衣着光鲜的恩客立在莳花书寓三楼的长廊中，嚷嚷道："听说天阁的青鸳姑娘与早年那位回乡嫁人的花魁香君姑娘有几分相似。今日不论姜妈妈如何开价，我都愿一掷千金见上一面！"

那珠围翠绕、浓妆艳抹被人称为姜妈妈的妇人，抚着鬓侧的绒花赔笑道："青鸳姑娘今日已经有客人了，真是对不住李少爷，我们再送一壶酒赔罪。"

李少爷肥头大耳、满面红光，一看就是长年流连欢场、养尊处优的纨绔子弟，此时还未到申时就已喝过几盏酒，醉意上头。被姜妈妈拒绝，他顿时就拉下脸来，不满道："谁稀罕你们的酒水。那是什么人，出多少银两，本少爷出双倍就是了。"

姜妈妈见惯了风月场所这般胡搅蛮缠的麻烦事，挥着扇子对身边如花似月的姑娘使了个眼色，语气更是诣媚："李少爷您瞧瞧这天阁门口点的灯，恒城但凡能进天阁的客人莳花书寓都是得罪不起的。若是说换人就换人，这般不信守承诺，莳花书寓也不必做这个生意了。"

那貌美姑娘得了姜妈妈的意思，顺势就挽上了李少爷的胳膊，莺声燕语道："李少爷只记挂青鸳姐姐，不要碧落了吗？可是好久都没来瞧碧落了。"

李少爷看着软玉温香在怀，更是醉了几分。他本就是借着酒劲撒泼想见花魁青鸳，讨不到好处顺着台阶也就下了，装模作样地跟着碧落下楼喝酒去了。

姜妈妈看着那李少爷的背影啐了一口，使劲摇着扇子轻蔑道："就凭你，算是个什么东西，扰了贵客要你好瞧。"

天阁的青鸳姑娘屋子里，此时正暗香疏影、烟雾缭绕。

凤鬟雨鬓、衣着鲜丽的少女正坐在案前抚琴作兴。少女瞧着不过十八九岁的年纪，容貌极盛，抚琴之姿风华绝代，而坐在客座的竟也是位女子。客座女子身穿素色袄裙，绾着样式简单的发髻，扁银簪子点缀，显得清冷又淡漠，样貌竟比抚琴少女更胜几分。

清冷女子净手焚香，将香炉放置在桌案左手侧。刚巧抚琴少女一曲结束，对那清冷女子莞尔道："烦劳陆老板亲自送香焚香，倒是青鸳怠慢了。"

想来是门外醉酒客人的吵闹声传进了屋子里，那自称青鸳的少女端坐桌案前时绰约多姿，说起话来却有几分异样。她起身致歉，走到清冷女子身侧坐下，为她斟茶，言语作派皆是驾轻就熟。

被称为陆老板的清冷女子也不接茶盏，口吻疏远："不必客气，我是来劝你早些走的。无论什么香都已经掩不住你的死气了。"

青鸳闻言也不气恼，放下茶盏，柔声道："陆老板不必劝我了，我心意已决。"

清冷女子见再劝无用，起身准备离开。

刚刚走到门口，却又听到一阵喧哗吵闹，隔着门也听不清外头出了什么事。清冷女子不愿此时出门与那闲杂人等打了照面，就站在门口等候。本以为会像刚刚李少爷闹事那般稍候片刻就无碍了，没想到房门突如其来地被重重撞开，一个穿着破烂、身形落魄的中年男子闯了进来，跟跄几步便站定，死死地盯着坐在桌案边的青鸳。青鸳的眼眸在见到男子的瞬间有些诧异，但转瞬即逝。姜妈妈焦急地跟在男子身后，厉声呵斥跟随的小厮："都是死的吗？还愣着做什么？把这浑人架出去！"

没想到那男子力气极大，一下就推开了企图来钳制他的小厮，顺手拿起烛台胡乱挥动，旁人一时不得接近。天阁的动静闹得有些大了，就有不少客人纷纷围上三楼来瞧热闹，小声私语打听那疯癫男子的来历，但大部分都是借机来瞧不常见客的青鸳是如何貌美。

"陆曼笙？"有瞧热闹的客人认出那站在门后茕茕孑立的清冷女子，十分诧异她为何会在此处，脱口叫出了她的名字。

听到这个名字，旁边粗脖子红脸的客人惊讶道："青鸳姑娘的客人竟是东街香料铺南烟斋的陆老板？"

身旁的矮个客人不禁感叹："青鸳姑娘愿意接待陆老板，也不愿陪我们这些臭男人喝酒。我们竟还不如女子。"矮个客人语气颇为轻浮，陆曼笙仿若未闻，只回头看向青鸳，示意她早些结束这场闹剧。

那边狼狈的中年男子终于被好几个奴仆制住，自知挣脱不开，就死死地盯着青鸳大喊:"香君!我知你是香君!我要杀了你!!!"

瞧热闹的客人里也有盯着落魄男子、觉得他十分眼熟的。等落魄男子说出"香君"这个名字时,便认出了这落魄男子曾是自己的酒肉朋友,不禁惊呼:"这不是陈老爷吗?几年前为香君姑娘赎身,将她带回乡的陈老爷。"

无论是常客还是新客,谁人不知五年前莳花书寓的花魁香君姑娘,仙姿佚貌,比作月里嫦娥也不为过。而带走香君的这位陈老爷也非常人,是那恒城来往江都的船商大户,家财万贯。

如今竟落得如此田地?众人唏嘘不已。

姜妈妈闻言处变不惊,镇定自若地吩咐小厮动手赶人。没有银财的客人在姜妈妈眼里不过是一块石头或是烂肉,哪怕是曾经的贵客也毫不记挂旧情。反倒是青鸳摆摆手,温声软语道:"许是这位老爷认错人了,好生请出去就是了,不要动粗。"

"你是香君!"那中年男人目不转睛,只有这一句话。

相熟的客人见他执著,忍不住问:"陈老爷,香君姑娘不是被你领回江都了吗?你怎么又回来恒城寻她?还有,如今你怎变得如此落魄?"

陈老爷忆及往事,忍不住嘶吼道:"我对她真心以待,她竟然连同外人卷走我的家产跑了,害得我家破人亡!我就算是死也要寻着她,不能放过她!"

那熟识的客人惊呼:"竟有这样的事?!真是太可恨了。只是你寻上青鸳姑娘做什么?那年一别,我没有在莳花书寓见过香君姑娘了。"

陈老爷颓坐在地上,喃喃自语:"她不是香君吗?如果不是香君,为何那样相像?"

姜妈妈言语中满是鄙弃:"你瞧清楚了青鸳姑娘到底是谁,以后怕是再也瞧不到了呢。"

这话说得粗鄙,但话糙理不糙。那熟客劝慰道:"青鸳不过是和香君有几分相似罢了。二人年岁是对不上的,香君如今也有三十好几了吧?"

矮个男子也说:"你不要折腾了,早些回乡做些小营生,总能从头来过的。"

陈老爷终于接受了事实,低垂着头松手丢下了烛台,被奴仆架出了房间。

闹剧总算结束了。姜妈妈谄笑着与陆曼笙致歉，青鸳打发了姜妈妈，关紧屋门，露出与刚刚温婉模样完全不同的阴冷神色，对着陆曼笙笑得诡异："陆老板，你瞧他们有不有趣？向来说戏子无情、欢场无意，落魄了便回来指责起我们这些姑娘来了。"

陆曼笙毫不掩饰眼中的厌烦之色，揭穿青鸳："你以为我不知道你害了多少人？刚刚那人也是被你害惨的吧？你倒是毫无悔意。"

青鸳也不气恼，起身穿上披风冷声道："也不怪陆老板厌恶我，我与陆老板不相为谋。天将黑了，陆老板陪我去个地方可好？让你看一场好戏。"

陆曼笙本想拒绝，青鸳看穿了她的心思，笑着道："那人将我认出来了，我不能再待下去了，正好称了陆老板的心意。下次再见陆老板也不知道要等到何时。"

"你明知我让你走，是希望你不要再回来。"陆曼笙最终还是妥协。蔚花书寓阴气极重，她本就是来解决眼前这位青鸳姑娘的。奈何她执念怨气非比寻常，陆曼笙亦是无可奈何，只期望她少惹一些事端就罢。

两人从蔚花书寓后门悄悄走出。胭脂巷的后街人烟稀少，抬头望去月明星稀。

陆曼笙跟在青鸳身后，青鸳熟门熟路，拐过巷子口就看到前方有个熟悉的人影。青鸳与陆曼笙尾随其后走进了家简陋的客栈，陆曼笙借着客栈的灯笼，看清那人影就是刚刚在蔚花书寓闹事的陈老爷。

因是夜晚，薄雾聚拢，客栈静得仿佛无人居住。跟得近了些，不免弄出声响，青鸳也不再躲避，径直走到陈老爷身后。那陈老爷听到了脚步声回头瞧来，看到是青鸳和陆曼笙，本来无神的眼中露出慌乱之色道："是你们！你、你们跟着我作甚？"

青鸳静静地瞧着陈老爷，昏暗的光线下看不清她眼中的鄙夷。

深夜的风透着凉意，陈老爷被青鸳看得浑身不爽，正想出声再询问，只听青鸳幽幽开口道："陈唯，没想到你还能从牢里逃出来，我还真是小瞧你了。"

"你……怎么知道我的名字？！"陈老爷听那青鸳竟叫出他的名字，顿时脸色大变，扑到青鸳身前，拉扯她的衣物。借着月色，青鸳领口被扯开，露出一节雪白的脖颈，上面赫然有颗红痣。看到这熟悉的印记，陈唯脸色灰白："果然，果然你就是香君！"

"是我又如何，你奈我何？"青鸾甩开陈唯，扣上领口得意地说。

梦中日日夜夜恨不得将这女子挫骨扬灰，此时人就在眼前，陈唯满眼充血，恶狠狠地说："你……是人是鬼？"

眼前的女子至多就是十八九岁的模样，可香君如今算来已有三十好几了，若说容貌不变也罢，怎的越来越年轻？

青鸾毫不惧怕眼前这个凶狠的男人，继续挑衅道："我认识你时，就已不是人了。"

陈唯厉声嘶吼想去抓打青鸾，青鸾稍稍闪身，就躲过了陈唯的扑袭。陈唯狠狠摔在地上，皮破血流。他似乎察觉不到痛楚，指着青鸾咒骂道："香君，我待你那般好，你却害得我被抓进大牢，吃尽苦头，穷迫潦倒！我就猜你没有死，倒是依旧过着逍遥日子！你好狠毒的心，我要扒了你的皮！"

听着难堪的唾骂，青鸾轻轻扫去身上并不存在的尘埃，居高临下地看着那个踵决肘见的男人："陈唯，你可知道——人活着时撒谎骗人，死了以后是要进拔舌地府的。我不怕下地府，你也不怕吗？"

陈唯愣住，他从未见过这个女人如此神情狰狞、骇人可怖的样子。

不过片刻，青鸾突然又笑得欢喜道："你根本不是诚心想领我回江都，只是想将我在船上高价转手卖给旁人。我抗拒不从你就打我，我不过露了些家底，你就想置我于死地谋得钱财。我将计就计，随了你心意害死了我自己。你背上了人命，老老实实在牢里受刑赎罪便是，为什么还要再出来找我呢？"

青鸾说话的声音明明悦耳动听，但在陈唯听来就像是夺命噬魂的诅咒。

这一切听起来太过不可思议，但事实又摆在眼前。死而复生的香君摇身一变成了花魁青鸾，如今就站在自己的眼前。陈唯的恨意刹那消散，浑身战栗，他突然跪在地上抱着青鸾的腿祈求道："我、我错了，求求你香君，是我贪心不足，是我居心险恶。我辜负了你，我对不起你，你饶过我吧！"

青鸾轻而易举地踹开了陈唯，遮掩着面孔，厌弃道："你不必求我饶恕，因为那本就是设计害你的。"

本就心怀恨意、吊着一口气才能从江都走到恒城的陈唯，在得知真相的瞬间眼中的精光渐渐淡去，变得晦暗。他身子渐渐没了人气，倒在地上蜷缩着身子，手像护着什么东西，弯曲成诡异的姿势。

在旁边静静看完这场戏的陆曼笙这才开口，语气冷淡道："青鸢，他本与你无冤无仇，你何必故意去害他呢？"

青鸢眉眼上挑，漫不经心地回答："他若是心术端正，便会相安无事。若心怀不轨也不算是我害他，自作孽罢了。"

陆曼笙不自觉地轻掩口鼻，不认同道："人性本恶，你这般试探有些不公允。"

"呵！"青鸢看着陆曼笙忍不住嗤笑，语气轻蔑，"你可知他是第几个？折柳、云烟、香君、青鸢都是我的名字，无论我重来几次，结局都是这般！为何人人都要负我？是我害了他们吗？是他们咎由自取！"

陆曼笙想再说些什么，看着青鸢痛苦的神情，最终还是叹息道："世人因果报应，不是不报，时候未到。你罪孽太盛，恐怕不得善终。"

此时青鸢眼中只剩下了戾气和仇怨，愤恨道："那些人都该死！凭什么只有我一个人受着这些苦楚，我要让那些负心人都遭到报应！"

分明还是春日里，陆曼笙却有一种寒风侵肌之感，她摇摇头叹气："冥顽不灵。"

看够了戏，陆曼笙转身离开，背后传来青鸢咽呜的低诉："害了那么多人命，其实我只恨那一个人。"

陆曼笙回头看去，月色下的青鸢容貌神情突然有了些人气，声音幽怨如同悲歌："我等他回来接我，等得有多苦啊！一开始满心欢喜，到后来明知道那人负了我，我却总还盼着能见他一面，真是可悲。"

第二日，客栈里的人在院子里发现了尸体，很快就报了案。

警察局查清尸体来历之后，就派人去莳花书寓调查。从姑娘到恩客，再到姜妈妈，都细细盘问了一番，甚至连香料店南烟斋都没有放过。警察也很讶异为什么陆曼笙一个女子会出现在莳花书寓这样的地方，陆曼笙只说是给莳花书寓的姑娘送香料，别无他言。

陈唯死得蹊跷，但那晚竟没有人听到响动。断了线索，陈唯又是举目无亲的外来人，无人认领尸体，就草草拖到乱葬岗埋了。

陆曼笙没安生几日，莳花书寓的小厮递来消息，说青鸳姑娘想见陆老板。陆曼笙觉得她执念太深，本不想搭理，但炉中香木忽燃，将配方纸烧起了一角。陆曼笙叹了又叹，还是决定再去瞧一眼。

莳花书寓依旧热闹非凡，小厮将陆曼笙从角门引上三楼进屋。屋里烟雾浓重，陆曼笙下意识地轻掩口鼻，她又闻到了那种死气弥漫的味道。

"你来了。"青鸳躲在纱幔后轻声地唤道，"我也不想麻烦陆老板，陈唯的死让我露出了端倪，我不得不提前走了。"

看那纱幔后的剪影，想必青鸳是在整理衣物。半炷香尽，青鸳从纱幔后走出，她穿了件白色的袄裙。陆曼笙刚想问她有何事，就见青鸳自顾自地掀起衣袖，苍白的手臂上是一块块如火烧过的斑驳痕迹，这是灰飞烟灭的前兆。陆曼笙微微蹙眉道："你已注定万劫不复，多活一日算一日。不要再害人了，否则是徒增罪孽罢了。"

青鸳头一次露出凄苦的神情："陆老板，我不怕消逝。只是等不到他，我不甘心。"

陆曼笙呵斥道："你明知那是负心人，已经为他毁了折柳那一生。如今连三魂七魄也守不住了，你就甘心了？"

青鸳愁眉落泪，呜咽道："三十年了，他说会回来接我的，他为何要骗我？他回乡之后我遣人去询问，得知他回去没几个月就成婚了。我不相信这世上会有不负心的男人，我只期盼他不是，可他偏偏是……"

"是你自己画地为牢，负心人何其多。"陆曼笙不愿再与她多费口舌，"你这次找我来做什么？"

青鸳双手紧握，看那香炉烟雾氤氲："知他娶了旁人那年，我心灰意冷挂死埋在那棵柳树下，没想到三魂七魄就困死在此处。如果这次我不能回恒城，只盼望陆老板在草长莺飞、春风来时，为我焚上一炷香。"

举手之劳，陆曼笙颔首。

往事历历在目，青鸳依旧能回想起初见时，那人轻快地与她说："我是偷偷跑来恒城玩的，家中无人知道此事。此番回去定会被狠狠责罚，可未曾想能遇上你，我便觉得不虚此行了。"

香料燃尽。

蒔花书寓的青鸾姑娘，想要寻觅良人离开欢场，不取分毫，不要银钱，愿做妾为仆。

这样的好事在蒔花书寓一放出消息后，无论是常来的客人还是流连的商贩，纷纷来凑这个热闹。像青鸾这般如此有才情、林下风气的绝代美人，谁人都想博上一番，得了青睐那便会在恒城闻名遐迩，传成一段佳话。

既然不求银财，众人倒是好奇起青鸾姑娘择良缘的条件。

蒔花书寓倒不为难人，早早就在大堂挂出了个五言上阕"不若折柳去"，只要对出让青鸾满意的下阕即可。这诗句稀疏平常，刚刚挂出就有好多客人纷纷写出了下阕，其中不乏文采斐然者。但青鸾姑娘并无满意之作，无论来者是家缠万贯，还是高门显贵，统统婉拒。

到了第三日，恰巧有个外地来恒城蒔花书寓游玩的齐少爷，见大堂挂着上阕，随口接了一句"恰似春风来"。

听这下阕，只能说对仗工整罢了，也不出挑。但没想到姜妈妈知会了天阁一声，青鸾便收拾起了行囊，准备跟那齐少爷走。那齐少爷也很是意外，他文采平平，长得也不过是平头正脸，随口一答便抱得美人归？

这齐少爷看着年纪轻轻，好在是个有担当的，便答应带青鸾回家乡。

陆曼笙最后一次见到青鸾，是在客船的码头上。

青鸾的脖颈若隐若现都是灼烧的痕迹，她拢了拢披风遮住异样，对陆曼笙苦笑说："陆老板，这次我是真的回不来了。"

陆曼笙颔首。不是不回来，是回不来了。

"给陆老板添麻烦了。"青鸾脸色苍白，强忍着身上灼烧的痛苦。别过头看着站在不远处的齐少爷，她低声说："陆老板，你可知那位齐少爷的家乡是哪？竟然是徽州，我想了一辈子的徽州。我一直等着他，盼着他从徽州来接我，这次终于有人能带我去了，我就算去瞧上一眼那边的风景也是好的。"

青鸾难得露出轻快的笑意："陆老板你说，那徽州是重峦叠嶂还是山明水秀？我此时去的话山中可有桂子飘香？听说那里时常阴雨连绵，饮上一杯黄酒最好不过了。"

这些都是青鸳多年来自己的想象，陆曼笙静静地听她说完。等船家催促时，她对青鸳低声说："这位少爷看着是个好人，你不要累及无辜。"

也不知青鸳有没有听进陆曼笙的话，看着无穷尽的江河，青鸳哽咽道："陆老板，你可曾爱过人？等你爱上了一个人，却爱而不得时，你就会知道恨来得更痛快些。"

那吴侬软语在风中化作如泣如诉的低语。

许久，陆曼笙淡然道："我没有心，我不会爱上谁的。"

也不知这齐少爷的将来会如何，会像那些负心人一样掉进青鸳的圈套里，最后命丧黄泉吗？

每个人都有自己的命数，陆曼笙不去多想。看着客船渐渐远去，最后消失瞧不见，空中飘来柳絮，从陆曼笙眼前掠过又向江河飘去。

齐少爷领着青鸳坐在船尾，语气是掩不住的雀跃："青鸳姑娘是第一次坐船吧？不要怕，不用很久的。"

青鸳笑而不语，这样的江景她当然见过不止一次。

"我是第一次来恒城，没想到就遇见你了。旁人都说你才华横溢，我却连飞花令都不大能接得上。我不会让你做婢女的，你若喜欢可以在族里教妹妹们读书。"齐少爷透着雾气看那江水波光粼粼，一边盘算着青鸳的去处。

"是个好人呢。"青鸳虽没有接话却心中思忖。

齐少爷见青鸳看着手中书卷对他的话兴致缺缺，就换了话题："青鸳姑娘，你可知道我是如何接上你的诗的？"

青鸳也是有些好奇的，听到这话抬头向齐少爷看去。齐少爷颇为得意道："不如折柳去，恰似春风来。这是我祖父少年时去恒城游历，在书寓遇到了一个姑娘，为她写的诗。我祖父很心悦那位姑娘，她便叫折柳。"

闻言，青鸳放下了手中书卷，低垂着头看不清神情，轻声问："后来呢？"

雾气越来越浓，几乎快看不清周遭的景致。齐少爷仔细回想："那时，我祖父弄丢了行路的盘缠，是那折柳姑娘接济了祖父。我祖父想领折柳姑娘回乡，但他囊中羞涩，连回家的路费都是折柳姑娘给的，如何给她赎身呢？"

青鸾的手有些控制不住的颤抖。

齐少爷也发现了青鸾的异样，有些慌乱道："青鸾姑娘，你怎么了？"

青鸾声音哽咽："想起些往事，感同身受。你继续说，我想听。"

齐少爷领首，将这位长辈的故事缓缓道来："我祖父同折柳姑娘约好，等回去拿钱再来接他。可等他回去后，家中安排了亲事给他。祖父不从，亲族就将他关了起来。他想尽了办法也无法，只好先同我祖母成婚。"

话未尽，听到青鸾冷哼："看来你那祖父是个负心人。"

齐少爷摇摇头："你这样说我也无从辩驳，可我知祖父成婚后总想着偷偷回恒城，但那时我曾祖父重病，祖父被拖住了脚步，累了好些年。曾祖父过身时已是好几年以后，我祖父心中仍然记挂着这位折柳姑娘，几次派人去寻……"

青鸾语气突然变得很是不耐烦："寻到了吗？要真心想寻如何寻不到，诓骗你无知罢了。"

"是没有寻到。"齐少爷颇为惋惜，"我祖父打听到那折柳姑娘嫁给了旁人，于是死了心。时过经年我祖父才知道，那些人都被我祖母拦了下来，折柳姑娘成婚的消息也是假的。"

"啪——"青鸾手中的书卷落在了地上，她急急忙忙去捡，侧身挡住自己的落泪。

齐少爷想去扶她，又觉得很是失礼。手止在书卷的不远处，忧心地问："青鸾姑娘你还好吗？"

"无妨，无妨。"青鸾的声音有一丝旁人察觉不到的欢喜。

齐少爷以为青鸾是为祖父的故事所动容，遗憾道："没想到那折柳姑娘是死了。我祖父得知消息后一下就病倒了，后半生多数时候都缠绵病榻。祖父住在别院，我很少见他。祖母总说他是个冷情淡漠的男人，我知晓他对我祖母这般相敬如宾是因为对那位姑娘心存愧疚。"

青鸾实在是心中忍不住，想要知晓那个答案，急急地问："那你又是如何得知的？"

齐少爷失笑："我祖父总说这一生，既没有当好一个夫君冷遇了祖母，又辜负了那样好的折柳姑娘，死不足惜。祖父弥留之际让我将他的断发带来恒城，埋到胭脂巷的柳树下，希望来世与折柳姑娘还有因缘际会，哪怕是瞧上一眼也好。"

齐少爷朝青鸯眨眨眼，笑得狡黠："我是偷偷跑来恒城玩的。家中无人知道此事，你也需帮我保密。"

那一瞬间，所有爱恨仇怨烟消云散，青鸯在齐少爷的脸上仿若看到了故人的影子，音容宛在。听到他那似曾相识的请求，青鸯哽咽应道："好。"

刚答应下来，青鸯突然感觉到脖颈处传来难以忍受的剧痛，她侧过身去捂住脖颈，灼烧的痛楚让她浑身颤抖。齐少爷以为青鸯因为乘船难受，急忙劝慰道："有什么难受就与我直说。你瞧着江水绵绵无期，其实明日就能到了。"

青鸯回头，对那齐少爷莞尔道："嗯，心中有了盼头，总是好的。"

突如其来的浪头让客船重重地颠簸了一下，船尾晃动最为剧烈。齐少爷猝不及防被溅湿了裤角。好不容易等船稳住，他赶紧站直身子抖动着衣裤。

不知不觉，船好似掉了个头，浓雾亦渐渐散去。忙着擦干衣裤的齐少爷丝毫未觉察，只觉云过天空、天朗气清。

"前路清明了许多呢。"齐少爷回头想与青鸯分享喜悦，背后原先青鸯坐着的位置上却空无一人，仅留下一本书卷。只有好些同船的客人三三两两站在齐少爷身后叙话看景。

青鸯去哪里了？

齐少爷心中疑惑，他将船头船尾上上下下都搜寻了一遍，都不见人影，最后只好着急地求助船夫道："可曾瞧见与我一同上船的姑娘？"

那船夫看着齐少爷，好笑地反问道："姑娘？什么姑娘？你是一个人上的船！"

偌大的船竟凭空消失了个人，反复询问也无人见过青鸯。失魂落魄的齐少爷走回船尾拿起丢在地上的书卷，想将其收回行囊，一时不查行囊里掉出好些女子用的贵重金银，不知从何而来。

　　越想思绪越紊乱，齐少爷呆愣在原地许久。船夫经过时打趣道："这位少爷我瞧你是魔怔了吧？莫不是庄生晓梦，记挂着恒城哪位美人吧？"

　　齐少爷这才如梦初醒地点点头，自言自语道："大约是个梦吧。"

第二章

　　货郎还没走到东街，就已经听到嬉笑熙攘的声音传来。听说东街的生意好做，他就来碰碰运气，没想到这东街小巷确实热闹，商贩客人络绎不绝。货郎吆喝了两声，就听到身后传来软糯的声音："货郎可有顶针卖？"

　　"有有。"货郎忙应道，放下货担子，翻出了一盒顶针给问话的客人瞧。

　　"你这儿的顶针做得倒是细巧，花纹也好看，我稍微挑一挑，不碍事吧？"说话的姑娘穿着碧色的裙子，臂上挂着竹编篮子，长得眉目清秀，鬓侧簪着白色绢花，说起话来梨涡若隐若现。

　　货郎抬头看，一下子就愣住了。按说他走南闯北也算看过不少美人，但让他目不转睛这样失神的还是头一遭。

　　"这三枚多少钱？这些够吗？"那姑娘唤了几声，货郎才回过神来，看着女子手中的铜板，货郎连连点头。

　　"够了够了，不用那么多。"货郎麻利地把顶针用油纸包好递给那姑娘。

　　清秀姑娘接过油纸包便转身走了，不一会儿就消失在街尾。

货郎连忙问身边卖菜的大爷："这姑娘是谁？"

货郎失魂落魄的模样被卖菜大爷尽收眼底，略有些得意道："怎的，卖了几枚顶针就想要打听人家姑娘家世？"

货郎被大爷说得有些心虚，喃喃道："我就问问……"

卖菜大爷也是个实诚人，打趣后也不隐瞒："那姑娘姓陆，是街尾香料店南烟斋里的丫环，我们都叫她馥儿姑娘。"

"真漂亮啊。"货郎不禁发出感慨。

"这就看呆了？你是没看过南烟斋里那位陆老板，那才叫生得好看，简直跟仙女似的。"大爷笑嘻嘻地说。

大爷后面的话货郎也没听进去，满脑子都是馥儿莞尔一笑的模样。

"要是能娶到她做媳妇，就好了。"货郎抿了抿嘴，摩挲着馥儿给的铜板自言自语道。

陆馥沿着路走到东街尾，比起前头的喧哗，街尾就冷清许多了，卖菜大爷所说的南烟斋就在拐角杨柳树旁，相邻的是一家成衣铺子。

南烟斋是一间小小的香料店，铺面也不算很大。平日里门庭挺冷清的，但来的客人却都非富即贵，连百乐门老板魏之深的情人也是南烟斋的常客。这些八卦都是隔壁成衣铺子李裁缝传出来的，半真半假，众人也只当茶余饭后的谈资罢了。

离着南烟斋不远，就闻到了沉香木的气味。陆馥掀开帘子走进店里，看到南烟斋老板陆曼笙正坐在柜台前打着算盘算账。

陆馥放下篮子笑着说："这个月总共就做了戴小姐那一笔生意，也不晓得姑娘还在算什么。"

从内室又走出一个同陆馥容貌相似的俏丽少女，穿着桃红色袄子，嬉皮笑脸地对馥儿说："馥儿你放心，就算店里一笔生意没有，姑娘也不会短了你的吃喝。"

陆馥闻言脸红，不去理她，只朝陆曼笙抱怨道："姑娘你瞧酲儿，一张嘴越发刁钻。如此伶牙俐齿，倒是我平日里小看她了。"

陆曼笙抬头看去，打趣道："你也别恼，你素日多惯着她，如今倒是自食其果了。"

外人总觉得南烟斋老板是个清冷岑寂的人儿，大约想象不到她也有这般俏皮的神情。三人正在铺子里笑成一团，一个身着褐色长衫管家打扮的中年男子走进南烟斋，神情歉然："陆老板打扰了。"

陆曼笙抬头瞧去，是熟悉的客人——魏公馆的管家。

魏管家对陆曼笙十分恭敬道："陆姑娘，戴小姐想见您，烦请您走一趟。"

前朝覆灭之后，群雄割据，以地方军队势力为首的军阀占据了东三省，而江南则是被漕帮起家的白帮所掌控，恒城是所有运输船只进入内陆必须停靠的码头。

白帮如今的当家人，是百乐门的老板，恒城地界的土皇帝——魏之深。

魏之深的过去已经无人知晓，能爬上这样的位置，其中的腥风血雨自然不必多言，多是性命银钱堆砌而成的辉煌，耀眼得让人心生战栗。

而这位魏管家口中的戴小姐是如今恒城最有名的影星戴晚清，是魏之深的情人。

戴晚清在拍电影之前，是百乐门的当家台柱子，再往前她十三四岁时，是云生戏院的闺门旦。让戴晚晴出名的那场《西厢记》，唱的便是崔莺莺，字正腔圆，如泣如诉。陆曼笙喜欢看戏，对她很是喜欢。自从戴晚清离开云生戏院去了百乐门登台唱歌，陆曼笙因着看不了她的戏还惋惜了许久。

而后戴晚清在百乐门一唱成名，魏之深便将戴晚清带回了魏公馆，成为了他独一无二的歌姬。

魏公馆是从来不缺女人的，在戴晚清之前的女主人亦是红遍恒城的名伶方秋意，更不论方秋意之前有着更多记不清楚名字的女人——她们或是风姿绰约，或是钟灵毓秀，但无一例外的却是她们都没有能够一直待在魏之深身边，多则几个月，少则一两周。直到方秋意的出现，她当了整整三年的魏公馆女主人，在众人都艳羡魏之深给她的身份地位和宠爱时，她却悄无声息地死了。

不久后魏公馆就迎来了新的女主人——戴晚清。

自古帝王配美人，外人瞧着魏之深与戴晚清也算天作之合。可陆曼笙却觉得不尽然，这样的男人什么都有了，会缺一个貌美的女子？而像戴晚清这般的女子也是如何景致都看尽了，应当也不在乎一个多情或是绝情的男人。

陆曼笙少与南烟斋之外的人深交，但这个戴晚清是个例外。且不说陆曼笙喜欢她的戏，这样千宠万娇的女子，竟难得是个娇俏可人的好性子。

戴晚清对陆曼笙很是客气，常来往南烟斋做客买东西，是南烟斋的贵客，二人也算得上亲近。但最近戴晚清已有三个月都未曾来找过陆曼笙了，听说是反反复复病了好久。

捎着陆曼笙的汽车畅通无阻地进了租界来到魏公馆，魏公馆门口站着携长枪站姿端正的手下，敢在恒城公然持枪，魏之深的势力可想而知。

魏管家领着陆曼笙从正门拐进后花园，经过时瞧见丫环奴仆皆是安静做活，没有人抬头来看客人，想必是魏之深驭下严谨。

魏管家对陆曼笙低声解释道："戴小姐梦魇已经有月余了，来来回回看了好些大夫都治不了。闻着南烟斋的安神香会好些，可焚香终究是治标不治本。实在是没办法，才来打扰陆老板。"

"无妨，我与戴小姐也算是有过命的交情。"陆曼笙低声说话。

陆曼笙所说的过命交情，是一年前二人同在云生戏院看戏时，遇到了闹事的劫匪。陆曼笙刚巧救了戴晚清，等警察寻来时二人平安无事。之后戴晚清就常来南烟斋，二人便有了来往。

陆曼笙接着问道："不知道戴小姐都梦到了什么？"

"这……"管家欲言又止，闪烁其词，"陆老板亲自问问戴小姐吧，老身也不清楚。"

听这欲盖弥彰的语气，像是在忌惮着什么。陆曼笙便不好再问，跟随管家走进花园。今日魏之深并不在，戴晚清正坐在花园里喝茶，面容有些憔悴。她远远地见到陆曼笙，面露欢喜地起身相迎："陆姑娘。"

"结心，给姑娘上龙井。"戴晚清吩咐，结心应声而去。

陆曼笙坐到戴晚清的侧手，仔细端详，这才发现戴晚清的眼下乌青，面颊干瘦，不像是一般病痛之象。待结心上了茶，戴晚清才惴惴不安道："陆姑娘，实在不得已才将你请来，我这几月晚上都睡得很不安生，耳边常有鸟鸣声，时常梦到黄莺在笼中挣扎而死。那叫声太过真实，令人害怕。"

分明说的是梦境，但戴晚清的神情就像亲身所经历一般慌乱。

陆曼笙蹙眉："戴小姐有养黄莺？"

结心贴心地边斟茶边替主子作答："陆姑娘，我家小姐不曾养鸟，魏公馆的规矩是不许养鸟的。"

陆曼笙思忖片刻道："那倒是怪了。常言道日有所思夜有所梦，戴小姐没有养过黄莺，却日日梦到黄莺泣亡，倒更像是有人想托梦与戴小姐说什么。"

戴晚清若有所思地点点头，身后的丫环结心闻言却脸色一变。

那丫环的异样陆曼笙装作没看见，将带来的香料递上，敛眸温声道："之前给你的安神香听说有些效用，这次我改了几个配方，更温和些，若是梦魇了醒来也不会那么头疼。"

戴晚清如获至宝，欣喜道："谢谢陆姑娘。请了好几个大夫都说我没有生病，如此下去倒显得我小题大做、无病呻吟了，你却信我。"

戴晚清养病许久，难得见亲友，二人就在这花园中闲谈许久，也没有找到梦魇的因由。见天色将晚，陆曼笙准备告辞。

"啊——"凄厉的尖叫忽然从花园南侧传来。

"是结衣的声音。"结心慌张地看向戴晚清，有些手足无措。

陆曼笙和戴晚清相视而惊，一同起身朝着尖叫声处走去。戴晚清边走边解释道："结心与结衣都是跟着我的，这几日结衣身体不好，就让她休息了。不知道怎么回事，她那样子好像是被什么吓到了，有些疯魔。"

结心也顾不得许多，接话道："这几日结衣和魏小姐一般，说听到了鸟声，我本是不敢说的……"

听结心这样说，戴晚清面色有些不大好，忧心忡忡地看着陆曼笙，陆曼笙只得给她一个宽慰的眼神。

远远地只见廊下一个丫环瘫坐在地上，身旁站着几个也是闻声赶来不知所措的下人。戴晚清急忙问那丫环："结衣，怎么回事？你为何不在房间休息？"

那坐在地上的丫环衣衫凌乱，面色惨白，用手指着地上的一团污迹，惊叫着说："有……有鸟食，怎么会有鸟食，魏公馆里养鸟的只有她，一定是她回来了……"

身旁的下人朝着结衣指着的地方凑近看去，等看清后也皆是吓得连退几步："是，真的是鸟食！"

戴晚清凑近，捻了些地上的"鸟食"闻了闻，失笑："不过是玉米豆子碾的粉团，也许有人想喂路过的琉雀吧，怎么把结衣吓成这样。"

鸟食是新鲜的，众人看得分明。戴晚清伸手拿去给结衣瞧，哪想结衣对着戴晚清胡乱挥手惊叫起来："鬼！你这女鬼！！别碰我！！"

结衣发怵畏惧的模样惊到了戴晚清，她被结衣挥退了几步，差点摔倒，好在被陆曼笙扶住。那些下人个个脸色古怪，就连陆曼笙的神情也变得有些凝重。

戴晚清正想要说点什么打破这诡异的平静，突然有爽朗抑扬的男声传来："哇，怪不得前厅连个倒水的人也没有，这里好热闹。魏公馆没有养鸟，却有人在此喂鸟，若在别处倒是寻常事，可这里是魏公馆，魏先生最讨厌鸟了。"

下人们纷纷后退对那款款而来的男子请安："叶二爷。"

"陆姑娘也在这里。"说话男子身穿褐色长衫，手中晃着一把折扇，长得是面若桃花、温润如玉的好颜色，笑眯眯地和陆曼笙打招呼。

"叶二爷。"陆曼笙却只是不咸不淡地应了个招呼，不欲多言。

突然到来的男子名叫叶申，是云生戏院的老板和白帮的二把手。百姓皆戏称，如果魏之深是恒城的土皇帝，那叶申就是魏之深的刽子手——持着最锋利的刃刀，为白帮扫清障碍。与魏之深的冷面无情不同，叶申长得眉清目朗，人人都道叶二爷是好说话的。不过这当然只是表象，陆曼笙断然不会天真地以为叶申就真的如他所展露的这般和蔼近人。能爬到白帮老二的位置，想必心机不输于魏之深，手中亦是沾染了洗不尽的鲜血。

陆曼笙常去云生戏院，自然是认得这位叶二爷的，不过她向来敬而远之，但没想到此刻会在魏公馆的内院相遇。叶申竟可以随意进出魏之深的府邸，下人也视若寻常，陆曼笙心中对其更是添了几分警惕。

不过今日叶申倒是少了往日的嬉皮笑脸，一来便问戴晚清："到底怎么回事？"

听他的口气十分寻常，看来魏之深不在，叶申也是可以做得了魏公馆主的人。

戴晚清摇摇头，脸色苍白："我也不晓得，结衣被这鸟食惊到了，说是瞧见鬼了。"言罢，戴晚清示意结衣就是那个坐在地上有些疯傻的丫环。

叶申瞥了一眼结衣，问戴晚清："你无事吗？"

戴晚清语气里有着不可察觉的雀跃："我没什么事，就是有些害怕。"

看着两人毫不避讳的交谈，旁人也是一副习以为常的样子，陆曼笙这才想明白两人的关系——这戴晚清本就是云生戏院的花旦，二人是熟识的。

就在交谈之间，那坐在地上的丫环终于忍不住开始鬼哭狼嚎："我没有疯！鸟食就是魏小姐你做的，分明是你被鬼附了身做的！"

戴晚清面色大变，连忙问道："鸟食如何是我的了？你不要胡说。"

结衣死死地盯着戴晚清，急张拘诸地怒吼："戴小姐每晚熟睡之后，到了寅时，就会起身来这里喂鸟！这些鸟食就是魏小姐留下的！"

众人听了结衣的话面面相觑，结心慌张地拦着结衣道："你不要乱说，戴小姐什么时候来喂鸟了？"

结衣诚惶诚恐的模样不像是装的，她指着戴晚清结结巴巴地说："你们相信我！戴小姐除了喂鸟，还会唱歌……"

戴晚清连忙据理力争："我本就会唱歌，这有什么稀奇？"

结衣急急地争辩："不是的不是的，不是平日里唱的那些歌，唱、唱的是……《梦中人》……"

大地笼上夜雾

我梦中的人儿呀

你在何处

远听海潮起伏

松风正在哀诉

我梦中的人儿呀

你在何处

话语之间，远处似乎有歌声传来，听不出是人唱的歌声，还是鸟叫的声音，若隐若现，这次就连戴晚清也变得局促不安。叶申脸色突然变得有些冷，啪地合上折扇，声音难得的清冷："《梦中人》，这是名伶方秋意的成名曲。"

方秋意，大约只有叶申敢在魏公馆里说出这个名字，众人皆是避之不及。这个曾经魏公馆的女主人，魏之深的女人，已经死了三年了。

和戴晚清如出一辙，方秋意出身百乐门，是恒城风靡一时的歌姬，引得流连乐场的公子少爷一掷千金也要得以亲近。但她却在拍完一部电影之后就息影，被魏之深带回了魏公馆，过起了穷奢极侈的贵太太生活。

再后来，大家所知的就是她的死讯。

佳人落幕，红颜易主，正是街头巷尾的百姓最为津津乐道的诡谲奇事。方秋意是怎么死的，坊间有很多的传闻，最多的说法就是方秋意跟了魏之深享尽荣华之后犹不知足，与魏之深的心腹私通，被魏之深抓住现行。魏之深最容不得人背叛，不仅如此，方秋意甚至还与那个男人联手，想要干掉魏之深，魏之深恼羞成怒，最后方秋意和那个名叫广峻的男人都变成了枪下游魂。

是真是假，无人敢深究。而方秋意这个名字，在魏公馆就是个忌讳。

结衣已然泣不成声："你们真的相信我！那个声音，和方小姐一模一样！魏先生杀了她！她变成鬼回来报仇了……"

"你不要乱说魏先生！我也不会唱这首歌！"戴晚清这次真的被结衣所说的话吓着了。

方秋意死的时候她还在云生戏院唱戏，于她而言不过是个离奇谣言罢了，如今怎会与自己扯上联系？戴晚清揪着袖子，面无人色弱弱地问叶申："二爷，你是认识方小姐的，难道方小姐的死真的和魏先生有关？"

此言一出，众人纷纷看向叶申，魏之深没有什么事情是叶申不知道的。

叶申带着看不透的笑容，说："我叶某人向来不信鬼神之说，魑魅魍魉也好，有人作祟也罢，终究要寻着根际，解铃还须系铃人。你们既然这么好奇，不如亲自去问问魏先生。"

除了陆曼笙和戴晚清，余下众人听见魏先生的名字皆是惊骇的神情，似乎这个名字是比灵异事件更可怖的事，一时就像被拔了舌头般鸦雀无声。

此时魏管家才得了消息带着人匆匆赶来，走得满头大汗。看那结衣疯疯癫癫的，急忙吩咐身后下人道："还愣着干吗？赶紧将人带下去！都围着做什么，不用做事吗？魏公馆不养闲人，都去领罚！"

众人皆是低头听训应诺，待围观的下人散去，管家对陆曼笙和叶申行礼赔笑道："今日急慢了，特地请陆老板来却让您受了惊吓，请陆老板宽恕。魏先生最不喜欢旁人谈论方小姐的事，还请陆老板见谅。"

魏管家这是暗示陆曼笙对今日之事三缄其口，陆曼笙自然心领神会："不过是还没定论的胡乱之言，我不会放在心上的。"

叶申却见不惯二人虚情假意的作派，笑着对管家说："魏管家，方秋意原是你的主子，她在时对你也很好。不过几年，你尽数忘了。"

魏管家似乎已经习惯了叶申散漫随意的作派，知道叶申不是苛责的性子，他对刚刚那番话充耳不闻，笑着说："魏先生不在，二爷你要的东西请随我来取。"

叶申便给了面子，止了话头，跟着魏管家去取东西。

等二人离去，陆曼笙看戴晚清脸色不是很好，便宽慰道："不过是丫环疯言疯语，不必往心里去。"

"若结衣说的是真的，是魏先生杀……"戴晚清结结巴巴地说。

"不必担心，鬼魂附身这样离奇的说辞如何能作解释？你晚上点了安神香好好睡一觉吧。"陆曼笙说。

看出戴晚清累极了，陆曼笙便告别离去。

回到南烟斋已经是晚上，陆曼笙消磨时光等了足足两个时辰，见屋外已是深夜，便起身吩咐正在收拾香料的馥儿："馥儿，把我的披风寻来。"

陆馥应是，从后院正屋寻来披风。看陆曼笙准备出门，她担心道："姑娘又要出去吗？外头天冷，冻着了如何是好。"

陆曼笙失笑："你倒是越来越有人气了，天寒添衣，夏日摆冰，过得倒是细致。"

陆馥细心地给陆曼笙的披风系结，声音轻柔："姑娘不要嫌我啰唆，外头不安生，姑娘这么晚出去我总是担心的。不会又要三四更才能回来吧？"

"嗯，不用担心。"没有提及出去做什么，陆曼笙不欲多言，"见一个旧人罢了。"

月明星稀，夜深人静。

此时魏公馆万籁俱寂，结心点上安神香服侍戴晚清睡下，今日的事让戴晚清很是疲惫，怎么都想不出头绪。片刻，戴晚清便躺在床上沉沉睡去，夜风中传来微弱的歌声，似风吹拂树叶，又似鸟儿的夜啼，又或是……女子的哭泣声。

窗口闪过一个人影，没有脚步声，就像是鬼魅飘过。

披着袍子的身影此时就站立在魏公馆早晨众人喧闹、说有鸟食的地方，身影似乎在盯着廊下的什么东西出神。

长夜漫漫，那等待的身影很有耐心。

一个沉厚的男声打破寂静："陆老板不解释一下为何这个时间会出现在魏公馆吗？"

身影回头看去，月光映衬着她清冷的眉目。走廊尽头的黑暗处亦是站着一个身着黑色西装的男人，他神情冷漠，正是众人畏惧的魏先生魏之深。

陆曼笙摘下兜帽，毫无被人揭穿的异色，面色如常道："早晨的事魏先生已经知晓了吧？戴小姐病得离奇，大家都说魏小姐变成了方秋意。"

"如果真的是方秋意，我想见见她，魏先生不想见见她吗？"陆曼笙顿了顿，仿佛想看看魏之深的神情变化，但她没有如愿。魏之深面不改色，陆曼笙只好继续说："我倒想问问她，到底是怎么死的。"

魏之深脚步沉稳地走到陆曼笙面前，居高临下地看着她："神鬼魂魄无稽之谈，那些下人无知也就罢了，陆老板跟着危言耸听，未免也太荒唐了。"

一字一句，清晰的声音在这沉寂的夜色中犹如深谷的震鼓。

陆曼笙静静地看着魏之深，许久没有说话。魏之深想要再开口，陆曼笙却缓缓地举起手指着魏之深的胸口，笑着说："世间没有鬼，那魏先生心中可有愧疚？"

二人目光对峙，魏之深淡漠的眼神带着冷寂。

突闻走廊里有脚步声传来，是高跟鞋的踩踏声。两人一同向黑暗处看去，"嘚咯、嘚咯"的脚步声越来越近。已经是深夜，何人会在这种时候穿着高跟鞋来花园？魏之深也不免蹙起了眉头，两人不约而同向后退一步，将身体隐藏在黑暗中。

脚步声越来越近，人影渐渐清晰，只见穿着睡袍的戴晚清缓缓朝他们走来，行走似弱柳拂风，身形在月光下更显娇小纤弱。她的手举在胸前，似乎捧着什么，细细瞧去却又空无一物。

"戴晚清，你在做什么？"见到是自己的女人，魏之深走出黑暗，厉声问道。

戴晚清似乎没有听到魏之深的责问，与二人擦身而过。她走到廊下，右手在空中做了几个动作，神情是与戴晚清平日里完全不同的温柔。

这样的动作持续了很久，戴晚清时而低头抽泣，时而抬头怅然，对身旁的陆曼笙和魏之深仿若未见。二人仿佛看到了一个极其美丽却寂寞的女人，被困在牢笼里独自悲戚。

"戴晚清，你到底在做什么？"魏之深愠怒，上前伸手去拉戴晚清，却被陆曼笙一把拦住。陆曼笙用手指比了一个噤声的动作，魏之深疑惑更深。

陆曼笙低声说："魏先生还不承认吗？眼前这个人根本不是戴晚清，她是方秋意，她还活着时魏先生豢养的鸟都是她在喂的吧？"

"你……"魏之深想反驳，但是看到的景象又让他无言以对。眼前的女人分明是戴晚清的脸，却与戴晚清无半分相似，眼角眉梢都是方秋意的温柔婉约。若是特地去学，也未必能如此相像。

魏之深已经信了七分，沉默许久才道："我明天就让戴晚清搬到别院。"

陆曼笙失笑："魏先生，谁住在这里不重要，哪怕这个房间空无一人，方小姐已被困在此处了，就在你看不见的地方。你忍心吗？"

魏之深的手摩挲着扳指，语气里带着烦躁："方秋意不是死了吗？她怎么还会在这里？"

陆曼笙难得有耐心，解释道："方小姐会被困在这里，就是对这里有执念，要么就是这里有她深爱的人，要么就是有她怨恨的人……魏先生觉得自己是哪一种？"

这样的嘲弄，明知是陆曼笙故意而为之，魏之深却陷入沉思。很显然，他对于方秋意的事不愿多谈。在旁人眼里，一个曾经在魏之深身边的女人，就如同这魏公馆房间里的台灯或是挂钟，换了便换了，无人在意。

但陆曼笙执著地盯着魏之深，语气更是轻蔑："我听说方小姐是被魏先生你杀死的。"

魏之深别过头去，再次拒绝交谈："陆曼笙，这是我的家事。"

"魏先生不肯说，我就亲自问问她。"陆曼笙言罢，露出了意味深长的笑容。

"方秋意。"陆曼笙对着走廊下的人影大声唤道，"你等的人来了。"

戴晚清，哦不，方秋意好像听到了呼唤，回过头来看着陆曼笙，看清叫自己名字的人是陆曼笙后，方秋意露出了善意的笑容。她正要走近，又突然看到陆曼笙身旁的魏之深，有些害怕地退了两步。

陆曼笙大步走到方秋意身前，在她耳边说了些什么。

方秋意点点头，低声诉说着什么，如同歌声。两人似乎是在交谈，窃窃私语着，这让魏之深更是烦躁不堪，呵斥道："陆曼笙，你到底想干什么？"

"我本想问问她是怎么死的，但她却告诉了我一件有意思的事。"陆曼笙回头看着魏之深，冷冷地说，"你生是魏家的人，死是魏家的鬼。这话，是你对秋意说的吗？"

魏之深闷哼，不想回答。眼前的女人实在是多管闲事。

"魏先生。"见魏之深不愿回答，陆曼笙沉声道，"你百年之后轮回重来，此生不过是过眼云烟。而对于方秋意来说，生生世世只能留在这三寸之间，最后消散成尘埃。这是魏先生愿意见到的结果吗？如果魏先生恨她，这大约就是最大快人心的报复了。"

魏之深想不到陆曼笙如此强硬，不禁愣住，缓缓说道："是她……背叛了我，我不应该恨她吗？"

"魏先生可知因为你的这句话……她便当真以为你是想将她留在身边赎罪。"陆曼笙叹气，"如果魏先生惩罚够了，不如将她放过。"

"我根本不知道她被困在这里，若是我知道……"魏之深脱口而出。他是个很少显露情绪的人，更不知道如何解释他对方秋意的感情。很快他就发现自己有了不该有的情绪，便立刻住了口。

陆曼笙退到方秋意身后："魏先生，你做事向来杀伐决断，此刻却在迟疑些什么呢？她已经彻彻底底地死了。"

突然方秋意拉住了陆曼笙的手，低声耳语。陆曼笙惊讶："什么？你竟然不是被他困在这里的吗？！你为何……"

陆曼笙看向魏之深，意味深长。

魏之深踌躇片刻，最终一步步走向方秋意，他的脚步有些犹疑。

深夜的寒意让陆曼笙的指尖生凉，她其实并不知道方秋意之死的真相，但她知晓了方秋意留在这里的原因。突然她不知道自己做得对错与否，她只是觉得这个女人很可怜。陆曼笙心中一惊，自己竟会对旁人起了恻隐之心。

魏之深看着戴晚晴熟悉的脸，似乎能从眉眼中看到那个温柔的女人。他语气里是旁人从未听过的温柔，他轻声说："你真的是秋意吗？"

戴晚清有些抗拒和慌乱，旋即镇定下来，点点头。

"你为什么要回来呢？你为什么要回来？我明明给了你机会，让你跟那个男人走了。"魏之深看着眼前慌乱失措的女人，明明长得毫不相似，可这一瞬间他确认她就是方秋意。

这不是疑问的口气，陆曼笙捕捉到这指责中的不满。

方秋意只是一味落泪，魏之深没有得到回答。

魏之深别过头说："你和他的事我早就知道了，是他将你送进魏公馆的。我想，若是你不愿意待在这里，我就放你走，你总会看清他的野心。我给过你机会了，你为了他留在我的身边，以为我会永远纵容你吗？你三番两次地相信他，甚至愿意为了他死，可是你信错了人，他依旧选择了权势，所以……

"我成全你。"魏之深的话冰冷得没有一丝温度。

方秋意闻言先是惶恐，再是难以置信的神情。渐渐地她眉头蹙成一团，泫然欲泣，她不知如何作答，揪着魏之深的衣角轻声唱起了歌："大地笼上夜雾，我梦中的人儿呀，你在何处？"

那声音，锥心泣血。

这是方秋意在时时常会哼的歌。

"你错的不是背叛了我，而是没有爱过我。"但魏之深语气冷漠，毫无动容，"所以你走吧，方秋意，我放过你了。"

就像是身居高位的人施恩于小猫小狗，听到这话的方秋意并没有如释重负，反而愣在那里轻声地啜泣起来，微微地摇摇头。

魏之深微微低头，在方秋意的耳边说话："如果你是在赎罪，没有必要。我也没有爱过你。"

语气漫不经心，他看着方秋意的神情如弃敝屣，漠然置之。

方秋意盯着他看，露出了微笑。她想要伸手去摸魏之深的脸，手还没有触及，突然她像是被抽去灵魂的木偶，直直地摔了下去。魏之深眼疾手快地将她揽在怀里。

魏之深看着怀中的少女，低着头看不清神情，只喃喃地低语："所以你也放过我吧。"

陆曼笙沉沉的心终于落了下来。

用这样冷酷的方式逼着方秋意离开，魏之深真是个绝情的男人。陆曼笙对这个男人有了更深刻的判断。

虽然发生了这样离奇的事，但魏之深将戴晚清丢回房间后只留下一句"陆老板请自便"就离开了。

陆曼笙站在床前守着昏厥的戴晚清。天将破晓时，戴晚清才渐渐苏醒，看到立在一旁的陆曼笙，她很是惊讶："陆姑娘你怎么会在这里，是不是我又梦魇了？"

陆曼笙面不红心不跳地撒谎："魏先生怕你不好，连夜将我叫过来的。"

闻言，戴晚清连忙吩咐结心服侍陆曼笙喝茶吃食，很是愧疚道："魏先生怎如此蛮不讲理，这样麻烦陆老板。不过辛亏有陆老板的安神香，我好多了，昨晚没有做噩梦，倒是梦到了山林里的鸟，自由自在地飞呢。"

刚巧话落，几只鸟落在屋顶。陆曼笙抬头盯了许久，戴晚清问："陆老板在瞧什么？"

陆曼笙回过神，回答："人若像这鸟儿，无忧无虑，倒也是自在。可不知道困于笼中的鸟儿，可会羡慕外面的鸟儿。"

戴晚清气色好了许多，眨巴着眼睛笑着说："陆姑娘又不是那些鸟儿，怎知有些鸟儿是不是自愿地为牢呢？"

陆曼笙话锋一转，突然问戴晚清："我有些奇怪，方秋意是魏先生的女人，昨日言谈之间你对方小姐似乎格外同情呢。"

戴晚清有些尴尬，想了一会儿低声对陆曼笙解释道："陆姑娘，其实我和魏先生并不是外界传言的那种关系，魏先生需要一个能在名利场上帮助她的女人，而我正好合适，所以才搬进了魏公馆。我听说魏先生其实是很喜爱方小姐的，我便有些惋惜。"

陆曼笙恍然大悟，点点头。

戴晚清满脸诚挚："陆姑娘不相信？"

陆曼笙摇摇头，失笑："自然是相信的，在恒城谁都想和魏先生扯上点关系，像戴小姐这般急急撇清的倒是少有。"

"哦！"戴晚清眉眼弯弯，自嘲道，"倒是我不够浅薄了。"

一餐茶水食点下肚，天大亮了。陆曼笙起身告辞，戴晚清撑着身子坚持把陆曼笙送到了门口。

却没想到一出门就碰到叶申来找魏之深，这魏公馆只有一条路通往外面，叶申的车就停在路口。

叶申就在魏公馆门口撞上了刚出来的陆曼笙，陆曼笙装作瞧不见就有些失礼了，只好讪讪然地打招呼："叶二爷早。"

叶申笑着说："其实我在等你，来找魏爷只是个说辞。"

陆曼笙愣住，疑惑道："叶二爷等我做什么？"

叶申漫不经心地摇着扇子说："你昨天在魏公馆看那鸟食的样子像极了我们第一次见面的模样，笃定冷静。旁人听到那样吓人的故事都会惧怕二分，陆姑娘却好似已经知晓的样子，所以我很好奇。"

陆曼笙沉默。他们第一次见面就是在云生戏院，那是一个雨夜。陆曼笙本以为自己不过是替去世的人传句话，往后便是雁过无痕的关系，但显然叶申不这么想。

见陆曼笙不说话，叶申只好继续说："那个时候我大哥刚刚蒙冤而死，陆姑娘却是来替我大哥带话的，再多的陆姑娘也不肯说……我实在是好奇，陆姑娘真的见到了我大哥吗？或者说陆姑娘真的可以看到……鬼？"

对于魏之深，陆曼笙对他是冷眼旁观，而对于这个叶申，陆曼笙对他实在是不知如何说起。

如果自己真的能看到鬼，他就不害怕吗？

那笑容背后隐藏着让人捉摸不透的秘密，叶申在打听她的事？为什么？陆曼笙不想猜测，只想退避三舍。

沉默之际，叶申突然又问："听说陆姑娘治好了戴小姐的梦魇？不知道……是否也见到了方秋意？"

知道得这样快，陆曼笙心中对他更加深了忌惮，道："叶二爷的消息来得可真及时。碰巧而已，倒不辜负魏先生对方小姐一片情深。"

陆曼笙不过是想转移话头，叶申却笑眯眯地说："陆姑娘可不要被魏先生骗了呀，他要是让你看出了心思，那就是故意让你看出来的。不过他也在养着方小姐的弟妹，说不定有几分真心在里头。"

陆曼笙不禁感叹道："没想到魏先生也有如此缱绻长情的一面。"

叶申拆台倒是拆得开心，继续道："你能看到当权者仁良的一面，往往就是伪善，亦或许是赎罪。陆老板别太过当真了。"

陆曼笙若有所思道："那叶二爷也是如此吗？"

叶申抚着折扇，闻言面露悲痛之色："陆姑娘好像对叶某人有什么误解，叶某对陆姑娘一向心贯白日、知无不言的。"

陆曼笙恍然大悟，颔首："那真是可惜，我似乎只瞧见过叶二爷的恬不知耻。"

叶申话锋一转，像是随口问道："听说戴晚清的安神香是陆老板亲手制的。"

陆曼笙不动声色地探究着叶申的表情，笑着说："雕虫小技罢了。"

叶申继续追问说："我记得，你与方秋意也是旧识吧？传闻都说是魏爷害死了方秋意，难道陆姑娘是替她来报仇的？"

这叶申最可怕的地方就是看似无意的提问，却字字句句都是重点。陆曼笙不愿再答，语气颇为厌烦："叶二爷你问题会不会太多了？"说完径直要走。

叶申脸皮似乎厚得很，跟了上去接着道："哦？我只是好奇陆姑娘经常会遇到这种事吗，戴晚清好端端的就梦魇了，却被陆姑娘治好。好像在恒城，但凡光怪陆离的奇事都与陆姑娘有关。"

这样的口气，倒像是个对怪事感兴趣的孩子。陆曼笙心中哭笑不得，面上依旧不动声色："叶二爷高看，碰巧罢了。我若是能操纵人心，摆弄鬼怪，何苦守着南烟斋过活呢？人活一世，终有缺憾。方秋意想要偿愿也是人之常情，戴小姐不过是巧合之下住进了方秋意困死的地方，所以才被梦魇纠缠上了吧。"

总算是得了个模糊不清的回答，叶申却不同意陆曼笙的话："戴晚清不是那种心志薄弱的人，怎会被鬼怪附身？"

陆曼笙很不喜欢叶申这副胸有成竹、无所不知的作态，蹙眉道："叶二爷曾经是戴小姐的老板，但叶二爷终究不是戴小姐，如何知晓她没有在乎的人与事？倘若她爱的人不是魏先生，也有旁的……"陆曼笙自感失言，突然语塞。

似乎又是想到了什么，陆曼笙猛然回头朝着魏公馆看去，戴晚清依旧站在门口目送，眼神晦涩不明。

陆曼笙回过身自顾自地向前走着，晨起的风让人觉得凉爽。陆曼笙终于明白了这魏公馆的痴心人哪，不止一个。

叶申并没有注意到陆曼笙诧异的神色，笑着说："走吧，我捎陆老板一程。"

"谢谢，不必。"陆曼笙果断拒绝。

"所以陆姑娘可是知道，方秋意到底是怎么死的？"

"……"

——不是那些鸟儿，怎知有些鸟儿是不是自愿画地为牢呢？

那屋檐上的鸟儿，发出了清脆的叫声。

第三章

云生戏院的名生小留仙死了，纵使警察局极力隐瞒，但仍是流言四起，百姓指责警察不作为的呼声越来越大。

小留仙是这两年新起的小生，容貌清秀，唱腔动人，是戴晚清离开之后使云生戏院门庭若市的招牌。

一般戏院是下午或者晚上才开堂，此时未到正午，云生戏院的老板叶二爷叶申就站在空荡荡的戏院大堂里，腹诽心谤地凝视着唱台。警官赵信执疾步走到叶申面前，语气轻蔑地说着调查结果："抓走小留仙的贼寇已经全部死在山上，这条线索很难再查下去了。我建议尸检吧。"

赵信执穿着警服，身姿挺拔，长了一张清秀的娃娃脸，模样看上去虽小，说话却极其老成。他年纪轻轻已经是副厅长，对明面上是戏院老板暗地里却做着不可告人勾当的叶申很是鄙夷。

听到尸检二字，叶申的神情有了变化，他转头向赵信执看去，果断拒绝："不行。"

赵信执挑眉不满道："如今全恒城都在盯着这个案子，叶二爷这也不让查，那也不让检，存心为难我们，是想让我们警察局难堪吗？"

叶申摇摇头："我没有为难你们的意思，小留仙不是恒城人，若是尸身有损是不能魂归故里的……"

赵信执打断叶申的话，语气中带着浓重的情绪："叶二爷若是相信这些牛鬼蛇神的事，那平日里还是多多积德行善，以免天道好轮回吧。"

说完便不再理睬叶申，转头离开。

躲在暗处的心腹杨健凑到叶申身边，低着头轻声道："赵警官也太不把二爷放在眼里了，如此咄咄逼人。"

叶申失笑，不以为意地摆手道："他也不过逞口舌之快罢了，不会对我们做什么的。"

杨健觉得一向狠绝的叶二爷今日对这位赵警察是难得的宽容，大约是因为小留仙的死有所触动吧。不过这个想法转瞬即逝，只听叶申慢悠悠地晃着折扇，冷清的声音传来："去查，小留仙死的事是警察局哪个人透露出去的。查到了就解决掉。"

"是。"杨健微微俯身领命。

惊艳恒城的名角小留仙七天前在北街被贼匪光天化日之下掳走。在七日后的今日凌晨，尸首被贼匪丢回云生戏院的门口。云生戏院不是普通的戏院，老板叶二爷是白帮的二把手，没有长几个胆子，恒城谁敢动叶二爷的人？

杀人丢尸，做出如此行为不但是在挑衅叶二爷在恒城的地位、寻衅警察局的威严，更有一副想把事情闹大的趋势。

尸体停放在云生戏院的后院小屋里。本来猝然离世停丧三日即可出殡，但如今为了查案，一切丧仪不得不停滞。负责丧事的是云生戏院负责杂物事的李老头，做事稳妥。黑漆刷的楠木棺材是临时在铺子买的，所以不太合尺寸。小留仙小小的身板躺在里面，空落落的显得衰败而凄凉。李老头与小留仙颇有感情，小留仙刚来云生戏院时，都是李老头在照顾，所以打理丧仪时他几次忍不住落泪。

小留仙的尸首形销骨立面容消瘦，衣衫破烂。李老头给小留仙换了身干净衣服，想再拿帕子去给小留仙擦脸，最终没舍得下手，愤恨道："那帮贼匪太狠了，娃子的身上脸上都是伤，也不知道有多大的仇下这样的狠手。"

"真……真的是小留仙吗？"李老头背后传来青涩稚嫩的声音。

李老头回头看去，是云生戏院里的小云仙。小云仙是小留仙的师弟，年岁差了四年。此时小云仙站在门口，身子战栗，不敢进来。

小云仙还想说什么，突然感觉身旁一丝凉意传来。抬头看去，叶申经过他身边，径直走到棺材旁。

叶申端详着这个曾经熟悉亲昵如今却静静地、面容灰白地躺在棺木里的少年。凝视片刻后，他弯腰伸手想去抓小留仙的手，被李老头拦住："二爷……晦气。"

"无妨。"叶申面不改色，将小留仙的手轻轻抬起，仔细端详。

"二爷……"小云仙看着叶申的动作，浑身颤抖。

叶申直起身子，用李老头递上的帕子擦了擦手道："让警察局的人来尸检吧，事有蹊跷。"

李老头急忙点头："是，是，定不能让那些贼匪逍遥法外。"

小云仙颇有感怀道："小留仙出事了，各家看在二爷的面子都有派人来问候，只有那程家小少爷没有派人来瞧一眼。"

李老头叹气："我听说那程家小少爷也不过是个私生子，虽说平日也花钱撑着小留仙的场子，但总归是出了人命，不敢来也是常态。"

小云仙说这件事是想替小留仙鸣不平，偷偷瞥眼去瞧叶申的神情，看叶申没有阻止他说这件事，小云仙壮着胆子大了嗓子说："我听小留仙说过，他没来云生戏院的时候，程小少爷还救过他的，情分总是与旁的客人不同吧？小留仙这些年对那程小少爷多好啊，程小少爷去年病的时候，小留仙出门去山里帮他求药，回来以后一身是伤，整整修养了三个月呢。如今人死了都不来瞧一眼，真是没有良心。"

李老头也有些伤怀，感叹道："世态炎凉啊！人都死了，那些大多也都是做给二爷看的。不来也好，不来也好。"

小云仙闷哼："都说戏子无情，我看那有钱人才是没有人性。"

"小云仙。"听了半晌的叶申突然出声，吩咐小云仙道，"你去程家走一趟，把小留仙的事与程家门房说，看那程小少爷肯不肯见你。"

小云仙突然被唤到名字时还有些怔愣，听了叶申的吩咐后，立刻跑着去了。他心里还有些美滋滋的，叶二爷记着这件事了，定会帮小留仙教训那些凉薄的人。

叶申又嘱咐了李老头几句，想着小留仙尸体上的蹊跷，不知不觉走出了戏院。杨健已经驱散了围观的百姓，门庭冷清得完全不似平日里热闹的样子。

没想到仍有一个执着黑伞的女人站在门口的树下不肯离去，静默无声抬着头，注视着云生戏院的牌匾。

叶申笑着朝那女人走过去，在三步外停下，温声唤道："陆姑娘。"

陆曼笙回过神来看着叶申，眼里有着弥漫不开的悲愁，点点头算是打了照面："叶二爷。"

叶申隐约知道陆曼笙的来意，便询问道："陆姑娘可是为了小留仙的事来的？这件事我会彻查，等有结果了会马上告诉陆姑娘。"

陆曼笙是云生戏院的常客，原来是最喜欢花旦戴晚清的，戴晚清离开云生戏院之后，好久未再涉足戏院，直到小留仙登台，陆曼笙才再次变成常客。

自从陆曼笙替叶申大哥带过话之后，叶申对她一直很礼遇。凡是小留仙登台的场子，总会给陆曼笙留着位置。未曾想小留仙惨死，叶申想要劝慰陆曼笙几句，却不知道怎么开口。

没想到陆曼笙摇摇头，淡然道："生死有命，这是他的命数。我不在意那些害死他的人，想必二爷不会轻饶。我只是有些惋惜，他那样小，再有三个月才满十八岁生辰。"

叶申哑然，不知如何接话才好。

陆曼笙也不是来找叶申麻烦的，温声道："二爷不必管我，我就是来看看他。他若还没走，我想送他一程。"

闻言，叶申不禁回头看了一眼。从门口直直看过去，就是唱台，分明几日前小留仙还在那登台唱戏，台下宾客如云，如今却显得分外凄凉。

叶申知道陆曼笙这番诡异的言论是什么意思，手摩挲着扇柄轻声问道："那……他走了吗？"

"他不肯见我，大约有什么难言之隐吧。"陆曼笙摇头，既然未能见到想见之人，她言罢也就与叶申告别，转身离开了。

此时警察局里，赵信执倚靠着工作桌正在看小留仙的尸检报告。他没想到前脚刚出云生戏院，后脚又被叶申叫回去尸检，简直是故意要他玩。心里郁闷之气纠团在了一起无处发泄，只能一只手把弄着上了膛的配枪，看得站在一旁的陈警官心惊胆战。

赵信执将报告反反复复看了几遍，确认没有遗漏，将配枪和报告都随手放在了桌子上，开口感叹："贼匪到底与小留仙有多大的仇，身上竟然这么多伤，而且遍布全身，连脚腕都有？"

陈警官终于敢上前接话，说出了自己的想法："老大，这尸体上有很多新伤，还有一些旧伤，我在想云生戏院看着也不像亏待人的地方。这小留仙养尊处优，身上怎会有如此多的旧伤？我听说这些戏子就算有名，难免要陪一些有钱人寻欢作乐，叶申是白帮的二当家，手里都是些脏生意，难免有虚与委蛇的场合。小留仙的旧伤会不会是那些有钱人给弄的？会不会是熟人作案？要不要从这方面入手去查？"

陈警官见过很多稀奇古怪的案子，这样的猜测也不无道理。

赵信执想也不想，果断否认："不可能，叶申不是这种人。他做事虽然狠辣，不择手段，但对自己手下的人极好，绝不会让小留仙去做这些事。"

见自己的想法被否定，陈警官只好讪讪然道："这只是初步的检查，那只能等西医那边的检查出来了才有线索。"

"云生戏院那边叶申不会善罢甘休的。现在这个案子压不下去，他肯定比谁都想查清真相，看是谁人敢挑衅他，等他消息就是了。"赵信执作出了判断，"先派人去问问百姓，看看有没有认识匪徒的人。好好查查那些匪徒的来历，还有为什么要绑架小留仙。"

陈警官得令就带人出了警局，赵信执开始看几个匪徒的尸首检查报告。

"中毒身亡……死后身上都是新补的刀伤，伤口不深，持刀人应该力气不大。"赵信执琢磨着细节，陷入沉思。

自从云生戏院出了这么骇人的凶杀案，附近百姓这半月来都是提心吊胆，人人自危，躲在家里不敢夜出。

连白帮叶二爷的人都敢动，到底是谁吃了熊心豹子胆？

今日是十五，南烟斋也与往日一样静谧，只是月色下更显寂寥。陆曼笙在院子摆了凉椅赏月，手侧的矮桌上放着几味香的原料，都是凝神静气的好方子。

"哐当——"门外传来争执声，隐约还能听到一个熟悉的男声，声音温柔低沉。陆曼笙已经听出来人是谁，只装作未闻。只是没过片刻，叶申就阔步走进后院，径直走到了陆曼笙面前。

"欸欸欸，你这人怎么这样？都跟你讲了陆姑娘不见人的！"陆酲火急火燎地追在叶申身后进来。

叶申自顾自地坐在了陆曼笙对面的石凳上，青色衣衫上沾染了风尘仆仆的痕迹，脸上是一如既往的温和笑容："叨扰了，陆姑娘。"

陆曼笙慢悠悠地把弄着手中的香包，瞥了一眼叶申，没有好气地说："叶二爷私闯民宅，要是说不出个五六七，我就只能喊人将你赶出去了。"

陆曼笙向来说到做到，叶申便直奔重点："我怀疑小留仙的死没那么简单。"

事关小留仙，陆曼笙示意正在气头上的陆酲退到身后，直起身子认真听叶申接下来的话。叶申徐徐道来："你可记得嶂城程家？他们家的小少爷没有住在嶂城本家，而是住在恒城北街，经常来戏院听戏的。"

听到嶂城程家，陆曼笙露出了茫然的表情，去嶂城可有一天的车程。再听到程小少爷这个称呼，陆曼笙思索片刻，才恍然道："是那个与小留仙一般大、眉眼相似的小少爷？"

云生戏院的常客互相都熟识且热络，但有两个特例——一位是南烟斋的陆老板，另一位便是这嶂城程家小少爷。陆老板时常坐在二楼包厢，常人难见；而程小少爷则是总坐在大堂的角落，若是有人搭话总是羞怯地躲躲闪闪，久了众人也晓得他的性子，便不去打扰。所有小留仙登台的场子他都会来，时常点一壶清茶一坐就是几个时辰。

有一次落幕，小留仙下台答谢，与那程小少爷站在一起时，众人才惊异地发现两人容貌相似，还笑谈不知小留仙是不是程家落在外面的外子。小留仙笑着说起家乡徽州的趣事，众人被吸引了过去，便不再提及此事。

那次陆曼笙倚靠在包厢的窗口，分明看清那程小少爷听到旁人打趣时，脸色苍白。

程小少爷是云生戏院的常客，喜欢听小留仙的戏，但这又与小留仙的死有什么关系呢？

叶申看出了陆曼笙的疑惑，沉声道："我让小云仙去程家报了小留仙的事。门房小厮称程小少爷养病，闭门不见。小云仙不死心想爬墙，在程家墙外角落，发现了小留仙的东西。"

叶申手执一个残破的暗红色金纹盘扣递到陆曼笙的眼前，继续道："这是小留仙被掳走那日，胸前的盘扣。"

陆曼笙神色凝重起来："看来小留仙死前一定去过程家。"

叶申眼中寒意更深了："小留仙在程家一定经历了什么，他的死一定与程小少爷脱不了干系。程家居然敢动白帮的人？"

叶申的语气充满了讽刺。程家是走私盐起家的，这些年来都是依附白帮才在江南站稳脚跟，无缘无故怎么会去开罪叶申呢？陆曼笙也想到了这一节，正在细细思量其中的蹊跷。

见两人静默，陆靛忍不住凑上前插话道："难道是程小少爷爱慕小留仙，把他抓回程府打算霸王硬上弓，小留仙宁死不从，程小少爷痛下杀手？"

"呵。"闻言，叶申忍不住笑道，"靛儿姑娘好有趣，若是得闲可以去帮我们云生戏院写个戏呢。"

陆靛如何听不出话里的打趣意味，狠狠地瞪了一眼叶申，跺着脚退了回去。

叶申手指摩挲着这枚残破的盘扣："我猜测，小留仙和程小少爷定有旁人都不知道的私交。程家众房盘根错节，程老爷子刚死，众人蠢蠢欲动。程小少爷虽然是外室生的，但作为程老爷子唯一的血脉，定是有人动了心思想夺家产。贼匪如果是程家找的人，也许真正想抓的是程小少爷。"

陆曼笙对程家不太了解，听完解释也比较认同这个说法，道："贼匪搞错了人，本来想绑架程小少爷，却错绑了小留仙，发现杀错了人才把尸首送回云生戏院……"

"不对。"话语未落，陆曼笙打断了自己的思路，"没有达成目的杀错了人，把尸体好好藏起来都来不及，怎会如此大张旗鼓、打草惊蛇。"

闻弦歌而知雅意，见陆曼笙领会了自己的意思，叶申说出了新的猜测："若程小少爷知道有人要杀他，故意拿小留仙去当替死鬼呢？那些贼人都已经死在山上了，事实如何无从得知。"

陆曼笙闻言，细想这种可能，不自觉地点点头："匪徒以为自己杀的是程小少爷，后来发现杀错了人，死的是恒城有名的角，根本不可能瞒得住二爷你，所以不得不将尸首送回来了。"

陆酲听着渐渐脸色惨白，慌乱道："鹬蚌相争，渔翁得利。这程小少爷我也见过几次，看着谦逊有礼，没想到是这样的人。"

叶申收起了戾气，宽慰陆酲："这不过都是叶某的猜测，还有许多叶某也想不通的部分，比如程家人知道小少爷没死，定会有后招。程小少爷这样做并非一劳永逸。"

陆曼笙也想不通这个关节，夜已深，见叶申还没有去意，只好说："叶二爷不如去警察局说一说这些想法，巴巴地跑到南烟斋来扰人清梦干什么？"

叶申苦笑："叶某也不想深夜打扰，只是这几日遇到了警察局都无可奈何的诡异之事，所以想请陆老板帮忙。陆老板与小留仙也是相识一场，可否与我去一趟云生戏院？"

"现在？已经快丑时了。"陆曼笙诧异，对叶申无理的要求略微不满道。

月色下叶申的笑容诡异而迷人，语调像是在哄着孩子般，声音极其轻柔："这几日，每到丑时都会有歌声从戏台上传来，无人敢去瞧，我只好来麻烦陆老板了。"

深夜的云生戏院，只在门口点了两盏灯笼，阴风阵阵。

陆曼笙穿戴着披风，跟随叶申从后门走进了云生戏院。这不是陆曼笙第一次这么晚来这里，多年前的雨夜，陆曼笙独自来过这里，认识了刚刚因为丧亲失意的叶申。

走在前头领路的叶申用怀念的口吻笑着说："陆姑娘，好像我们第一次见也是差个多时辰，也是在这里。"

今夜的月色昏暗得像一团雾，照着人，投映到青砖墙上只有晃动着的模糊影子。陆曼笙的斗篷遮住了大半张脸，语气冷淡："二爷，现在可不是叙旧的好时候。"

叶申面上不显一丝赧然，还想说点什么，突然听到清扬的唱腔声响起。

叶申与陆曼笙对视一眼，蹑手蹑脚地绕着长廊走到唱台旁边，窥视着唱台。叶申只看到一个空荡荡的舞台，不知声音从何而来；而陆曼笙神情凝重，她盯着唱台，看到了一个熟悉的身影，穿着艳丽的戏服，在唱台上身姿优美地转身。

看到陆曼笙的表情，叶申了然。这个声音他最熟悉不过，纵使知道那个看不到的人是小留仙，他也难以相信这样诡谲的事竟真的发生在自己的眼前。叶申不自觉地退了一步，弄出了轻微的声响，那唱戏的歌声便戛然而止了。

陆曼笙从暗处走到舞台旁，回头与叶申说："他跑了。如果他是被程小少爷或者程家人害死的，定会诉说冤情。可如今独独对我们避而不见，可见事实不是我们猜想的那样。他似乎想领着我们去哪里，小留仙的尸首停在哪里？"

叶申还没有回过神来，下意识地回答："在后院。"

陆曼笙目光清明："带我去。"

眼前的小屋坐落在云生戏院后院的西边，透着门缝能看到棺木旁的烛火是黑暗中唯一的光源，周围鸦雀无声。

陆曼笙想进屋查探，叶申下意识扯住陆曼笙的手腕，面色凝重，眉头紧蹙道："小心，门不应该是开着的。"

不仔细观察还发现不了门是虚掩的，只容一个人侧身通行。叶申十分谨慎，他知道李老头做事妥帖，不会出现这种差错，想必是有外人进去了。陆曼笙没有在意叶申的警告，甩开他的手大步开门走进灵堂。叶申看着陆曼笙恬不为意的神情有些沮丧，这女人什么都不怕的吗？

烛火旁摆着祭奠的香炉，香炉里有一把已经燃尽的线香梗，中间插着三支长短略有不一的线香，猩红的光芒微弱地闪着，陆曼笙喃喃道："是刚点的香。"

叶申颔首表示认同："人没走远，应该出不了戏院。我找人一个个房间搜。"

"不用了。"陆曼笙断然拒绝，转身指着那黑漆漆的棺木，看着叶申，"二爷，你怕鬼吗？不怕就来开棺。"

"开棺？"叶申瞠目结舌地看着陆曼笙，见她目光笃定，只得伸手去扶棺盖，面上苦笑道，"叶某在细想什么时候开罪了陆姑娘。"

陆曼笙应当是认真思索起来，许久道："数不胜数。"

"二爷！陆老板！"听到停棺屋有动静的李老头还以为闹鬼了，畏畏缩缩地在门口探头探脑，就看到南烟斋老板站在一旁使唤自家二爷掀棺材板。李老头揉了揉眼睛还以为自己梦没醒，掐了自己几把发现不是做梦，也不管为什么两人半夜来开棺材，赶紧上前帮忙。

"这棺材是扣进去的，寻常掀就算用尽力气也是打不开的，要顺着棺材尾往前推。"李老头让叶申退后，自己走到棺材边，用手就这么使劲一推，棺材盖轻轻松松地就推开了。

"啊，诈尸了——"李老头刚推开棺材，正要和自家主子邀功，就看到棺材里有活物晃动，吓得摔在地上。

叶申和陆曼笙心照不宣地一同上前查看，棺材里有个蹲坐的人影，因为太黑看不清楚模样，乍一看还以为是尸体活了。

叶申冷声问道："你是谁？为什么躲在棺材里？"

那人影低垂着头不说话，但是幽暗的烛火映照出了少年的影子，叶申心里清朗，唤道："老李，把烛火拿过来。"

"欸！"李老头见没有什么危险，赶紧爬起来端着烛台走到棺材旁，将烛火凑到人影脸侧。只见棺材里小留仙的脚边，窝着一个清秀瘦弱的少年，那少年缓缓抬起头，愣愣地看着叶申。

"小留仙！"看清楚人影模样的李老头惊呼，"你还活着！"

小留仙看着叶申想说话，喉咙里发出的却是沙哑骇人的撕裂般声音，只有单一的音节。那声音咿咿呀呀的就像是来自地府的呼喊。

叶申面无表情，陆曼笙若有所思，只有李老头欣喜地将小留仙拉出棺材，心疼道："小留仙你的嗓子……哎呀，天杀的人哪！怎么把你伤成这样！"

小留仙看出叶申不善的眼神，僵着身子不再说话，眼里流露出疲惫之态。李老头想要拉他回房间，突然后知后觉地想起棺木里白布下还躺着已经僵硬的小留仙尸身，顿时脸色惨白地看着叶申。

小留仙回来了？那躺在棺材里的尸体，是谁？

一夜无话。

第二日大清早，赵信执带人匆匆赶来调查，叶申早就命人找了大夫，正在帮已经失声的小留仙检查。

大夫颇有些惋惜道："嗓子被人用药灌坏了，估计三五年里都是开不了口的。其他没有什么大碍，身上的伤细心养一养就好。"

赵信执听李老头说了一遍发现小留仙的经过之后，颇为谨慎地询问小留仙："你是小留仙？"

小留仙只是顿了片刻便点头，算是作答。

赵信执继续问："那棺材里是程家小少爷对吗？"

小留仙又点点头，很是纠结惶恐的神情。

赵信执观察小留仙的神色，并无异样，又继续问："既然死的是程小少爷，为什么会被当成小留仙送回云生戏院，你可知道内情？还有你为什么躲在棺材里？"

面对这样严厉的责问，小留仙神色慌乱，痛苦地摇着头，咿咿呀呀的声音如泣如诉。

赵信执不为所动，拿起一支笔递给小留仙说："既然嗓子坏了不能说话，那你把你被掳走后的经历，还有那些贼匪的样貌写下来，我们帮你去追查。"

小留仙闻言一愣，死死盯着赵信执递过来的笔，脸上是众人都能看得出的恐惧。

沉默半响，赵信执非常执著地举着笔，小留仙只好颤抖着伸手去接笔。

突然，本站在一旁的叶申伸手拿过笔，略带歉意地对赵信执说："抱歉赵警官，小留仙不识字。"

赵信执盯着叶申，探究着叶申笑容背后的真实意图。二人对峙片刻，最后赵信执作罢收回了手。

小留仙如释重负，向赵信执投去一个歉意的眼神。赵信执耸耸肩，只好说："既然如此，我要将棺木里的尸首带回警局，等着程家人来认领了。"

闻言，小留仙急急地站起身，想说些什么。众人回头看向他，他的手抓了放，最终低着头不再有动作。

这些异常都被赵信执看在眼里，他不动声色地吩咐手下去偏房收拾棺木和尸体。一番吵吵闹闹弄得咣当作响，小留仙却躲在房间里，没有再投去一丝多余的目光。

叶申没有走出房间，站在门口看着赵警官等人搬棺木。突然他回头看向小留仙，意味深长地说："尸首已经搬走了。"

小留仙这次却直直地对上了叶申的目光，毫无惧色。拿起笔蘸墨，小留仙在纸上写下："你为什么要帮我？"

叶申看清了纸上的字，微笑着说："是啊，小留仙不但识文断字，且还会作诗谱曲，文采斐然。"

小留仙迟疑片刻，继续写道："我不是小留仙，你还是去把小留仙的尸首带回来吧。"

叶申漫不经心地说道："我想，小留仙费尽心思帮你改头换面，如果程家得不到一具'程小少爷'的尸首，如何肯罢休？人死不能复生，总还是要顾及活着的人。"

那"小留仙"听完这话，枯坐在椅凳上，脸上是绝望的神情。

这边南烟斋也得了小留仙还活着的消息，于是陆曼笙匆忙赶来，见到叶申的第一句话便是："那活着的小留仙是假的，死的就是小留仙，我见过……"

叶申将手指附在陆曼笙的唇上，嘘声道："小留仙，哦——是程小少爷的事，不要让别人听见了。"

陆曼笙愣住，怔怔地看着叶申："你已经知道了？"

叶申点头："嗯，事情与你我猜测的不同，你随我来。"

陆曼笙跟着叶申，叶申边走边小声说："那程小少爷……除了声音，将小留仙学了九分像，一般人根本察觉不到。应当是小留仙亲自教的。"

一直以为程少少爷是害死小留仙的凶手，没想到另有隐情。陆曼笙还未从震惊中缓过神来，叶申已经停下脚步。陆曼笙顺着叶申的视线看过去，只见小云仙陪着"小留仙"坐在廊下，"小留仙"熟练地用纸叠了雀鸟给小云仙玩耍。小云仙沉浸在师兄死而复生的喜悦中，完全没有发现破绽，亲昵地靠着"小留仙"撒娇。

叶申开口解释："他是程老爷外室之子，不容于正房，所以养在外头。原先还好，这几年程老爷卧病在床，程夫人把持程家，经常动用私刑对他泄愤，身上的伤都是程夫人打的。"

陆曼笙沉默不语，她一向不太理解这些家宅中的爱恨情仇。

叶申继续道："程老爷一个月前病逝了，程夫人想要将程小少爷置于死地。程小少爷曾经救过小留仙，小留仙心里记挂着恩情，想要将程小少爷救出水火。但是程小少爷那么多年被凌虐，早已没了活着的念头，所以小留仙做主替了他，让他亲眼看着自己被程家找的贼匪虐杀……"

知晓了真相，陆曼笙惊得倒吸了一口凉气。

叶申失笑："真是个心狠的。程小少爷心里存了恨意，活着就有了盼头。就为了让程小少爷活下去，他的哑药是小留仙亲手灌的，已经没有破绽了。"

陆曼笙点点头："回云生戏院，大约是小留仙的主意。"

陆曼笙说这话的时候，眼睛直直地看着侧方，而叶申什么都看不到。只见那里站着一个风度翩翩的少年，温柔地看着程小少爷微笑。

"之前程小少爷被打得重病，小留仙出门其实不是寻药，而是去程府佯装程小少爷挨打，这种事他不是第一次做了。"叶申无奈地笑道，"枉我如此厚待他，他倒是去得决绝。"

陆曼笙不由自主地辩解："白帮的生意与程家多有牵连，想必是不想牵连二爷……"

"叶二爷神通广大，却连两个孩童都护不了，真是可笑。"赵信执突然走进来，似乎听到了二人的谈话。

赵信执冷着脸继续说："我是来跟叶二爷打声招呼的，贼匪居然还有一个活口，被我们抓到了，供出了程家大夫人雇凶杀人。就算他们势大，我也绝对不会放过他们的，也请叶二爷不要阻挠。"

叶申微笑："赵警官随意，还特地麻烦赵警官跑一趟。"

赵信执哼了一声，留了一句"虚情假意"便离开了。

叶申也不在意被赵信执听到自己和陆曼笙的谈话，陆曼笙颇有些好奇地看着两人的相处，感到陌生又熟悉。

叶申手指轻叩扇柄，发出了"嗒嗒"的声音，思考片刻他唤来杨健。杨健感受到身侧的气息充满了寒意，只听叶申冷声道："程小少爷说程家藏着真账目，瞒着我们借白帮的势敛了许多黑财。将真账目交给魏爷，断了和程家的生意，和魏爷说是我的主意。"

杨健低声说："二爷，就算死的真是小留仙，但明面上也与我们无关……程家的盐厂和我们合作良久，就这样断了有些可惜。"

"胸怀狭隘、心含憎恶的女人当家，成不了什么气候。就算我们放任不管，也维持不了多久。况且，人偶尔也要凭心意做事，这才有趣。"叶申微笑，"是时候了，盐厂我们抢了便是。"

果然还是那个心思缜密的叶二爷，并没有意气用事。此时正是借机吞并程家的好机会，杨健笑着领命离开。

"听说叶二爷和赵警官渊源颇深啊——"站在一旁，听了两拨谈话的陆曼笙颇有意味地拖着长音说道。

"他怨恨我害死了他的大哥。"叶申下意识地苦笑答道，"也是我的大哥，你见过的那位。"

陆曼笙难得露出笑容，颇有些玩味："你们兄弟二人，其实很像的。"

叶申惊觉失言，别过头生硬地转移话题："陆姑娘，小留仙走了吗？"

陆曼笙指着程小少爷身边的空位说："他在那里，看着他。"

叶申点点头，朝着程小少爷看去。程小少爷坐在以往常坐的位置上，看着空旷的戏台，似乎还能看到旧日热闹的场景。想必这么多年难熬的日子，听小留仙唱戏就是他最大的藉慰吧。

陆曼笙感叹道:"小留仙打从一开始就做好准备去替程小少爷死,不然也不会把事情安排得如此周到。领着程小少爷逃跑,毒死贼人,桩桩件件都是照着他想的走的。"

"然后自杀。"陆曼笙了然地道,"他右手虎口的伤是自刎时留下的痕迹。"

叶申亦是点头:"不过叶某不明白,二人换了就罢,为何小留仙还要设这样离奇诡谲的局,把我们耍得团团转,多此一举。"

陆曼笙并不认同,笑着说:"他就是想让大家知道,程小少爷在程家受到了怎样的虐待。况且他是个戏子,就连死这场戏,他也想要演到最后。如此精彩,很值得我们为他喝彩。"

"是场好戏,只是苦了云生戏院又少了一个名角。"叶申深感遗憾地摇摇头,继而道,"小留仙把所有的家当都留给他了,以便他生活无忧。既然这是他的心愿,叶某只好护他周全了。"

陆曼笙福了福身子,粲然一笑:"多谢叶二爷。"

叶申欣喜:"难得听到陆姑娘的好话。"

但下一句陆曼笙的回话便让叶申幻想破灭,陆曼笙坦诚道:"小留仙让我与叶二爷说的,我转达罢了。"

叶申怅然若失:"也是了,陆姑娘怎会对叶某如此和颜悦色,饶是叶某自作多情。"

陆曼笙转过身子,看着那盯着唱台有些痴傻的程小少爷,本打算走过去和他说几句话。

"麻烦陆姑娘,不必告诉他我在。"耳旁有个婉转的声音传来,悠远细长,又无声无息,低唱浅吟,"免得他会牵挂。"

第四章

是夜。

警官赵信执走在万籁俱寂、寒夜阴森的静谧小路上，周遭没有光源，眼前漆黑一片，仿佛这条路没有尽头。赵信执心中警惕，下意识伸手去摸挂在腰侧的配枪。腰侧空无一物，赵信执心中惊愕，难道自己把枪落在警局了吗？

片刻后赵信执沉静下来，他早已习惯这样的夜晚，蹲守抓捕凶犯的时候，情况往往会更加凶险，黑暗反而成了隐藏身影很好的工具。周围静得骇人，赵信执正在思考要往哪里走，突然看到不远处有个人影闪过。

赵信执立刻熟练地压低身体，观察对方——只见那背影清瘦高大，应该是个男人。赵信执感到异常眼熟，但一时间想不起来身边有没有这样的人。警察的直觉让赵信执觉得这个男人有问题，所以放轻了脚步紧跟在男人身后，想看看他要去哪里。那男人仓促的步伐透露出他焦急的心情，大约是有什么急事，所以一直没有发现偷偷跟在他身后的赵信执。

就这样跟着男人走了约摸一炷香的时间，男人终于在一所破旧的房子前停下。赵信执抬头打量这座建筑，看上去像是仓库，斑驳的墙壁和破损的窗户都显示这所仓库已经被废弃了有些年头了。

赵信执心中惊诧，他曾经来过这里！

在微弱的月色下，那个男人站在门口，似乎在犹豫要不要走进这个仓库。赵信执看清男人穿着褐色的皮衣，身姿挺拔。不过片刻，男人似乎已经做好决定，走上前敲门，那残破的门在男人的敲击下发出"砰砰——"的闷声，伴随着尘土落在地上。

赵信执蹲着身子调整了观察的角度。那男人在等候仓库里的人来开门时，微微侧身看向月色，只一瞬间，赵信执看清了那男人是谁。

是他大哥！严亦成！赵信执呆愣住，他心心念念的大哥，就在他的眼前。

他已经死了三年的大哥，如今就活生生地站在他的眼前。

赵信执是从来不害怕黑夜的，但独独那个晚上，他分秒都不愿意回想起。当年赵信执刚从警察学校毕业的时候，和二哥叶申陪同作为记者的大哥严亦成调查一起军火走私案，最后查到了一个恒诚有名的商人金亮身上。

他们三人初生牛犊不怕虎，伪装成采访记者潜入了金亮家中盗走了钥匙。他们以为天衣无缝，其实所有动作早已被老辣狠毒的金亮暗中发现。随后金亮派人绑架了赵信执，而就是那天大哥为了救他，独自跑到金亮的仓库里，用钥匙和自己的性命，换出了赵信执。

而此刻又回到了那个夜晚，眼前情景重现——严亦成去仓库救他。赵信执不在乎打草惊蛇，箭步冲上前想拦住严亦成，但终究是徒劳。他的手在触碰到严亦成的瞬间，手直接穿过了严亦成的身体。赵信执踉跄着跌倒，挣扎着起身想回头看清严亦成的脸，却看到满目猩红，只见严亦成全脸是血、双目空洞地看着他。

刹那间，一切归于浑浊黑暗。

"啊——"赵信执从噩梦中惊醒，一下子绷直了身体，因为出了一身冷汗，已是浑身湿透，手脚冰凉。

又是这个噩梦。无论他告诉自己几次，大哥真的已经死了，都无法解脱。

恒诚的东边多是百姓居住的地方，而东南、南边住的都是达官贵族。

东街是赵信执还在当警员的管辖区，东街基本都是百姓自己改的商铺，除了米粮油酱、衣物布鞋这些常用的物件，还有东来西往的西洋稀奇物件和从地里倒斗出来的老物件，仔细些也能在此处淘到精巧的好货。在街尾柳树后的隐秘处就是大名鼎鼎的香料店南烟斋。

整条东街异常热闹，客来送迎终日不休。

今日阴雨蒙蒙，细雨连绵。东街上的行人不多，但是书铺门口却难得聚集了许多人。

赵信执路过时看到众人围着店门口大声说话，为了以防是聚众滋事，赵信执上前查问，没想到书铺老板一看到赵信执就热情地说："赵警官，要不要买画？"

画？

围观的客人让赵信执凑到前头。书店的桌案上铺着一些画卷，看着不算是太新的物件，赵信执随口问道："怎么了？是什么名家之作吗？看着有点年头。"

书铺老板闻言不免得意，嘿嘿一笑着对众人说："还是我们赵家少爷有眼力见儿，我刚刚跟他们说这是好画他们还不信呢。"

赵家少爷是旁人对赵信执的另一个称呼。城东赵家，是恒诚做粮油起家的富户，赵信执是赵家的独养子。

旁边的客人着急道："老板你也别卖关子了，这些画都没有落款，我们怎么看得出来？有什么门道你赶紧说。"

老板轻咳了一声，娓娓道来："这是旧朝王府里流出来的好东西，那负责库房的奴仆被遣散之前偷偷运出来的，藏了十几年才敢拿出来见人。你们想啊，那王爷收藏的能是什么西贝货吗？"

围观的人群都不免发出惊讶声，平头百姓最是对旧朝的八卦秘闻感兴趣，只有赵信执没了兴致，准备离开。站在他身边的客人得到了老板的同意，随手抽出画卷展开观赏，赵信执被拦住了去路，目光正好撞到了画上。

画中是个旧朝旗装打扮的女人，抱着约摸三岁大、穿着虎头鞋的孩童在花园赏花。女人和孩童穿着绫罗绸缎，应当身份尊贵。不知道画师是有意不描绘，还是画卷保存不当，女人的面容模糊，看不清容貌。

瞬间，熟悉感涌上心头，赵信执觉得浑身不舒服，充满寒意。不管旁人异样的眼神，他强行推开人群疾步离开。

赵家宅院在城东临着城门的位置，从警局到赵家宅需要一个时辰。赵夫人心疼赵信执来回奔波，就在警局附近买了间一进的宅院。平日里如果忙得晚，赵信执就会在小宅里休息。

今日也是一样，赵信执从东街回来，本想倒头就睡，但是闭上眼睛眼前就晃动着那画卷里女人抱着孩子的影子，就像自己亲处在那个桃红柳绿的花园里，却闻不到花香，甚至能感受到周遭略带血腥的气息。

赵信执腹诽，他以前见过这画吗？他想不起来和此画相关的记忆，但画上的女人熟悉又陌生。他翻过身子微微叹息，思虑过甚也无意义。他开始回想昨日发现的无名女尸案，想着从哪里找突破口，却一次次被那幅画拉回幻想中。屡次反复，困意纷至沓来，赵信执终于沉沉睡去。

梦中赵信执再一次站在了这条夜静阑珊的小路上。这样日复一日的梦魇并不会让赵信执感到习惯，他就像第一次走在这条路上，警惕地去摸配枪。

突然一阵哭声从远处传来，是女人的哭声。开始时声音很远，只是呜咽不语，但渐渐地声音越来越近，犹如在耳侧倾诉，最后变成了声泪俱下，仿佛是在诉说痛苦。

赵信执第一次感到了不安，他闭眼倾听想要确认声音从何而来。猛然睁眼，一大片血迹在他脚下蔓延开来，他的双腿就像灌铅般无法动弹。只见身穿旗装的女人倒在血泊中，胸口插着匕首，女人的头发散乱，挡住了脸。赵信执不停握手努力让自己冷静下来，踌躇着要不要蹲下查探一番，但那女人的头发就像有了生命一般动了起来。赵信执惊得想退后，乌黑的头发已经缠上了他的脚踝，他蹲下身子想去扯那些头发，却怎么都挣扎不开。赵信执瞥眼瞧见黑色中一双血红的眼睛正死死地盯着自己。赵信执摔坐在地上，双手满是鲜血，分不清是那个女人的还是自己的。

"呼呼呼呼——"再次从噩梦中惊醒的赵信执喘着粗气，那浓重的血腥味仿佛印刻在了脑子里，让他嘴腔里都是腥涩。

一夜无眠，第二日赵信执早早到了警局，查看无名女尸案的线索。陈警官来送资料的时候被吓了一大跳："老大，你这眼下乌青衬得整张脸都黑了啊，这是不祥之兆啊！"

赵信执头也没抬翻了一页纸，声音沙哑道："少贫嘴，查到死者身份了吗？"

陈警官举起手中的资料说："查到了。尸首是罗李氏，五十多岁了，住在城西乡下，家里有个儿子还是个秀才呢，母子二人相依为命。那罗秀才知道他娘死了，哭得那叫一个惨，正在我们警察局呼天抢地。"

陈警官的口气颇为唏嘘，赵信执却说："等罗秀才把尸首领走的时候，你派人偷偷跟着他。"

陈警官对赵信执的命令一向遵从："老大，你怀疑这个罗秀才？"

赵信执眉头微蹙："只是觉得有些蹊跷。罗家在城西乡下，罗李氏常年只在城西活动，尸首却是在城北水渠里发现的，罗李氏一个年过半百的妇人为何会在日落以后去不熟悉的城北？何况这罗李氏已经死了三四天了，罗秀才竟然没有报案。"

陈警官点头道："这么一说也有些奇怪，那罗秀才来的时候竟然满身酒气。老娘都丢了好几天了他还有心情喝酒？"

说罢，陈警官就准备吩咐下去盯梢罗秀才，临走时还是忍不住对赵信执说道："老大，你的精神头看着也太差了，不如去医馆看看？"

赵信执脸色一变，拒绝："去了就得喝药，喝那苦得要死的药没病也会有病。只是没睡好罢了，没什么大事的。"

陈警官忍不住扑哧一笑，说："如果只是睡不好，那就去东街南烟斋买点安神香也行。我亲戚邻居都说她们家的香好用。"

赵信执摆摆手表示知道了。

从警局出来时又是日斜西头，赵信执本想早些回去休息，不知不觉却走到了东街，回过神抬头看到了杨柳树，旁边就是南烟斋。走到南烟斋门口，他看着牌匾，心中思索："怎么走到这里了？"

赵信执没想过买什么安神香，凝神安睡，他向来觉得这是香料店为了卖货的说辞，于是转身离开。

"赵警官？"洋洋盈耳的声音从背后传来。

赵信执回头看去，从南烟斋里走出一个身穿鹅黄色袄裙、梳着双髻簪着红色绒花的姑娘，正睁大了眼睛看着他。

"……是你啊！"赵信执思索好久，才想起来这个姑娘是谁。

一个月前，他在集市抓捕小贼，不小心冲撞到了几个摊贩和行人，这姑娘就是其中一个。当时她买的蔬果撒了一地，被那小贼踩烂了。事后赵信执想找她补偿，却没找到人。

"上次抱歉，没来得及补偿你那些蔬果……"赵信执讪讪道。

"那是小贼踩坏的，与赵警官没有关系。"那姑娘笑起来眉眼弯弯，似乎毫不介怀之前的事，笑着说，"赵警官你来我们家买东西呀？"

赵信执看着姑娘的笑容，否认的话说不出口，不由自主地点点头："我来买安神香。你是南烟斋的……"

"我是南烟斋的丫环，我叫陆醌。"陆醌自报家门，听闻赵信执是来买安神香的，有些遗憾道，"今日的安神香已经卖完了。一般我们店里的安神香都需要提前预订的，像赵警官你这般直接过来买，多半会扑个空。"

赵信执不懂这些规矩，有些不好意思地说："没事，没有就罢了。我改日再来。"

"你等会儿！"陆醌眼见赵信执要走，跑回了店里，不一会儿又走出来，手里还多了两个布包着的圆滚滚的小袋子，递给赵信执。

赵信执接过小袋子，疑惑道："这是……？"

陆醌双眼含笑，面上都是小得意："安神香已经卖完了，我装了一些安神香的原料在纱布中，你拿回去在烛火上熏一下，把味道熏出来，也有安神的效果。我看你脸色不好，耽搁不得。"

赵信执没想到还能拿到安神香，便说："谢谢姑娘，不知道需要多少钱？"

陆醌立刻摆起了脸色，插着腰说："这也不值几个钱，赵警官就拿去吧，免得显得我们南烟斋小家子气。"

"陆醌，你在与谁说话？"屋内传来婉转的呼唤声。

"就来了。"陆醌回头大声答道，然后笑着对赵信执说，"赵警官我先去忙了，你若是还需要安神香改日再来订，我给你留着。"

说完陆靓就蹦蹦跳跳地进了店，看着心情很好的样子。

赵信执站在门口，盯着手里的小香袋失笑。

回到小宅已经快戌时了，赵信执脚刚踏进屋子就正巧赶上了电话铃声响起，是赵夫人打来的。电话那头，赵夫人关心地询问赵信执的日常起居："信执，最近工作忙不忙？"

赵信执如实回答："还挺忙的。"

赵夫人犹豫片刻，才询问道："再忙也要记得吃饭，不如明天早点回家来，我让赵妈给你做些补品养养身子？"

本想拒绝，但想想自己为了查案已经一个多月没回家了，赵信执改口道："好，我明天回来。"

挂了电话，赵信执梳洗一番便躺在床上，掏出了口袋里的香囊。根据陆靓教的方法，他在烛火上熏烤片刻，便有淡淡的香味传出。赵信执将香袋子放在枕头旁边，沉沉睡去。

这次的梦里不再是漆黑的小路，也没有惨死的女人。他站在花园里，周围种满了他不识的珍稀花草。他看着这些需要精心照料的花木，正猜测主人的身份时，突然听到吟唱，便顺着歌声走去。曲径通幽处，赵信执看到一个穿着旗装的女人坐在湖边的亭子里，边拿着绷子绣花边低声哼唱。似乎是听到了脚步声，那女人回头看着他，温柔地呼唤道："信执……"

又是那个画中女人，隔着廊桥遥遥相望，看不清楚她的面目容貌。赵信执心里生疑，这个女人为什么会知道他的名字？她到底是谁，为什么自己感到如此熟悉？

但那哼唱太过温柔，让赵信执放松了警惕，还来不及思考，他就在梦中再次睡去。

赵信执再醒来时已经快第二日正午了。他昨晚没有做噩梦，虽然还是梦到了陌生女人，但这次睡得很好。赵信执拿起枕头边的香袋子，没想到这安神香确实有效，心里想着等从赵宅回来再去东街订一些。赵信执心里对这个旁人评价有些诡秘莫测的南烟斋有了些改观。

赶回赵宅，赵夫人正坐在客厅等他。赵信执一眼看去，客厅桌案上放着一些照片，还没来得及仔细去瞧，赵夫人就欢喜地迎了上来，抓着赵信执的手臂埋怨道："怎么瘦了呢？是不是没有按时吃饭？不如我明日开始让赵妈给你送饭吧？"

"不用麻烦赵妈了，都是在警局和大家一起吃的，不好搞特殊的。"赵信执说着话，脱下外套递给赵妈，"我先回房间换套衣服。"

赵夫人满脸疼爱地说："赶紧去，净个脸下来喝汤。"

赵信执有些不习惯赵夫人的亲昵，找了借口回房间。房间是赵夫人精心置办过的，就算赵信执不常在这里住，赵夫人也会每日让人洒扫，所以房间里有股淡淡的清香。墙上挂着赵信执从警察学校毕业的照片，赵信执有些恍惚，自己明明在这个房间里住了十几年，却如此陌生。

赵信执换了一套舒适的衣服，下楼的时候听到赵夫人和赵妈在小声对谈。

"少爷最近回来得越来越少了，瞧着心事很重呢。"是赵妈的声音。

接着就听到赵夫人说话："可能是最近警察局的事情太忙了，脸色都是苍白的。我就与他说，这么辛苦做什么，待在家里做生意不好吗？每日看看账就好了，但他是个有主意的，想去当警察，现在已经坐上副厅长的位置嘞，很争气呢。"

赵妈声音更低了："少爷是最孝敬不过的，但老奴总觉得……少爷不是夫人亲生的，心里藏着掖着不说，会不会还想着原来的家？"

沉默片刻，赵夫人的声音有些哽咽道："若是他想回去找，就去找好了，我也不会拦着他。我从孤儿院领他回来的时候就晓得他出身好，哪有孤儿又会写字又会读书的。若是他的家里比我们好……"

赵信执是十岁的时候被赵夫人从玛利亚孤儿院领养回来的。赵老爷和赵夫人没有孩子，也曾考虑去亲族中选一个孩子过继，但不是有些亲族不舍得，就是愿意的亲族家的孩子资质太差，所以耽搁了好些年。赵夫人行善积德，常年给孤儿院送粮食补贴，那一日不过正巧去孤儿院送粮食，就刚好遇到了没来孤儿院几日的赵信执。十岁的赵信执容貌清秀，又识文断字，赵夫人当即就决定将他领回赵家，十多年来当作亲生孩子般抚养，数十年如一日。

这些恩情赵信执都是记在心里的，但隐约不安又不敢太亲近赵夫人和赵老爷，生怕赵家知道自己的过往身世。虽然他自己也不太记得自己的过去，但心中的忌惮丝毫不减。

"他想回去也行的，有时间能回来看看我就好……"赵夫人的声音已经哽咽，赵信执听不下去了。

"母亲，能吃饭了吗？"出声及时打断楼下的谈话，赵信执慢悠悠地从楼上走下来，若无其事地扣着衬衣手腕的纽扣。

赵夫人脸上已经不见异样，起身拉过赵信执的手笑着说："我已经让赵妈去摆饭了，你快过来看看我从媒婆那儿拿回来的照片。"

媒婆？照片？赵信执顺从地坐到了赵夫人身旁，看着桌案上满满的姑娘照片，满头雾水地问赵夫人："母亲你在看什么？"

赵夫人满是期待地说："信执，你看看这些姑娘，有没有喜欢的？你也到了该成婚的年纪了。"

赵信执心中大窘，本想一口回绝，但是看着赵夫人积极的态度，便说："母亲喜欢就好。"

听到这样的回答，赵夫人更是高兴，打量着自己俊朗清秀的儿子，笑着说："当然是要你喜欢的，你喜欢哪个母亲就喜欢哪个。我们信执这么好，怎么样的姑娘都是配得上的。"

看着满桌各家名媛的清丽照片，想必是赵夫人下了一番工夫收集来的。赵信执不想泼她冷水，装模作态地拿起几张端详，照片里的女子皆是衣着盛装，或站或坐，皆有大家闺秀的涵养。不知怎么，赵信执拿着照片，突然就想起昨日在南烟斋遇到的陆醍姑娘，鹅黄色的袄裙，带着绒花蹦蹦跳跳的样子，很是有趣。

好特别的姑娘。

"夫人，少爷，可以用饭了。"赵妈的声音让赵信执回过神，寻了由头放下照片，拉着赵夫人先去吃饭。

"我这几日都回家吃饭，方不方便啊？"赵信执在饭桌上边吃边说。

正在帮赵信执夹菜的赵夫人闻言欣喜："说什么呢，回自己家自然是最方便的。"

赵妈也在一旁搭腔道："老爷不在家，夫人天天在家盼着少爷回来呢。"

说了一会儿闲话，赵信执想起南烟斋的香料赵夫人好像也很喜欢，便问道："母亲可知道南烟斋？他们家的香料可好用？"

赵夫人第一次听赵信执提起夫人小姐才喜欢的物件，有些讶异道："那是城东香料铺，听说老板娘是从京上来的，店里有旁家没有的香料。你问这个做什么？"

赵信执寻了个理由："我在警局听别人说她家香料好用，想问问母亲喜不喜欢。"

赵夫人闻言笑说："你买什么母亲都喜欢的。"

吃完饭，赵信执想着要去南烟斋的事，便出门了。路过东街书铺的时候，赵信执犹豫片刻——他本想去问问老板那幅旗装女人赏花的画卖掉了没有，思索间还是决定不多此一举。他径直走到街尾柳树那里，这次他直接走进了南烟斋。

赵信执因为第一次进香料店，有些拘谨。南烟斋里是古朴淡雅的摆设，空气中弥漫着一股沉香木的香味，赵信执轻叩了一下门，出声道："你好。"

桌案那头穿着青色袄裙、簪着银扁簪的姑娘听到声音，抬起头向门口瞧来。赵信执向那姑娘点头示意。这姑娘看着年岁比陆靘稍大一些，容貌精致，气质端庄，神情透着一股淡薄凉意。赵信执有些疑惑道："我是不是在哪里见过你？"

那姑娘福了福身子，声音清冷："赵警官好生健忘，之前小留仙案子的时候，我们在云生戏院见过。我是南烟斋的老板陆曼笙。"

赵信执闻言恍然大悟，是那日在戏院查案时，站在叶申身边的姑娘。当时赵信执匆匆和叶申说了几句话就走了，与这位陆老板只有一面之缘。

赵信执正在腹诽这位陆老板和叶申的关系，清冷的声音再次响起："我与叶二爷不过是泛泛之交罢了。"

猜到了赵信执的心思和来意，陆曼笙勾起的笑容中带着玩味："赵警官是来预订安神香的吗？我听陆靘说了，本来南烟斋的安神香需要等几日的，但赵夫人是一直照顾我们的老客人，便给赵警官行个方便。"

赵信执捉摸不透陆曼笙，话也被她说尽。没有见到那日的陆靘姑娘，他也不好继续待着，接过安神香付钱道谢就离开了。

回到赵府时天色已晚，赵夫人依旧在客厅等他。桌上的照片都已经收了起来，赵妈准备了糖水，进门时先让他喝上一盏。赵信执从小就嗜甜，喝了三盏才停下。赵夫人瞄到赵信执手里拿着南烟斋的香料，试探地问道："信执，你与南烟斋的陆老板相识吗？"

赵信执点点头："之前查案的时候见过一次。"

赵夫人恍然，继续问道："你觉得她如何？"

这话问得没头没脑，赵信执放下茶盏，还是认真地想了想说："在东街那样龙蛇混杂的地方，一个外来的姑娘带着丫环撑起铺子挺不容易的。"

这是赵信执的心里话。

赵夫人心思透亮，便知下午瞧的那些照片，赵信执一个也没有瞧上，原来是已经有了相中的人。赵夫人赶紧说："我见过她，也觉得她极好。等有了赵家的照拂，就不必抛头露面了！"

赵信执不解其意："母亲，为何她要赵家来照拂？"

看赵信执完全不懂她的意思，赵夫人急急地说："我哪里看不出你下午看照片时兴致缺缺，明显是没心思。从来不见你喜欢香料，却特地跑去人家店里买东西。母亲也不是那种迂腐的人，陆老板是个端庄稳重的好姑娘，只要是你喜欢的，我和你父亲都觉得是好的。"

赵信执终于搞懂了赵夫人的意思，正要解释，只听赵夫人开始喃喃自语："陆老板好像比你大几岁？无所谓了，女大三抱金砖呀。也不知道她喜不喜欢我们城东的宅子……"

赵信执百口莫辩，只好催促赵夫人赶紧去休息，自己拿着香料匆匆上楼。回到房间，赵信执思考着怎么才能让赵夫人不考虑他的亲事，但是无解。

他快快地坐在床边叹息。其实他对自己亲生家庭已经毫无念想了，亲生母亲的印象也全无。自他有记忆以来亲人只有大哥二哥和赵父赵母，他打从心里将赵母当成亲生母亲，但心里总是无来由地惶恐，赵夫人对他那样好，可他真的配吗？

赵信执打开陆曼笙给他的香料，和之前陆酲给的不同，是精致的、压实成小三角形的安神香，不用凑近就能闻到一股浓郁的香味，却不腻人。

点上香片刻，赵信执就沉沉睡去了。

这一次的梦里，他走在宅院里，宅院是旧朝宅院的模样，可能更早。宅院很大，比赵宅都要宽敞，从后院穿过花园走到前院，好像没有尽头。踱步在这座大宅的长廊中，赵信执觉得自己像是无数次走过这条路，走向自己期待的那个地方。

自己在期待什么？

隐约又听到了哭声，但这次不是女人的哭声，而是一个孩童的哭声。他循声走到大堂屋外的窗边，捅破窗纸偷看，只见一个年过半百满脸威严的老人站在堂中，正在训斥跪在地上的旗装女人，又是这个女人。

老人厉声呵斥："罪臣之女！胆敢勾引我儿，还生下了孽子？！"

那旗装女人不敢反驳，低头不语，浑身颤抖着抱紧怀中小儿，轻声啜泣。

赵信执心中思索，听老人话里的意思，这家主人应当是非常有地位的贵族，家中少爷窝藏罪臣女，并且生了孩子。

王府？难道是前朝的皇族吗？

那老人面目狰狞，语气更加凶狠，指着女人厉声道："别以为我儿将你藏起来便无事了，这次本王定将你除了，以绝后患！！"

女人抬起头慌乱地求饶："老王爷，求你饶了我们母子的贱命吧！我们定隐姓埋名，不引出祸端！！"

"哼！"老王爷背过身，不为所动地沉声道，"今天不除了你，还想引诱我儿为你家翻案吗？！做梦！来人，拖下去乱棍打死！"

几个粗壮奴仆得令就要去挟制女人，女人挣扎着后退，满脸泪痕。

躲在一旁的赵信执不知为何感同身受，满心悲凉，甚至忘却了这是梦境，想进屋阻拦。

"啊——"听到一声凄厉的惨叫，赵信执冲到大门口朝那女人望去——女人的胸口涌出鲜血，染红了素雅淡色的旗装，而凶器正是孩童握在手中的匕首，锋利的刀口滴落着鲜血。

女人凝视着孩童，眼中毫无怨恨，轻声地唤着孩童的名字："信执啊……"

孩童一脸茫然地看着女人缓缓地倒在了地上，血液凝固，身子渐渐变得冰冷。

"信执啊……"那女人在叫他，赵信执走上前看清了那女人的模样。"咣当"一声，孩童手中的匕首掉落在他的脚下。

赵信执尖叫着从梦中醒来，枯坐在床上埋着头。他想起来了，他什么都想起来了。

深埋在他心中隐藏多年的秘密，他忘却的那些记忆，都被这个梦挖了出来，赤裸裸地摊开在他的面前！

对啊，原来自己忘却的秘密，就是他亲手杀了梦里的这个旗装女人，他亲手杀死了他的娘亲。

夜色悲凉，赵信执的心犹如跌入了冰窖深渊之中，痛苦、麻木，亦是万劫不复。

陆靓今日睡得很不安稳，总是听见前院门口有响动。看着身边陆馥睡得沉，她不忍心打扰，就独自起身披着外套去门口查看。

刚打开门，就看到门口蹲坐着一个身影，吓了陆靓一大跳。仔细看才发现坐在门口的是前几日才见过的赵信执。

"赵警官，你半夜坐在南烟斋门口干什么？"陆靓缓过神来，结结巴巴地问道。

赵信执见有人开门，站起身子来。面对陆靓的问话，他也不知道如何作答。他太不安了，他回想起一切却又找不到宣泄口，只寄希望于是这香料让他产生了错觉，赵信执缓缓地说："我想找陆老板。"

陆靓闻言，有些为难道："我们家姑娘有事外出，还没回来呢。"

赵信执魂不守舍地点点头，继续蹲下坐在门口等。

"你这人怎么回事呀，我家姑娘不在，赶紧回去呀。"陆靓有些不满道。

这深夜阴冷，更深露重，赵信执只穿了一件薄薄的衬衫，脸侧脖颈却都是汗。陆靓心下不忍，拉着他起来说："赵警官你进来等吧，我给你泡姜茶。"

赵信执乖乖地坐在南烟斋的客凳上，陆靓端上茶他也不去接，眼神空洞。

陆靛察觉到了赵信执的异样，放下茶盏温声问道："赵警官是有什么事那么着急？不如天亮再来，我会与姑娘说，让她等着赵警官。"

但赵信执十分坚持，他似乎觉得一定能在南烟斋里找到答案，摇头说："没事，我还是在这里等着。我当警察等惯的。"

陆靛不好再劝，只得坐在一旁点起了清香："赵警官当警察很辛苦吧？我以前还在府邸的时候，老爷是刑部尚书，终日要忙到亥时呢，偶尔也会到子时。"

听闻陆曼笙竟是刑部尚书家的小姐，赵信执有些意外。转头看去，陆靛在炭火映衬下明眸微闪，让赵信执慌乱的心镇定下来。想起和陆靛的初见，他说道："陆靛姑娘，当日在集市，我本想赔偿你的，但是没有找到你，抱歉。"

陆靛抬头看着赵信执认真的神情，笑着说："那一日，赵警官抓小偷本就是好事，冲撞了摊贩和行人也是不得已。但没想到赵警官居然一家一家去赔偿，事后我也是听说了的。赵警官真是个好人呢。"

"好吗？若是我不配当个警察呢？"赵信执闻言，喉咙干涩难以发声，气息微弱地呢喃道，"若是我杀过无辜的人呢……"

"我也不知道呢。赵警官怎么会错杀人呢？无论如何，我都觉得赵警官是个正直的人……"陆靛的声音越来越轻，赵信执的眼前渐渐只有模糊的身影摇晃着，最后归于黑暗。

再次醒来，赵信执发现自己躺在中心医院。陈警官嘻皮笑脸地坐在旁边看着他，看他醒了惊呼道："老大，你终于醒了！你说你也真是的，怎么晕倒在人家南烟斋呀，可真是会挑地方，把人家靛儿姑娘吓了一大跳。"

靛儿姑娘？哦，说的是陆靛。

赵信执支起身子，软软地靠在枕头上，虚弱地说："是你把我送到医院的吗？"

"不然呢！当然是我啦！南烟斋的小丫环来警局找我的时候可把我吓一跳呢。"陈警官端来一杯水，笑着打趣道，"老大你就是太累了晕过去了，医生说没什么大事。我也没敢和赵夫人说，怕她担心。"

赵信执抿了一口水，嗓子生疼："你做得挺好，别告诉她。我没事，等会儿我跟你一起回警局。"

陈警官点头，顺口说起："罗李氏的案子有结果了，凶手就是罗秀才。我们跟着他回去，就看到他把他娘的尸首裹着席子随便丢在了乱葬岗，可气死我们了，当场抓住就是一顿揍。他不经打，立马就招了——原来他整日流连城北的花街喝酒赌博，早就嫌弃老母亲的拖累。那一日罗李氏就是去城北花街找罗秀才，想劝罗秀才回头是岸。二人起了争执，罗李氏就被罗秀才推进了水渠。若他当时肯搭救一把，应该还有救，没想到这个灭绝良心的人转头又回花街喝酒去了。"

陈警官语气满是不忿。

"这种弑母的恶徒，必定要严惩……"赵信执说了半句，话在嘴边却讲不出来，喉咙痛得几乎失声。

那他呢？他亲手杀了他的娘亲。

如果赵夫人知道他是怎样对待他的亲生母亲的，会怎么看待他呢？

就算没有人知道，他就能逃过良心的谴责吗？

赵信执走进书铺的时候，书铺老板正在处理一些旧书，没有注意到他的到来。赵信执先开口道："老板，那日从王府拿出来卖的旧画还在吗？"

老板抬头看是赵信执，起身拍了拍手上的灰尘，笑着说："是赵警官呀，你来晚咯，那批画都卖掉了。"

赵信执眼神晦暗，说不清是失望还是惋惜。

"等会儿，好像还有一幅。"老板突然想起了什么，匆匆走进后院，翻找了一会儿才出来，将一幅画卷交给赵信执。赵信执沉默片刻，展开画卷，果然是自己与娘亲的那幅母子赏花图。

身旁老板碎碎念地抱怨道："其他画都卖得好好的，就这幅怎么都卖不掉，不是卖家摔断了腿来不了，要不就是我有事不在，真是邪门了。"

"老板这幅画我要了，多少钱？"赵信执声音有些沙哑。

书铺老板摆摆手道："你直接拿走吧，不收你钱了。"

赵信执闻言诧异，书铺老板却笑眯眯地说："赵警官可是好人哪，你来东街之前我们可是被地头蛇收保护费的，自从你来了我们这就安生多了。赵警官也不缺什么，看得上这幅画也算是我的心意咯。"

见书铺老板坚持，赵信执便拿着画卷走出书铺。他站在杨柳树下盯着画发愣，微风吹来，他却感到一丝暖意。画中女人的容貌渐渐清晰起来，修长的柳叶眉，小巧的唇瓣，赵信执和她有七分像。

"赵警官。"熟悉清冷的声音在身旁响起。

赵信执侧头看去，陆曼笙撑着黑伞站在他的五步外，神情淡漠地看着他。

"你的梦魇好些了？看来安神香还是有些用处的。"

"陆老板的安神香极其好，我想起了已经忘却许久的往事。"

"看来你是见到你娘亲了，是她将你的梦魇赶走的。"陆曼笙说。

赵信执没有在意陆曼笙的话，而是陷入了他的回忆中，似在与陆曼笙缓缓诉说，又像是在自言自语："她出生书香门第，家里因为文字狱下落。她与我父亲青梅竹马，我父亲将她从宁古塔接回来时，她的亲族都已经死光了……"

赵信执喃喃道："她从小就教我识字念书，教我礼义廉耻。她是那样好的娘亲，但我害死了她……"

陆曼笙打断他的话问："你还记得她与你说的最后一句话吗？"

"嗯？"赵信执还没回过神来。

陆曼笙露出温柔婉约的笑容，那笑容让赵信执感到莫名熟悉，她的声音轻柔："要好好地活下去。"

赵信执回到赵府就开始发烧，急得赵夫人团团转。

在赵信执的梦里，他不过是个三四岁孩童，还是在那日的大堂上，他蜷缩在女人的怀里，甚至能听到女人的心跳声。老王爷凶狠地呵斥女人，吩咐下人将女人拖出去乱棍打死，周围吵吵闹闹的声音在赵信执耳边如若蚊音。

他看到女人从怀里拿出匕首，轻声对赵信执说："没有我这样罪孽的母亲，你定要求他们饶过你，他们定会饶过你的。"

这是梦，这是已经发生的事，赵信执什么都做不了，他只是定定地看着女人，想把女人的脸记清楚。

"信执……听娘亲的话，要好好地活下去。"女人言罢，毫不犹豫地将匕首捅进胸口。

赵信执就像小时候那样，不由自主地拔掉女人胸口的匕首，紧紧地抱紧女人。

梦百转千回，没有血腥的味道，只有清香。

醒来时，赵夫人守在一旁焦虑地看着他，恍惚间那神情与梦中女人重合了起来。但逝者已矣，生者如斯，如果娘亲还在的话大约也会这样劝他。赵信执看着赵夫人，扯出笑容说："母亲，我没事，以后会好好照顾自己的。"

赵夫人拭去眼角的泪水，看赵信执确实没事，才埋怨道："你要去找陆姑娘随时都可以，何必病着急巴巴地跑过去呢。"

赵信执脑子混沌，才想起来昏过去前最后见的人好像是陆曼笙。他看赵夫人那打趣自己的神情，知她误会深了。

赵夫人笑含深意："好啦！都有人看到你在东街与陆姑娘说话，还特地来与我讲了。"

"母亲，真的不是——"赵信执发现自己是百口莫辩、无话可说了。

赵信执以为不会再与南烟斋有什么交集，不过两日却再次见到了陆曼笙。他被赵夫人诓骗到了茶楼，没承想等着他的是陆曼笙。两人互道来意，却发现都是被赵夫人欺骗而来的，赵信执尴尬："陆姑娘，没想到我们会以这样的方式再见面。"

"赵警官好啊。"陆曼笙看到赵信执也不气恼，喝着茶欣然道，"赵夫人真是热情哪，那位也是。"

陆曼笙话中有话。

"是我母亲唐突了，希望陆姑娘不要介怀。"赵信执十分抱歉。陆曼笙颔首，表示不在意。

二人不再言语，也不好径直离开，便自顾自喝茶。赵信执当然知道自己母亲这样做是为何心思，但是他与陆曼笙只见过寥寥几次。

突然有声音传来："这么巧，赵警官居然和……陆老板在喝茶？"

听到声音，陆曼笙与赵信执一同回头看去，只见叶申穿着玄青色长褂，手里敲打着折扇向他们走来，用有些诧异的眼神看着二人。

赵信执有些尴尬没有接话，而陆曼笙则是装作未见，别过头去继续喝茶。叶申自顾自地在陆曼笙旁边坐下。

陆曼笙微微蹙眉，她面对这个厚脸皮的人时真的很容易生气："叶二爷，好一个不请自来。"

叶申笑眯眯地说："赵警官与陆姑娘在此喝茶总不会是叙旧吧？若是商议什么为难事，叶某人也可以帮忙。"

陆曼笙实话实说："叶二爷，我们是受长辈安排相看对方，此事叶二爷怎么帮忙呢？"

叶申闻言诧异，缓缓起身作揖，脸上是抱歉的笑容，嘴上却说："陆姑娘，我觉得，你们并不适合。"

赵信执已经看出陆曼笙是在故意针对叶申，闻弦歌而知雅意，便也笑着说："叶二爷不必劳心，我母亲很喜欢陆姑娘。"

"信执！"叶申直呼赵信执名字，声音有些急促。

叶申已经很少这般展露情绪了，也许是因为知道陆曼笙有可能会嫁人，也可能是因为要嫁的人竟然是赵信执。

叶申已经很久没有这样叫过自己了，赵信执竟然心中有些暖意。当年他如娘亲期盼的那样死里逃生，从见不得光的外室子摇身一变成了小贝勒。但他没有沉溺在这个身份中，找了个机会从王府逃了出来。他不愿意待在王府，那座雕梁画栋、雕栏玉砌的府邸就是害死他娘亲的凶手。

流浪、抢食还要躲避王府的追查，他躲躲藏藏就像个过街老鼠，直到遇到了严亦成和叶申。

赵信执跟着他们做小贼，他俩是偷东西的老手，赵信执就负责望风。那捉襟见肘、穷困潦倒的日子确实是他最畅快的时候。

这些往事还历历在目，但没想到大哥死了，自己也与叶申这个二哥反目成仇。

所以没想到此时还能听到叶申唤自己一声"信执"。

"你们兄弟俩聊吧。"陆曼笙不容分说，起身离开，不想留在这里看他们大眼瞪小眼。

陆曼笙刚刚走出茶楼，就听见耳侧有轻言细语传来。陆曼笙淡然地说："夫人不要再勉强了，我与赵警官真的不合适，您不要这样乱点鸳鸯谱。我也大概知道他喜欢怎样的姑娘，应当不会让您失望。"

　　身侧温暖的虚影福了福身子，渐渐隐去。

　　"陆老板等等我，我也去南烟斋。"赵信执也匆匆追了出来。他不想和叶申独处，便找了借口想去南烟斋拿赵夫人定制的香，再顺便看看陆酲姑娘，却没承想闻到了一股甜香熟悉的气息，于是脚步变得更加轻快起来。

　　"我也是要去南烟斋的，不如同行。"叶申亦跟在后面，不紧不慢笑眯眯地说。

　　陆曼笙不理会二人，径直向前走。

　　真是恼人。

　　乱七八糟的一日。

第五章

　　但凡见过南烟斋陆老板的人，都会诧异陆曼笙真是难得一见的美人，清冷得像是壁画里走出来的仙女，而她身边的两个丫环陆馥与陆馣，也是少见的标志俊俏。

　　陆馥与陆馣二人应当是双生子，长得一模一样，旁人乍一看是区分不出来的。但熟识她们的却极容易分辨二人，两人模样难以区分但性情却是天差地别——姐姐陆馥喜欢浅色素净的衣裙，性情温婉，平时负责打理南烟斋里的日常庶务，对那食蔬果菜一针一线的价格了如指掌；而陆馣大方活泼，做起事来雷厉风行，主要负责南烟斋对外的生意，吵起架来也是一把好手。她们二人与陆曼笙名分上虽为主仆，其实情同姐妹。

　　这样出挑的两姐妹，上门求亲的媒婆都要把南烟斋的门槛踏平了，但她们每一次都拒绝亲事，所以各家媒婆也都死了心，不再上门了。

　　左邻右舍对陆曼笙的身世也有所耳闻，前朝刑部尚书家的二小姐。这般容貌和家世，旁人都对她这般出来抛头露面地做生意很是不解，久而久之便有闲话传出来，说南烟斋老板自己嫁不出去，见不得自己丫环嫁得好，气得陆馣发了好大一通脾气。

可这日晨起，周遭的邻居又见南烟斋的门被媒婆带人堵了，而且这次来的还是恒城最有名的王媒婆，也不知道是哪家有那么大毅力，非要和陆老板死磨，接连来了三日。

　　到了第三日，陆曼笙实在熬不住了，婉拒的话都说尽了，王媒婆就是不肯走，非要求娶陆馥。

　　来者即是客，陆曼笙也只好待在前厅陪着王媒婆说话。

　　"哎哟，陆老板你可别怪我说实话。你家馥儿姑娘家世摆在那里，若许配顶多是小厮书生，再好些就是商户家的续弦。"王媒婆絮絮叨叨地对陆曼笙说，"可这安家可是城中数一数二的富户，要不是八字对上了，哪能看上你家馥儿姑娘。"

　　陆曼笙心中不悦，但狠话到了嘴边又是百转千回："可是，听说安少爷的身子不好……"

　　王媒婆赶紧接话："哎哟，安少爷身子是差了一点……我实话和你说了吧，这会儿安家急着给安少爷娶亲，是想要冲喜……"

　　陆曼笙大吃一惊："好个安家，竟这样荒唐！"

　　王媒婆生怕陆曼笙恼了，此事就没有回旋余地了，急急道："陆老板也不要想偏了。我知道你心疼馥儿姑娘，难道挑个蓬生麻中、不扶自直的庄稼人就能万事周全、顺遂如意了吗？嫁人还是要求个和和美美，安少爷是读书人，如何会苛待馥儿姑娘？万一这安少爷去了，馥儿姑娘便是安家的正经夫人，下半生也是衣食无忧的。这样的婚事，多少家姑娘想求都求不来。"

　　陆曼笙放下茶盏，冷声道："王媒婆舌灿莲花，我却作不得这个主。如果馥儿嫁过去过得不好，我便是害了她。"

　　厅堂连着后院的帘子被掀起，陆馥从帘后出来对陆曼笙福了福身子道："陆姑娘。"

　　王媒婆一见陆馥就亲热地凑上去，拉着陆馥左瞧右看，打量半晌才道："哎哟，馥儿姑娘真是讨人喜欢。我这跟陆老板说的真是一门好亲事，安家可是恒城的大户啊，祖上是翰林院学士，书香门第……"

　　媒婆说亲时的话大多是添油加醋的，不可尽信。但就算陆馥这样极少出门的也听过安家的名头，是恒城少有的富贵人家。王媒婆说得飞快，陆曼笙生怕陆馥被绕了进去，出声打断道："馥儿，慎重。"

王媒婆犹不死心："陆老板！你可别拎不清呢，这样好的亲事哪里找啊！"

许久，馥儿才缓缓地轻声道："陆姑娘，我愿意的。"

王媒婆欣喜，讲了那么多好处谁人不心动？她以为陆馥是个贪财贪家世的，心中鄙夷陆馥小家子气，但脸上却是十分满意之色，点头道："陆馥姑娘是个明白人，这桩亲事真的是极好的。"

王媒婆总算是做完安家吩咐的事，得了答复就急急回去安家领赏。等那媒婆离开，陆曼笙叹气："你何必答应，你若是不愿意，我怎么都会帮你回绝的。"

陆馥笑了笑说："那安家的目的如此不堪，姑娘不也是没有一口回绝吗？"陆曼笙无奈。她自然知道陆馥答应这门亲事，不是看中安家家世显赫。

陆馥给陆曼笙斟了茶，宽慰道："我与姑娘都知道，一开始命数里写好的，就是安朔与陆馥结为夫妻。"

陆馥眼神清明，莞尔一笑："姑娘，我想试试。终究命里躲不过去。"

王媒婆做事很利索，安家也派人来南烟斋与陆曼笙商议过几次，因为安家少爷的身子等不及，亲事定在次月十五。

转眼就到了十五。当日天未亮，门外就一顶普通的轿子，除了王媒婆与轿夫，安家只安排了两个年长的婆子。

陆馜不相信，从门缝里左瞧右瞧再也没看到其他人，于是跺着脚回了里屋，只见身着红色喜服的陆馥正盯着铜镜里的自己发愣。

铜镜中的少女雾鬓云鬟，蛾首蛾眉，耳垂戴着莲花金碧玉的耳坠，甚是端庄秀丽。陆馜进门就怒道："你可知安家多欺负人！竟然只有一顶花轿两个婆子！"

"你知道我不在意这些的。"陆馥抬头向她看去。

陆馜柳眉倒竖，看着陆馥与世不争的模样就生气："婚事那么清冷也就算了，明知道那安少爷是个药罐子，你还眼巴巴地嫁过去作甚？也不知命数怎么定的，你这样好，偏要你嫁去这样的人家。"

"我早知道安朔这个名字，他会成为我的夫君。"陆馥拉过陆觋的手示意她安心，宽慰道，"我时常会想，他是如何容貌、品性如何，会不会对我好？我日思夜想了千百回，梦里都有了他的样子。"

见陆觋一头雾水，陆馥歪着头看着陆觋笑道："觋儿，你就不会好奇你命数里的人是谁吗？如果是你，你舍得放下吗？"

"好好的说你呢，扯我做什么！"陆觋闻言脸一红，不满道。

陆馥低头，揉搓着手中的红盖头："若不试试啊，实在是不甘心。不试怎会知道，我一心想寻找的，是否他也是如此寻我？"

陆觋默然。

在前厅的陆曼笙将陆馥要带去安府的物件安置妥帖后，就亲自来为陆馥覆上红盖头，将她送出了门。陆觋平时性子最是豁达，但跟在陆曼笙后头眼泪就像珠串一样往下掉。

走到轿子前，陆曼笙低声对陆馥说道："馥儿，从今往后，前路未知，你且珍重。"

富丽堂皇的安府门口完全瞧不出正在办亲事的样子，只孤单单地挂了两个带"囍"字的灯笼。管家婆子等在门口，轿子从侧门被抬进了安府。王媒婆也觉得安府实在有些怠慢，在轿子旁小声道："馥儿姑娘别介意，少爷身子不好，婚事不适宜大操大办。"

说完全不介怀那是假的，但比起这些虚礼，陆馥更期待见到自己要嫁的夫君。紧张的心思冲淡了其他情绪，陆馥心不在焉地坐在轿子里点点头，继而才想起自己点头无人瞧得见，又连忙应道："嗯……"

行至二门落了轿子，陆馥看不清前路，由王媒婆引到了屋子里安置。等她坐下，众人纷纷退出，直到关门声传来，陆馥才松了一口气。周遭悄无声息，应当是没人了，陆馥偷偷掀起红盖头向外瞧去，还未看清屋子里的摆设就看到门外有人影闪过。生怕被人说没规矩，陆馥赶紧放下盖头，安安分分地坐在床边。直到在屋里呆坐了很久，才重新听到推门的声音。

是他来了吗？

有窸窸窣窣的衣物摩擦声音，来人进了屋子后就站在不远处，却没有再向陆馥靠近。只听见一个温柔的男声传来："馥吗？你的名字很好听，想来应该是人如其名。"

此话音落，饶是陆馥不熟悉规矩也知道是新郎官来掀红盖头了。许久没有动静，陆馥脾气也有些上来了，语气不善道："安朔少爷，你若疑惑我的模样，不是应该掀了盖头瞧瞧？若是长得歪瓜裂枣，赶紧将我退回娘家去。"

那男人的语气依旧温柔："对不起，我可能没有办法……"

接二连三的怠慢之事令陆馥已经不愿隐忍，她气得一把扯下红盖头，往那人看去。

声音的主人安朔正端坐在椅子上，月光透过交窗纸，洒在安朔身上。陆馥愣在那里，她第一次见到这么清俊的男子，好看得就像戏文里的人一样。

"你……"陆馥满腹狠话突然说不出口。那安朔样貌清秀，看向她的眼睛却是一片浑浊、呆滞无神。

难道是……眼盲？

陆馥微微抬手又放下，果然安朔的眼神毫无反应。陆馥颓坐在床上，不知所措。

"我吓到你了吗？"安朔更是放软语气，"想必我家里为了娶你，也是用了不少手段。若是你心中委屈，我去求母亲放你回去……"

"安少爷，我不是那种……"陆馥心中怜悯，斟酌着措辞说，"鄙于不屑的人。"

"哈哈。"安朔闻言，手握拳掩嘴笑出声。

陆馥有些尴尬，小声嘟囔道："笑什么，你不信吗？"

安朔摇摇头道："你既愿意与我相处，我当然是信的。可我此刻若说信，你会不会觉得我哄骗你？"

陆馥红着脸细细想着，彼此都是第一次见，如何就能对陌生人听之信之呢？她瞧不出安朔打趣的意味，便认同道："那倒也是。"

看着安朔笑得眉眼弯弯，陆馥突然一扫郁闷，觉得既然嫁进了安家，那既来之则安之。这安朔少爷看着不难相处，兴许往后日子还不错呢。

而此时安家正堂，安夫人正在听婆子说陆馥进府之后的事。站在下首打扮清爽的婆子正是去南烟斋接陆馥的奴仆，那婆子对安夫人卑躬屈膝道："少夫人看到亲事简陋也没有微词。刚刚我去听了壁脚，咱们少爷笑得挺开心的。少夫人言谈举止很是得体，长得也不错……"

安夫人放下茶盏，睨了婆子一眼，婆子赶紧低下头。安夫人冷哼道："她能有什么意见？长得好有什么用，身世这般差。若不是道长说娶这个女子对朔儿的病有好处，我才不会答应。"

安夫人瞧不起这个门户低的少夫人，婆子不敢再说，只能奉承道："是是，那都是少夫人几世修来的福气。"

因为少爷娶亲，下人在正堂也布置了些带"囍"字的灯笼。安夫人冷眼看着这些红灯笼："明日就把这些撤了，看得我碍眼。"

众人没有得赏也就罢了，还惹了夫人不高兴，现下更是个个大气都不敢出，赶紧应是。

翌日，陆馥算好了时辰早早起了床，按照惯例应当去给安朔的双亲请安奉茶。

昨日安朔不过坐了半炷香的时间就被安夫人派的人接回去喝药，余下的时候陆馥自己卸了嫁衣，待在房间做女红打发时间。到了点就有丫环进来送饭食，服侍她安睡，倒也妥帖。

门口没有丫环守着，怕误了时辰，陆馥便自己走出门想去寻人。刚走到转角，就听到昨日照顾自己的两个丫环正背对着她在长廊下碎嘴说话。

陆馥探出身子偷偷瞧去。

她记得红衣服的丫环叫嫣红，只听嫣红语气不满道："小翠，你说我俩倒不倒霉，偏偏被派去伺候那个新来的少奶奶。听说那位少奶奶的身世还不如我们呢，真以为飞上枝头就能变凤凰了。"

小翠年纪瞧着比嫣红小些，嘴上却很厉害："少爷要不是病得厉害，哪轮得到她那样的女子嫁入安府。服侍这样的人，我都觉得晦气。"

嫣红很是沮丧："听说夫人也不喜欢她，我们跟着她哪能过上好日子啊。"

馥儿站在转角处听了个清楚分明，其实两个丫环说得也没错，水往低处流人往高处走，昨日安府这般对她，跟着她的人如何会好过？陆馥正思量着是走出去警醒她们，还是回房等着下人来叫。

还在犹豫之间，突然有人握住了她的手。

"呀！"陆馥惊叫出声，回头一看是安朔牵住了她的手。只听安朔笑着说："久等了。"

那两个碎嘴的丫环听到声音，回头看是安朔和陆馥，吓得赶紧跪拜请安："少、少爷……少奶奶……"

两个丫环偷偷瞄见安朔牵着陆馥，心中诧异，没想到自家少爷竟然对这个少奶奶格外疼惜。两人互看一眼，将头埋得更低了，也不晓得刚才少奶奶听到了多少、会不会发落自己。

陆馥也有些紧张，她不大习惯安朔的亲昵，但此刻她知道像安府这样的人家规矩极其严格，这样碎嘴的下人是不会轻饶的，于是有些忧心。没想到安朔紧握馥儿的手，柔声对那两个丫环道："少奶奶说你们伺候得好，跟着管家下去领赏吧。"

"欸？！"两个丫环意想不到，赶紧谢恩，"是！谢谢少奶奶！"然后忙不迭地走了。

这样做倒是既保全了陆馥的颜面，也顺了陆馥的心意。陆馥低声道："谢谢。"

安朔却说："你我夫妻，不必言谢。等会儿要去拜见父亲母亲，你不必紧张，若有为难，我在。"

想起等会儿就要去见安老爷和安夫人，刚刚已经听那两个丫环说安夫人不喜欢自己，馥儿心中叹息，应了一声："嗯。"

安朔虽然看不见，但对去正堂却熟门熟路。快到正堂时，安朔轻轻放开陆馥的手，陆馥顺从地跟在他身后走进正堂。

"父亲，母亲。"安朔请安。

正堂上座端坐的正是安老爷和安夫人，身后站着婆子管事。陆馥不动声色地瞧了瞧，安老爷身宽体胖，长得一团和气；而安夫人雍容华贵，此时正轻蔑地瞧着自己。

丫环捧着托盘端上茶水。馥儿依着规矩从托盘上端起茶盏，婆子伶俐地递上蒲团，陆馥跪在蒲团上高举茶杯，递给安老爷："父亲，喝茶。"

安老爷旋即端起茶，说了两句和和美美的吉祥话。轮到安夫人这边，陆馥依样画葫芦地递上茶，柔声道："母亲，喝茶。"

"嗯。"安夫人嘴上应着，却没有接茶的动作，眼睛更是视若无睹地瞧着远处。

这样跪着还高高抬手的动作极其累人，不一会儿陆馥就举得手发酸，身子也微微颤抖，却强忍着不露出为难的表情。

厅堂一片安静，安老爷向来对妻子言听计从，此时就装作瞧不见。安朔听不到陆馥的声音，轻声唤道："馥儿？"

安夫人抬眼，目光像刀子般看向陆馥，陆馥俯首帖耳不敢应答。

刚刚安朔就猜测母亲会为难陆馥，此时更加确定。推开扶着他的小厮，安朔顺势也在馥儿身侧跪下，紧紧抿着唇一言不发。

"朔儿！"安朔跪得突然，自然没有婆子递上蒲团。看到宝贝儿子跪在冰冷的地上，安夫人心如刀割，"唰"地一把夺过茶盏，满脸不爽快。陆馥低眉顺眼，袖中的手紧紧拽住，心中暗暗舒了一口气。

恒城结亲的规矩是第三日夫君陪娘子归宁，只是安朔的身子差到出不了院子，只有陆馥一人依着规矩回了南烟斋。陆酰早就等在了门口，一看到陆馥下马车就拉着她进屋左看右瞧，生怕她少了胳膊掉块肉。陆曼笙坐在一旁饮茶笑看。

陆馥将安府的所见所闻娓娓道来，本就因为安少爷没有陪同而来有怨气的陆酰，听说安朔从小失明，气得从凳子上跳起来道："什么？！瞎子！"

闻言陆曼笙也有些诧异，陆馥低垂着头没接话。

陆酰气得把茶盏撞得叮当响："都是你心软，药罐子也就罢了，竟还是个瞎子！这样日子如何过啊，你赶紧去求一纸休书回来吧。"

陆曼笙一边心疼地看着茶盏，暗自思忖以后定要陆酰离这些茶盏都远一些，一边劝慰道："酰儿你好生紧张，馥儿还未说什么。"

陆酰脸气得通红，指着陆馥骂道："她就是这般软性子，任由人欺负！若是我定骂得安家的人找不到北！"

陆馥知道陆酰是担心自己，便去拉她的手："我知道你不过是气我软弱好欺罢了，不是真的厌烦我。可是你想，夫人至多不过嘴上刺我两句，又能掉几两肉不成？我全当听不见，没往心里去。倘若我回嘴，就算争赢了又能如何？又能占了什么好处？"

陆靛别过头不想再理睬她："你别讲你那些大道理，我就是气不过。"

陆曼笙怕陆馥难堪，打圆场道："安家哪敢求娶你这样的混世魔王呀。"

南烟斋的香气让陆馥感到松懈，她喃喃道："好像……也未有你们想的那样糟。安少爷很顾及我，安家人虽不喜欢我，但也没有为难我。"

陆曼笙见天色已晚，宽慰她道："听你这样说，安夫人不是好相与的，但安少爷的品性脾气都还不错。你若是在安家过得不好想走的话，随时可以离开。"

其实陆靛也是善解人意的性子，早就将道理听进去了，只是看着陆馥落不下这个脸。陆馥知道陆靛心疼自己，心生暖意道："我什么都好，你不必担心我。若我真的有什么闪失，还有你和姑娘给我撑腰，你们还会让我吃亏不成？"

陆曼笙将陆馥送到门口，陆馥要上马车之时，陆曼笙突然出声叫住她："若这门亲事你悔了，不要瞒着，要与我说。拿回你的东西就可以走，谁也拦不住你的。"

陆馥回头，面露感激之色，点头道："嗯，谢谢姑娘。"

回到安府时夜色已深，陆馥发现安朔坐在屋子里等他，身边也没有丫环服侍，她惊讶道："黑漆漆的也不点灯，你一个人坐在这里作甚？"

突然想起点不点灯也与安朔无关，陆馥赶紧点灯端茶。安朔的语气有些小心翼翼："我今日没有陪你回去，你若是心中有怨气……"

正忙碌着的陆馥放下茶盏，打断安朔的话，有些不满道："少爷，你不要总把我当作那种小鸡肚肠的人。"

自己这样的夫君着实称不上好姻缘。安朔苦笑说："我从小就看不见，又因体弱多病，母亲不让我陪你回门。我总觉得亏欠你太多。"

陆馥心中暖意顿生，顺势蹲在他的身侧，将手轻轻搭在他的腿上让安朔能感受到自己的存在，笑着说："少爷，刚刚你说的那些我都不介意。其实我长得貌似无盐，既然你瞧不见我，也就不要往心里去。这般互相吃亏也就互不吃亏，这样可好？"

闻言，安朔失笑："那还是你吃亏多些。"

安朔笑如和煦春风，陆馥看着心情大好，便将独自回门的事抛诸脑后。毕竟日子还是要过的，终究是与安朔过，旁人再怎样都无关紧要了，只要安朔与自己同心同德，陆馥就觉得什么都好。

就这般相安无事了三个月，陆馥也渐渐摸清了安朔的好脾气——他从不打骂下人，孝顺父母，对自己也是相敬如宾、温柔体贴。于是就连平日里安夫人的冷言冷语，也不会叫陆馥难过了。

安朔平时用来打发日子的喜好很少，从前就是听丫环小厮念书，偶尔会弹奏乐器。自从陆馥进府后她就负责安朔的日常起居，闲暇无事时就坐在一旁听他吹笛子。安夫人本有些不满，但看她陆馥照顾得仔细，安朔的病症也是日日渐好，也就少了些冷言冷语。

临近傍晚，陆馥从小厨房忙完端了点心回房，就看到安朔靠着交窗睡着了。陆馥小心翼翼地上前替安朔盖上暖和的毯子，怕安朔醒来时自己不在，便也坐在一旁合眼浅眠。

已经很久没有做梦了，陆馥竟然梦见了小时候，她和陆靓在府邸里追逐打闹，陆曼笙也不劝阻，只是瞧着她们笑。

那时京上大乱，陆府举家南下，陆馥与陆靓亦是祈求陆曼笙："姑娘，姑娘，请带我们走……"

陆曼笙回过头来笑着说："好啊，既然跟着我走了，就不要后悔哦。"

姑娘什么时候说过这样的话？明明是逃避祸乱，为何会后悔？

陆馥从梦中惊醒，眼前一片朦胧，还没想明白自己身处何处，就突然闻到香味。陆馥低头，这才发现给安朔盖的毯子正在自己身上。

抬眼看去，安朔站在门口，双手端着汤盅，有些手足无措道："馥儿，吵醒你了吗？"

陆馥赶紧起身将他迎进屋，问道："你要出去怎么不叫醒我？！"

安朔将汤盅递给她说："汤盅里是莲子羹，我猜你会喜欢，就去小厨房拿了。"

馥儿看到安朔的手上黑漆污脏，气恼地问："你去厨房拿的？怎没有下人跟着你？万一摔着碰着……"

突然意识到这话戳人伤处，陆馥立马打住。她声音低低的，满是歉意："对不起，我不是这个意思……"

"没事的。"安朔若有所思地看着窗外，"这里的一草一木，我都很熟悉。我啊，从来没有离开过这个房子，犹如困兽犹斗。"

馥儿闻言，心中像布被揉成了一团，痛得难受。

安朔的身子越来越好，府邸下人们也都喜欢陆馥这个好相处的少奶奶，私下都说少爷的病能渐好都亏了少奶奶照顾。每每听到这种闲话，安夫人就越发对陆馥看不顺眼。

每到月底，回春堂常大夫就会按照惯例来给安朔把脉。常大夫细细问过安朔近日的情况，就对安夫人和安老爷示意："老爷，夫人，借一步说话。"

安朔收回手，陆馥帮他整理袖子。安夫人见他二人亲昵，瞪了陆馥一眼，陆馥急忙收回手将头埋低。这异样引起了安朔的注意，等屋子里无人时，安朔偷偷问道："母亲是不是又为难你了？"

陆馥生怕安朔护她引来安夫人的不满，赶紧说："没有，我对母亲奉命唯谨，母亲怎会为难我呢？"

安朔突然说："我忘了药怎么喝了，馥儿帮我去问问大夫可好？等下我在房里等你。"安朔另一只手压着袖子有些不自然，其实他袖子里藏着礼物，正想着要怎么支开陆馥，于是只好想了一个蹩脚的理由。

还好陆馥是个心思不多的，没有注意到安朔的异样，闻言就说："大夫还没有走远，我去问他。"

说完她就追出门去。还没走两步陆馥就听到安夫人和安老爷的声音，她不想与他们撞上，便躲进了身旁侧屋的门后。

安夫人的声音很是欣喜："老爷！你听到大夫怎么说了？朔儿的身子已经好多了，该是把那低贱的女人打发走的时候了。"

低贱的女人？是说自己吗？陆馥心头一紧。

她又听到安老爷犹豫的声音："我们这是过河拆桥，不好吧？"

安夫人冷哼："自从朔儿娶了那卑贱女子，害我被亲族耻笑！我大门也不敢出！就算不把她赶走，也要把金大小姐娶进门给朔儿做正室。难道你真的要认她做朔儿的夫人，她生的孩子继承安家家业吗？"

安老爷沉默。

安夫人看安老爷松口，催促道："就这么说定了。乡下的院子也是有人服侍的，不会亏待她的。"

安夫人与安老爷边说着话边走远，躲在门后的陆馥眼里噙着泪水，袖子都被自己指甲拽破了几根丝线。安家着实过分！她忍气吞声，安家就得寸进尺！退一分进三分，她不想再忍气吞声了！

陆馥疾步走回屋，心中一片清明。她打开柜子开始收拾行囊，自言自语道："果然世间情爱都是骗人做戏的，还是老实回陆姑娘那儿去。"

"咣当——"从柜子里掉出一个红木木盒，木盒上雕刻着鸳鸯戏水。因为从来没见过，陆馥便拾起木盒好奇地打开，只见里面静静躺着一枚同心结。

"馥儿，礼物你喜欢吗？"安朔不知道什么时候站在屋外，隔着门轻声道，"只愿卿心似我心，定不负相思意。"

安朔自然看不到陆馥正在收拾衣物，也看不到陆馥落泪。

陆馥将离开的心思压在心底。安朔对她那么好，护着她宠着她，将一颗真心给她，她总归要与安夫人争上一争才甘心。

入夜之后，安夫人派人来唤陆馥，陆馥心里已经有了计较。等她到正堂时，安夫人正端坐在那里喝茶，这半年下来无论陆馥怎么做小伏低，安夫人依旧不喜欢她。

安夫人见陆馥来了，冷眼瞧着开口道："朔儿既然娶了你，也没办法。我们过几天要去金府提亲，让朔儿迎娶金小姐，你先搬去乡下的别院住吧，总不能说我们安家没规矩，没有妻先有妾。"

陆馥抬起头看着安夫人，毫无惧色："母亲，朔郎已有妻，如何再娶妻？"

安夫人这么说话实在是令人太过难堪。安家派媒婆去南烟斋提亲时分明没有说是妾室，若一开始就说清楚，别说陆姑娘与陆靓，就算是她自己也断然不会接受的。

"哼，你可不要不知好歹。"安夫人有备而来，睥睨着她，"我们让你进门是瞧得上你，你说你是我儿子的妻，你可有下定？你可有三媒六聘？族谱上没有你的名字，你算什么货色。"

陆馥气得浑身颤抖，咬着唇说："朔郎若是厌弃我，让他亲自与我说。"

安夫人由婆子扶着站起身来，说："安家是我在做主，朔儿自然是听我的。你若是听话，等金小姐过府，我再派人将你接回来，安安分分做个妾室，安家也不会亏待了你。"

陆馥直起腰板，福了福身子，语气却依旧恭敬："安夫人，既然你心意已决，我也不再多言，但我只一句，我于安家、朔郎问心无愧。我不会做妾室，安家背信弃义在先，安夫人当心自食其果。"说完，陆馥扭头就走。

安夫人本以为陆馥这般好性子是好拿捏的，没想到她竟然如此强硬，说话不客气还敢诅咒自己。安夫人指着陆馥离开的背影，谩骂了许久都没有消气。

陆馥出了正堂就出府往南烟斋去了，安夫人怕她与安朔闹事，派人紧紧地跟着她。马车上，陆馥左思右想，把帕子都快绞碎了，终于下定了决心。

陆曼笙很是意外陆馥这时候回来，忙吩咐陆靓去准备茶水。见陆馥满脸倦色，陆曼笙也不催问，示意陆馥坐下说话。等陆馥呷了茶，才问道："馥儿，你怎么来了？"

"想回来就回来，我可想着你呢。"陆靓站在旁边，大大咧咧地说，"不过你这样经常回来，安家不得编排死你呀？"

安家的婆子就站在门口，陆靓这般大声就是说给她们听的。陆曼笙低声呵斥道："靓儿，不可胡说。"却不是责怪的语气，想来陆曼笙对安家也是颇有微词。

陆馥有些为难地说："陆姑娘，我想问你要回我的东西。"

"怎么了，安家对你不好吗？"陆曼笙皱眉。

陆馥点点头又摇摇头，不知从何说起。

陆曼笙起身走到后院，再出来时手中多了一个雕花木盒。将木盒递给陆馥时，陆曼笙忍不住道："你真的想清楚了？若是你想明白了，决定要走，他们都拦不住你的。"

陆馥接过木盒，转身去抓陆靓的手，眼中都是不舍，却轻飘飘地说："你这般胡闹，总是让姑娘好生头疼，往后不可如此了。"

陆靓反手搂住陆馥，一下红了眼睛，哽咽道："你要是走了，就更管不了我了，我更是要闹到天上去了。"

在安府无论受了什么委屈，陆馥都未曾哭过，此刻却潸然泪下："姑娘，你顾念我一场，就原谅我这一回任性，我是不后悔的。"

陆曼笙察觉出一丝不对，却又说不出个所以然来，只有不住地叹气："馥儿，你如此沉得住气，又是这般倔强，倒是让我太心疼了。"

没想到，这一别真的就是别了。

花朝月夕，用过膳后，陆馥领着安朔在月下散步消食。安朔紧紧牵着陆馥，问："你今日怎么突然回家了？是不是我娘她又为难你？我去与她说。"

陆馥掩饰不下去了，苦笑着说："爹娘似乎……不太喜欢我。"

安朔却不以为然："无妨，朔喜欢，便够了。"

也是，陆馥从不在安朔面前诉苦，许多事安朔自然是不晓得的。陆馥心暖："你多番护着我，我都记在心里。"

安朔笑着说："你是我的妻，这是我应当做的。我已经不能建功立业，若是还不能护着你，我无地自容。"

陆馥最喜欢看安朔笑的样子，眉眼弯弯最是好看。她心中一动，突然问道："朔郎，若是……我只是说若是能实现一个心愿，你想要什么？"

虽然不知陆馥问这做什么，但安朔认真思索起来："若是能妄想一二，那便是希望眼睛能够看得见。"

果然，这是安朔心中的遗憾。陆馥了然："这样啊……"

陆馥站在安朔身前，牵过他的手触碰自己的脸，温声说："朔郎，若是你看得见，你能这辈子都记得我长什么样子吗？"

安朔的手从陆馥的眼角移到唇边，指尖皆是温暖。安朔道："朔心中，自有一个馥儿。"

陆馥说不出话来，胸口不停起伏，平复许久才哽咽着说："那我一直留在你身边可好？"

安朔觉得今日陆馥有些小孩子气，就哄着说："嗯，自然是极好。"

陆馥从袖子中拿出陈旧的雕花木盒，盒子里面放置着一朵干的昙花苞。在盒子打开的瞬间，花苞渐渐有了生气，缓缓绽放，光彩夺目。

陆馥哽咽："朔郎，你别忘了我。"

一字一句都是告别，安朔不明所以，惶恐不安道："馥儿！馥儿！你怎么了？！"

突然安朔眼前开始出现点点星光，似乎能看到什么。他的眼中突然有了色彩，眼前的人影变得清晰起来。

安朔似乎看到眼前的人透着光影，在对他莞尔笑着。

彻底看清了眼前人，正是自己日思夜想的妻子，那样美丽，但为何她变得这般模糊不清？安朔察觉到了什么，大惊失色："馥儿！你要去哪里？"

陆馥的手开始变得透明，她握紧安朔的手唤道："朔郎，朔郎，你一定要记得我。"

安朔伸出的手直接穿过了陆馥的身子。

陆馥的声音戛然而止，一切重新恢复寂静，只剩下地上的空木盒子和一朵枯萎干瘪的昙花，毫无生机。

滚烫的眼泪落到手背，安朔浑然不觉，只哽咽道："你去哪里啊……我想看到的，只有你啊，馥儿……"

后半夜起了风，敲打交窗的声音有些喧嚣，陆曼笙提前关了门。

桌案香炉里的线香忽然折断了，陆曼笙喃喃自语："昙花，终究是谢了。"

这一晚，陆曼笙睡得很不安稳。她的梦里好像闪过了一些往事，梦中的她送给觊儿和馥儿的礼物，还是崭新的雕花木盒，里面各自放着一朵山花茶和一朵昙花。

捧着雕花木盒的觊儿打趣馥儿："馥儿，花灵要好好收起来哦！要是没有了就回不来了。"

　　馥儿笑得温暖："靓儿你还是担心自己吧，平日里这么粗心。"

　　陆曼笙瞧着她们开心，笑着说："不要轻易拿花灵给人许愿哦，作为交换，你们会消失的。"

　　靓儿点头答应道："嗯啊！"

　　"嗯！"馥儿轻轻柔柔地应道，"我知道的。"

第六章

这几个月恒城发生了几件不大不小的事。

首先是恒城戒严，听说半年前从京上逃走了一个前朝的叛臣逃犯，正在被各方势力追杀，有可能逃到了恒城。不过这些都只是风言风语，除了进出城不太方便之外，对老百姓的生活并没有什么太大的影响，众人也就渐渐地不在意了。

然后就是听说祖上官累至翰林院学士的书香门第安家，死了一个姜室，这才是百姓茶余饭后最喜欢聊的内宅风波。那姜室原是南烟斋陆老板陆曼笙最心爱的丫环，知道她的人都纷纷惋惜。姜室的死因安家捂紧了口风，无从得知，但安少爷大闹安家的事还是传到了外头。有人说安少爷伤心过度想出家，又有人说安夫人为了求娶金家小姐逼死了姜室。总之是什么说法都有，传言中的安家少爷是痴情种，倒也还有几分情谊。

不论怎么说，好好的姑娘送进安家，最后落成一口薄棺，大家私底下对安家也多是难以掩饰的鄙夷。

但怪异的就是自从这个姜室死了以后，安家的日子就没有消停过。先是安家在恒城的生意铺面突然着火，接二连三有混混闹事，主顾怕惹祸上身接连跑了；再接着是安家下从奴仆、上至主人都接连得病，听说安夫人一度病入膏肓，安老爷到处求名医。然而但凡去帮安家的大夫、亲朋友人也跟着倒霉，所以再也无人敢去瞧、无人敢帮。

求神告佛都不灵，时间久了，安家再傻也尝出这其中也许有些南烟斋的缘由。早前大家就听说过关于南烟斋的灵异传闻，安家出事以后，传闻愈演愈烈。安家只得派人去南烟斋赔罪，东街的人都瞧见了，南烟斋的陆酿姑娘好生厉害，不但将安家的礼都丢出去不说，还拿着扫帚将安家的人打得鼻青脸肿。又过了几日，安家最后两家店也被折腾得不得已关门谢客，安老爷坐不住了，亲自带礼来南烟斋赔罪。陆曼笙冷冰冰地丢下一句"真想赔罪，就让安夫人一命偿一命吧"的话，便闭门不见了。

安老爷被吓得魂不守舍，陆曼笙清楚点名安夫人，想必是知道内情，知晓在安家为难陆馥的人是安夫人。安家落败，安老爷想回去责骂自家老婆子，但看她躺在病床上的枯槁模样，又心中不舍，无可奈何。几十年的情分，总不能为了一句话真的让老妻去偿命。

安老爷犹是不死心，又托了恒城有头面的友人再去道歉，也是换了好几拨人来劝，但陆曼笙就是不松口。

众人看着安家，总觉得是瞧见了活的现世报。

紧接着安老爷也病倒了，平日里一向强势的安家，一下子就颓败了下去。

这场闹剧终于在六月蝉鸣下结束了。烈日酷暑让香料店的生意不太好做，此时陆曼笙正坐在南烟斋里算账。安家来来回回闹腾的这几个月，害得南烟斋生意是一落千丈，陆曼笙恼得合上了账册，将其丢在了一旁。

正巧花圃送来新苗，陆曼笙就研究起了新苗的种法。送花的宋小哥宋廉也是老熟人了，两人正在说话时，店里来了人，陆曼笙抬头看过去，却见是云生戏院的老板叶申站在门口。

宋小哥以为来者是客人，便与陆曼笙告了声退就离开了。走到门口与叶申擦身而过时，因为叶申难得在南烟斋看见不是客人的外人，于是便多看了宋廉几眼。

陆曼笙不冷不热地点了下头就算招呼了，叶申向来是豁达的作派，自顾自地坐下说："陆老板怎么就那么不欢迎我呢？"

陆曼笙睨了他一眼说："南烟斋自是欢迎客人的，但叶二爷怎么看都不像是来买香的。"

室内有些闷热，叶申有一下没一下地敲打手中的折扇，笑眯眯地说："最近坊间都在传言，陆老板把安家折腾得很惨啊。"

陆曼笙冷哼："如果叶二爷也是来给安家当说客的，那就请你趁早出去，南烟斋不欢迎你。"

叶申的手心已经有些薄汗，瞧着陆曼笙坦然自若，毫不受这天气影响，他有些心猿意马："自然不是，天地良心，陆老板要做什么就与我说，我叶某人马首是瞻啊。不然陆老板以为安家店铺着火被砸，是谁的手笔？"

闻言，陆曼笙惊讶。安家遇到的好些事，都与她无关，她本就有些疑惑是何人所为，如今正主就在她眼前，水落石出。陆曼笙审视地看着叶申，问："你为什么帮我？"

叶申呵呵一笑："自然是因为安家不仁不义，过河拆桥，我瞧不下去了。"

陆曼笙松了一口气，叶申不是安家的说客就好，若这个城府极深的男人帮着安家，她确实会苦恼。

"既然你厌恶他们，我把安家旁支的生意也都断了吧。"叶申说话轻巧，但言辞间带着狠戾。

想到叶申最近接二连三对付安家的雷霆手段，陆曼笙背脊微凉，她不晓得叶申为什么要帮她，但她并不想欠叶申的人情。本来想拒绝，但转念一想自己心中仇恨深埋，若是能让安家鸡犬不宁、无止无休，就算欠叶申一点人情也无妨，不如心安理得地受了。

陆曼笙语气软了下来，吩咐陆靛奉了茶，坐在客座对座与叶申说："旁人见安家势大，来了南烟斋依旧颐指气使，开口闭口就让我适可而止，嘲讽馥儿不过是个丫环。呵，我就是厌恶他们将人分作三六九等的作派，凭他们也配？你……倒是与他们不同。"

见陆曼笙态度软和，叶申心情大好，与她说起了自己的看法："叶某向来觉得感情是不分高低贵贱的，陆老板与馥姑娘情谊深厚，自然不能用身份家世来谈说衡量。只是你要对付安家，多的是法子，要想搅乱安家的生意，你那些做法不会太费事了吗？实在算不得釜底抽薪的好法子，他们留得青山在，不怕没柴烧。若是陆老板心存不忍，叶某人这边还有很多很多手段，能让他们痛不欲生。"

陆曼笙冷哼说："叶二爷不会以为我是手下留情吧？若不是馥儿求我留他们性命，我恨不得将他们挫骨扬灰。"

叶申顿时也不觉燥热了，心中爽快，饶有兴趣道："陆老板这睚眦必报的性子可真是对叶某人的胃口啊。"

陆曼笙看他嘻皮笑脸，不爽道："你不必奉承我。有事说事，你今日来到底来做什么？叶二爷无事不登三宝殿吧？"

提起来意，叶申娓娓道来："哦，你可知最近从京上来了几位得道高僧，护送京上几座神像来华普寺。魏爷为了迎神想做场法事，戴晚清小姐也会去，怕路途寂寞想邀请陆姑娘同去做伴。我刚巧在魏公馆听见了这件事，就自请跑一趟南烟斋来邀请陆姑娘。这次难得那么多位得道高僧同场，正巧小留仙的事我记挂着，一直想去给他立个长明灯。"

陆曼笙起身拒绝，摆摆手说："麻烦叶二爷帮我回个话，我近日心事繁杂，就不去叨扰戴小姐了。"

叶申看她一脸疲惫，不像作假，柔声道："陆姑娘心事重重，不如多去外面走走才好。馥姑娘去了，不如陆姑娘也去华普寺给她立一个长明灯，祈求馥姑娘来世投胎能得一个好轮回。"

陆曼笙心中清明，其实她哪需要给馥儿立什么长生牌，馥儿是彻彻底底地消逝了，再也不会回来了，但叶申的话还是让她有些心旌摇曳。在人世间活得久了便会越发想念旧事旧人，去点盏长明灯求个安心也好，她实在太想念馥儿了。

到了十五日，戴婉清依约来接陆曼笙，魏之深与叶申已经先行一步，所以车上只有司机与戴晚清。因为是去华普寺，二人不约而同地穿了素净颜色的衣物。陆曼笙绾了干净利落的发髻，簪了几朵白色绒花；戴晚清则是带着珍珠耳环和头饰，再简单不过。

最近关于南烟斋的流言蜚语，戴晚清多少也是知道的，看着陆曼笙憔悴的面容，心中不忍道："陆老板，逝者已矣，生者如斯。"

陆曼笙点点头，勉强扯出一个笑容："多谢戴小姐关心。"

出了城又开了半个时辰才行上山路，大约两个时辰后，车停在普济山山脚下，再往上是石子坡路，就不能开车了。司机要去安排肩舆，陆曼笙与戴晚清异口同声拒绝。陆曼笙来时已想好为表诚意爬坡上山，而戴晚清亦是认同。

二人行进不快，上山的路上有许多看着不像进香的青壮男子，看到戴晚清一行纷纷避让，低着头走路，很有规矩。

陆曼笙疑惑地问戴婉清："不是说魏先生封了华普寺做法事，怎么今天会有这么多生人进出？都是魏先生的人吗？"

戴晚清笑着轻喘道："魏先生说上山只有这一条山路，搬运佛像怕劳烦寺院里的师父们，所以亲自派人来搬运这些佛像。这些都是魏先生的手下，不会打扰到师父们的。我等会儿带你去瞧瞧那些从京上拉来的佛像，可壮观了。"

陆曼笙若有所思地点头。

走到寺院门口，二人皆是疲惫。在门口提前等候的丫环结心上前行礼，正要说话，突然听到前方有吵闹声，一行人不约而同朝着声音处看去。

"你们就让我见见玄机吧，我就与他说几句话！一句行！或者不说话也行，我就远远地瞧一眼。"不远处说话的是一个瞧着不过十五六岁的姑娘，穿着红色上袄和皎月色的裙子，一脸稚气，很是娇俏可人，只见她提着裙子就想往寺院里走。

那拦着姑娘的正是华普寺的和尚玄慧，瞧着年纪也不大，很是为难地挡在那姑娘身前说："李施主不要为难我们了，玄机师兄不想见你。麻烦你请回吧。"

那姑娘左顾右盼，很是失落。看自己是没有机会进寺院了，于是悻悻然地转身走了。

那小和尚看着姑娘的背影深叹口气，转身就要回寺院。看见戴婉清与陆曼笙正瞧着他看，施礼歉意地说："抱歉惊扰到施主了。"

戴晚清颇为好奇，问道："小和尚你就这样把那个女施主赶了出去，你们华普寺居然对香客这么无理吗？"

小和尚涉世不深，全然察觉不出这是戴晚清在套话，涨红着脸说：

"两位施主误会我们了。平日里也就罢了，今日魏老爷专门将华普寺封了做法事，我们不敢放旁人进来。而且那位姑娘不是一般香客，她、她……"

提起那位离开的姑娘，小和尚脸涨得青紫。陆曼笙赶紧打圆场说："若是为难的话，就不必说了。"

那小和尚生怕眼前的两位贵客误会，还是大着胆子说出口："那姑娘不是普通的香客，她是洪城县县长的千金。前几个月她来上香，看见了我们玄机师兄，就……就非要让师兄还俗娶她为妻。玄机师兄不愿意，那姑娘但凡是个节日就寻个由头过来寻师兄。平日里也就罢了，今日事重，我没有办法才将她赶了出去。"

听完缘由，戴晚清竟然有一丝欣赏意味："这姑娘好大胆的作派，那洪城县县长都不管管他家千金吗？"

陆曼笙也有些意外。姑娘家抛头露脸，竟是为了求嫁一个和尚，这般行为在旁人眼中实在出格，这洪城县县长居然还能纵容她。纵使那位玄机师父天纵英才、貌若潘安，也不过如此，怎么令那姑娘这般喜欢，还是另有别情？

小和尚唉声叹气，十分苦恼的样子："管什么呀？李县长他晚年得女，最是宠爱。且这位李施主从小算命便得了英年早逝的说法，那李县长更是心疼，李施主想要什么便给什么，只要她不闹翻天去，李县长都会纵着她的。说心里话，若非我们玄机师兄沉迷佛法三番两次拒绝李施主，不然我们都想求着他还俗娶这姑娘了，实在是痴心。"

小和尚见解释得差不多了，想着今日事多，跟二人行礼致歉，匆匆忙忙赶回天王殿去了。

见小和尚走远，戴晚清忍不住感叹："这李姑娘真性情，可以这样不顾世俗眼光，喜欢谁便是喜欢谁。"

两人随着结心先去华普寺的客房休息，两人被安排住在后院的东厢房。询问了结心得知魏之深与叶申住在南厢房、和自己互不打扰后，陆曼笙心下满意。

法事是在明日，今日并无其他安排，两人在岔路口分手后便回了房间休息。客房布置得清新淡雅，进屋便是桌案，白瓷瓶中插着荷花，旁边摆着冰碗。陆曼笙觉得甚是凉爽，烦郁都散去不少。

山路难行，一路风尘仆仆，衣衫上难免沾染了不少尘土。陆曼笙正准备更换衣物时，房门猝不及防被人撞开。陆曼笙起身，警惕地看着闯进来的人。

那娇小身影进屋后就立刻关上了门，模样十分狼狈。陆曼笙定睛一看，躲进来的人影正是在寺院门口被赶走的那位李姑娘。

李姑娘回头看到房间里有人也不害怕，朝着陆曼笙祈求道："好姑娘，漂亮姑娘，你就让我躲一下吧。他们都在追我，要是被他们抓到我就要被赶出去了。"

陆曼笙见来人是她，十分好奇道："是你？你不是走了吗，怎么又回来了？还有，你是怎么躲过那些僧人溜进来的？"

那李姑娘看陆曼笙也不打算赶她走，松了一口气，得意地说："后山的墙有洞，他们都不晓得。我到后山从狗洞里钻进来的。"

陆曼笙朝她皎月色的衣裙看去，忍不住笑出声——上面沾染了污渍，裙摆上还挂着树叶和树杈。李姑娘也发现了自己衣裙上的污迹，大大咧咧地用袖子去抹，全然没有大家小姐的样子。

门口传来一阵急促的脚步声，大约是那些僧人寻来了。

李姑娘也听到了脚步声，躲到陆曼笙身后低声紧张地说："姑娘，我叫李素锦，我真的不是坏人。你不要告诉那些和尚我在这里，他们会把我赶出去的，我只是想看玄机一眼罢了。"

言语恳切，陆曼笙有心帮她，便示意她躲到屏风后面藏身。

"咚咚咚——"敲门声响起。见李素锦藏匿好了，陆曼笙便去开门。门口是来时见过的那个拦住李素锦的小和尚玄慧，还带着几个僧人，他满头大汗焦急地问："陆姑娘，你瞧见那位李姑娘了吗？我们瞧见她溜进厢房这边了。"

"谁？"陆曼笙装作不明所以，摇摇头道，"我没有瞧见什么人，你们去别处找找吧。"

玄慧扫了客房一眼，便领着众僧人朝南厢房去了。陆曼笙刚关上门，李素锦就探出头说："谢谢陆姑娘！"

陆曼笙落座，示意李素锦出来，缓声道："那你就躲在这里吧，不要出去了。"

李素锦跑到桌案边，猛喝了几盏茶水后才道："我千方百计混进来就是为了见玄机，若是躲在这里就见不到他了。"

陆曼笙已经瞧出这姑娘心思单纯、做事随性，当下心生喜欢，谆谆告诫："想必平日里你进出华普寺也不难吧？你可知今日为何他们如此为难你？"

李素锦这才往深处想，想到门口的守卫以及僧人的严厉，面上有些惊慌。

"你可知道白帮？"魏之深安排的法事没有宣扬，所以旁人无从得知封寺的人是谁。陆曼笙与她实话实说："明日白帮在华普寺办法事，是封了寺院的。若被白帮的人发现你在此处，就是僧人办事不力，你不怕连累你记挂的玄机师父吗？"

李素锦是听得进道理的，她颓然地趴在桌案上，埋头沮丧道："为何他不肯还俗呢，这样我就不必如此费尽心思溜进庙里了。"

陆曼笙啜了一口茶道："你喜欢他什么呢？"

"我家中姐姐也整日问，这玄机和尚有什么好？瞧着都不如那学堂的书生。"李素锦说起玄机，抬头看着陆曼笙，脸上带着心悦的笑容，"这玄机的好，自然只有我知道，若是旁人都知道，那便要和我争抢了。这世上只有李素锦知道玄机的好，这才当得起'天赐良缘、命中注定'这几个字！"

陆曼笙刚要接话，门口又传来了敲门声，吓得李素锦赶紧捂紧了嘴。门外是戴晚清的婢女结心，传话说戴晚清来邀陆曼笙去看佛像。李素锦瞧陆曼笙要出去，从怀里飞快地掏出一封信塞到陆曼笙手里，低声说："陆姑娘求求你，我是溜出来的，今日见不到玄机，这次回去爹爹就要我嫁给别人了。你帮我把信带给玄机……若他真的不喜欢我，我也就死心了。"

陆曼笙看着李素锦泫然欲泣的模样，不忍拒绝，只好苦笑着将信件收下道："华普寺僧人约摸有几百，我如何认得出玄机？"

华普寺主要分为天王殿、大圆通殿、观音殿、御碑殿、功德殿和法堂。揣着信件行走在长廊中的陆曼笙突然觉得这件事有趣极了，她觉得自己就像是《莺莺传》里的红娘，此时恰似戏文里头崔莺莺向张生递信的场景，却不知道这李素锦与玄机能否像戏文里那般，最后走到一起。

陆曼笙远远地就瞧见叶申与戴晚清站在戴晚清住的厢房门口，原来是魏之深忙碌，于是遣叶申陪同二人逛寺院。两人正在低声说话，瞧到陆曼笙来了，戴晚清便朝她好奇地说："陆老板，你可知刚刚闹了好大的动静——我们白日看见的李姑娘溜进来了，没想到她对那和尚这般痴情。"

叶申摇着折扇，笑道："那位李姑娘的事情我也略有耳闻，这因缘际会，真是有趣。她父亲李县长我也见过几次，是个热心快肠、豪迈不羁的人。听说李姑娘祖上是前朝的猛将，李家女儿果然继承了家风，行事直爽大胆。"

他们口中八卦的人此时就躲在陆曼笙的厢房里。陆曼笙一阵心虚，也就没有接话。

那几尊从京上运来的佛像放置在功德殿中，果然与众不同。其中一尊木雕弥勒佛，是用整木雕刻而成——弥勒手捻佛珠，披衣袒胸，卧在榻上，神情温和，惟妙惟肖。而另一座玉雕观音像意态如生，精雕细刻，巧夺天工，手持净瓶连柳叶脉络都清晰可见。还余一尊镀金财神爷，金碧辉煌，看得人眼花缭乱。这三座佛像只是暂时安置在此处，之后会被分别移到观音殿、天王殿和财神庙中。

看完京上的佛像，叶申又领着两人去了法堂点灯。陆曼笙为陆馥点了一盏长明灯，点完灯默念《地藏菩萨本愿经》，等到线香燃尽才离开。

从法堂出来时天色渐暗，陆曼笙心中的郁闷也消散不少。大概是为了避讳女客，叶申提前打了招呼，三人一路上都没瞧见僧人。陆曼笙正想着这得如何才能帮李素锦找到她的心上人玄机，不免有些焦急，她也不好逮着人就问谁是玄机吧，这样怕是会吓着这里的僧人。她也不敢与戴晚清说，毕竟旁边还站着叶申。

经过大圆通殿时才看到有僧人在里面点灯，那身穿青袍的清瘦僧人侧身对着他们，看不清容貌。戴晚清没有注意，只觉得有些疲惫，想要回厢房休息。三人正准备打道回府，突然听到身后有人大声呼喊："玄机师兄，你在这里啊。"

正要离开的陆曼笙猛然回头，只见那小和尚玄慧疾步向大圆通殿走来，而那点灯僧人也朝这边看来，恰好和陆曼笙对上了眼。

就这一眼，陆曼笙突然就意识到为什么李素锦会如此喜欢玄机了。烛光映照在玄机的脸上，清瘦面容十分温雅，薄薄的嘴唇带着笑意，漆黑的深瞳让人沦陷。玄机和尚站在昏暗的大圆通殿里，孑然一身，背脊笔直显得有些落寞。他迅速地转移视线，对玄慧说："玄慧，你找我何事？"

玄慧气喘吁吁道："玄机师兄，点灯这样的事情你就不要与我们抢着做了，每日点这些灯都要好几个时辰。大殿里阴冷侵肤，你身子不好，还是留给我们做吧。"

"无妨，我已经习惯了，每日点灯时我才觉得心平气和、能静得下心来。"玄机缓缓道，"是不是到时辰了？我应该要去帮方丈讲经了吧？只有几盏灯了，我等一会儿就过去。"

见玄机坚持，玄慧只好应答而去。

玄机抬头，远远地看着陆曼笙一行人正瞧着他，他颔首行礼，准备离开。

"玄机师父等一下，能否借一步说话？"陆曼笙见他要离开，急忙开口。既然她见到了人，也不想用什么弯弯绕绕的法子去做这件事，打定主意直接将信交给他就好。

被叫住的玄机神情讶异，不过更讶异的是戴晚清和叶申，两人不知道为何陆曼笙会认识华普寺的僧人。他们还来不及询问，就见陆曼笙走到大圆通殿的廊下等着玄机，不容他拒绝。

玄机只好跟随其后，立于三步外行礼，轻声询问："女施主有何事？"

陆曼笙不动声色地拿出信交给他，亦是低声道："李小姐托我带信给你。她说若你这次还是拒了她，她便回去听从家中的安排嫁人。"

玄机闻言，看着信露出了晦涩不明的神情。陆曼笙以为他是因为厌烦李素锦不肯接信，便说："她从后山翻进来的，身上挂着伤。你看过信若是要拒绝她也好，往后她也不需要这般危险了。"

玄机露出了苦涩的笑，这令他突然有了些人情味。那一瞬间陆曼笙恍然，意识到玄机不是厌烦李素锦，他整日整日在大圆通殿点灯宁心静神，也许是……心中害怕？

为了印证心中所想，陆曼笙试探道："旁人都觉得李姑娘一味痴缠你，你应当很烦恼吧？这次正是好时机，她此去就不会再纠缠你了，你需要我带话与她说什么吗？"

"……我还没想好。"玄机沉默许久才开口。

讲经的时辰到了，僧人来催促，玄机只好先行离开。

玄机走后，戴晚清凑上前来，好奇地问："那位就是李家姑娘喜欢的玄机师父？"

陆曼笙点点头说："我想帮帮他们。"

"他们？"陆曼笙的话让戴晚清有些云里雾里。

陆曼笙解释道："嗯，其实以李姑娘的家世，她若是想逼玄机还俗娶她，那多的是法子。我与玄机谈及李姑娘时，他的神情也并非厌恶憎怨。"

戴晚清思索片刻，仍旧不同意："那也不能断定他们互相有情吧？我看玄机师父不过是对李姑娘以礼相待罢了。"

陆曼笙收敛衣袖，狡黠一笑："我偷放了香粉在他身上，缠枝香最为多情。若他们互相有情，这香能让他说出心中所想，如果玄机对李姑娘无意，我做这些也只是徒劳。"

戴晚清旋即喜笑颜开道："倒是好主意，那李姑娘本就豁达，更不说还有你帮着她。"

两人边走边说，戴晚清语带柔情。陆曼笙不经意瞟了一眼在前面领路的叶申，轻声道："嗯，戴小姐若是有喜欢的人，也可以与他说。"

夜风将戴晚清的珍珠耳坠吹得胡乱晃动，闻言，戴晚清有些出神。

"我配不上他。"戴晚清苦笑，嗫嚅道，"其实我最羡慕陆姑娘你了。"

陆曼笙诧异："你为何羡慕我？"

借着廊下灯笼的微光，戴晚清歪着头瞧着陆曼笙："你可知外面都是怎么说你的？"

陆曼笙摇头表示不太清楚，让戴晚清但说无妨。戴晚清点点头："那我就失言了。外头都说，南烟斋陆老板，抛头露面做生意，很给女儿家丢脸，指不定与谁都有关系呢。但陆姑娘对这些流言蜚语好像毫不在意。"

陆曼笙恍然大悟道："原来外面是这样看我的，这有什么好在意的，他们说就说吧，与我何干呢？"

戴晚清嗤笑："你瞧，这就是我最羡慕你的地方，你毫不在意旁人怎么看你，连听都懒得去听。而我呢，就是太在意那个人怎么看我了。我现在这般身份，如何能跟那个人在一起呢？先不论那个人，旁人看他待我好，也不过觉得我像个物件玩意儿，等哪一日他腻了就会将我丢弃。不知道有多少人等着看我的笑话呢。"

陆曼笙不知道如何劝说，只能一路默然。

陆曼笙回到厢房后，房里竟是空无一人，找了半天才发现李素锦躲在床榻下面睡着了。一见到陆曼笙回来了，迷迷糊糊的李素锦赶紧爬出来，问信件是否送到了玄机手上。瞧着李素锦满脸尘土，陆曼笙哭笑不得。

李素锦得到陆曼笙的回答才安心下来，舒坦地吃起了房间里的点心。陆曼笙看她狼吞虎咽毫无心事的模样，笑问她："你不怕玄机拒绝你吗？"

李素锦摇摇头，坦然道："我不怕他拒绝我。我第一次来天王殿上香时瞧见他，有香客苛责他，他安静无话，我便记住他了。后来我从方丈那儿打听到他出生凄苦，从小无父无母，便有些心疼他，情不自禁开始留意他。其实我也就见过他几次，却觉得和他仿佛认识了几生几世。说起来不怕别人觉得荒唐，我觉得他就是我命中注定在寻找的那个人。其实我也不奢望他会跟我走，我只期盼他晓得这世上有人心悦他、喜欢他，这就够了。"

这番话让陆曼笙很是讶异，她没想到这李素锦看着骄纵，实则并非纨绔大小姐，相反她心思细腻、思绪清明，做的事并非都出于任性。

但李素锦没能等到玄机的答复。天色渐晚，陆曼笙想要将李素锦送下山，但这里除了僧人，就是魏之深的人。她不敢轻举乱动，思来想去，只好寻来了叶申帮忙。本来叶申这个人陆曼笙是一贯敬而远之的，但她深知与叶申无关的事他向来愿意卖面子。匆匆赶来的叶申看到陆曼笙的厢房里凭空变出了个大姑娘，虽然惊讶，但正如陆曼笙所想那般，他问清楚情况之后便爽快地答应将李素锦送下山。

披了厢房中的袍子遮掩身形，李素锦与陆曼笙道谢辞别，依依不舍地离去。陆曼笙站在长廊下，看着叶申领着李素锦远去，直到两人消失在夜幕中，她才放下心来。

没想到她一回头，就看到玄机就站在不远处的廊下，烛火太过幽暗，看不清他的神情。

陆曼笙走到他身前，玄机依旧看着李素锦离开的方向，喃喃自语："这应当是我最后一次见到她了，对吗？"

应当是缠枝香起了作用，玄机的脸上流露出不舍和难忍。陆曼笙忍不住劝说："你若是现在后悔，去追她还来得及。"

玄机面露苦涩，艰难地摇摇头："她现在年纪还小，兴许觉得我这个人新鲜有趣。我从小在寺院长大，木讷寡言，身无长处，若是有一日我真的还俗与她成婚，让她与我过清贫日子，她就会晓得她所选的路有多难，总有一日她会后悔的。"

陆曼笙见不得男子如此犹豫，于是按捺不住，高声质问："你怎知道她不愿意与你同甘共苦、清贫度日？"

玄机沉默良久，苦笑道："我……就是怕她愿意，那样更显得我无用了。"

没想到这竟然是玄机的真心话，依旧如他一贯的克制。陆曼笙无语凝噎，心中酸涩，竟有了一丝感同身受。

天色彻底变得漆黑，陆曼笙心中百味杂陈，毫无睡意，便起身出门从厢房绕到了天王殿，趁着静谧夜色散散心。走廊上都点着烛火，并不会迷路，陆曼笙准备绕小路走回东厢房。就在路过竹林小径时，她瞧见有两个身影在黑暗中疾步行走，一晃而过。陆曼笙一眼就认出走在前面的高大男子是叶申，他身边还跟了一个披着袍子的娇小身影，应当是个姑娘，两人正往小径深处走去。

李素锦？她不是下山了吗？

此时离送走李素锦已经过去了三个时辰，为什么她会回来，还跟着叶申往后院走？后院是僧人的住处，还有后厨，他们两人要去那里做什么？陆曼笙心中大惊，觉得事有蹊跷，便悄无声息地跟了上去。

没想到穿过小径便直通后山，等出了竹林后豁然开朗。陆曼笙跟在两人的身后，她自觉对叶申不算了解，但不相信他会做出什么人面兽心之事，但他此时的行为让陆曼笙捉摸不透。夜色太过昏暗，只凭借月色她看不清那娇小身影是谁，心中越发着急。

跟着二人走了约一炷香的时间，两人钻进了枯草中。陆曼笙凑近后才看清枯草深处是个洞口，不由得心中诧异华普寺的后山居然有可以藏人的山洞。等叶申与那娇小身影钻进山洞有半炷香的时间后，陆曼笙才钻了进去。虽然墙上点着烛火，洞中却依然昏暗得伸手不见五指。

陆曼笙心里数着步子，大约默念了四十下，才看到了光亮。她悄声穿过低矮的石门，就看到一个空旷的洞穴里摆满了木箱。

箱子摆放得错落有致，靠近石门的木箱箱门敞开，里面放满了小黄鱼。陆曼笙并没有在周遭看到人，猜测那两人是否走向了洞穴更深处。

谁会在明柱素洁的华普寺后山洞穴里藏匿钱财呢？陆曼笙此时心中有了推断，却不想多管闲事，便不继续往前走，而是准备躲回洞口等着叶申离开。不承想刚退了两步就听到来时路上传来了说话声，陆曼笙赶紧躲到一堆箱子的缝隙中，隐匿身影。

"魏之深，你说会用海运船带我离开这里的，到底要等到什么时候？"说话的是个男人，声音低沉焦急。

"曾大人不要着急，如今离开太过显眼，为了将你们从京上带走逃离，我动用了多少私人兵力？从京上来恒城这些时日都熬过来了，还急这三两日吗？"回话的是魏之深，陆曼笙对他的声音是熟悉的。

陆曼笙从箱子之间的缝隙里瞧出去，只见那位被称为曾大人的男人衣衫破烂，长着一张四方脸，面容枯槁，神态疲惫。陆曼笙觉得他的模样很是眼熟，却想不起来在哪里见过。

那男人似乎很不悦魏之深的态度，有些气愤："我已经将大半家产给了你作为酬劳，你知道这些钱财都可以比肩国库了。"

魏之深低垂着眼，声音毫无情绪："曾旭，我不缺钱。我想要什么你清楚得很。"

听到魏之深说出了那男人的名字，陆曼笙才恍然想起他是谁。

曾旭，前朝的叛臣，将白银和土地生生划赔给了外族。他与自己的父亲是同僚,自己小时候见过他几次。后来前朝覆灭,曾旭就因贪污落狱,重兵关押。他此时应该关押在京上的牢狱之中才对,没想到被魏之深救了出来。可见魏之深的势力之大,竟能将手伸到京上。

"魏先生,你要的东西我真的没有。"面对魏之深的强硬,曾旭的气势弱了下去。

魏之深没有说话,曾旭还想辩解,突然听到一个脆生生的女声:"爹爹!"

洞穴深处奔出来一个女孩,衣衫穿得十分朴素。那女孩看到曾旭很是激动,将手上的僧人袍子丢在地上,一下子扑到了曾旭的怀里。

看女孩的背影,应该就是刚刚跟在叶申身边的娇小身影,并非是李素锦。

陆曼笙的心定了下来,看来叶申确实是个信守承诺的人,李素锦现在应该已经安全下山了。

女孩见到曾旭很是激动,流了满脸泪水,却没想到曾旭看见她的瞬间脸色变得惨白,死死盯着魏之深慌张地说:"为什么我女儿会在这里?"

面对曾旭的责问,魏之深处变不惊道:"曾先生与你女儿骨肉分离,我于心不忍,自然要将她接过来与你团聚。"

曾旭面露凶狠,咬牙切齿道:"魏之深!你算计我!"

魏之深露出嘲讽的笑容:"曾大人说话真有趣,你不也是千提防万提防我吗?你利用我的兵马,将你自己和钱财从京上运出,却让你的女儿带着火炮的制作图乔装打扮逃走,然后与我说你没有兵械图?"

曾旭见自己的算计被戳穿,再也装不下去,颓坐在地上。他紧紧地抱住自己的女儿,深知自己早已是穷途末路,兵械图是他最后的筹码,没想到也被别人发现了。这里到处是魏之深的人马,他人生地不熟,如何能逃出去?

想到此节,曾旭连忙跪地求饶道:"魏、魏先生,求求你,我这么做也是为了自保而已,并无他意。如今既然你将我女儿找回来了,我就将她身上的火炮制作图给你。你放我们父女俩一条生路吧,那些金银财宝我也都留给你,我一分不要了。我们只想好好过日子……"

陆曼笙心中真是对曾旭这个卖国求荣的无耻小人感到厌恶,只听魏之深无视曾旭的苦苦哀求，冷冷地说："我接你女儿来，只不过是为了让你们看彼此最后一眼，不让你们太过遗憾而已。你们活着对我有什么好处？"

曾旭瞪大眼睛，眼中布满了血丝，他大喝一声："魏之深你无耻！！！"说着就要扑上去与魏之深厮打。

"砰——"

枪声响起，太过突然。

陆曼笙下意识地别过头，又赶紧从缝隙中看去，发现曾旭已经倒在了血泊之中，深褐色的血染红了他破烂的衣衫。魏之深动作优雅地收回枪再次上膛。

曾旭的血溅了女孩一脸，她趴在地上尖叫着去抱曾旭的身子："父亲！父亲！！"女孩抬头对魏之深大吼："我父亲已经答应把兵械图和钱财都给你了，你为何不能留他性命？你这个浑蛋，我诅咒你下地狱！"

女孩的行为显然有些激怒了魏之深，魏之深蹲下身子用手钳住女孩的下巴，讽刺道："你可知你父亲通敌卖国，奸淫掳掠，无恶不作？你活在他的羽翼之下，享受着养尊处优的日子，可知那些被他残害的百姓是多么凄苦悲惨？我以为让你们见上最后一面已是仁慈至极，没想到你犹不知足。"

女孩挣扎，用手指狠抓魏之深，眼神怨毒："你说这样冠冕堂皇的话又有何用？你分明就是冲着兵械图来的，又比谁高尚几分？"

魏之深将枪口对准了女孩的额头，语气愈发冷漠："还有什么话要说？说完你就可以去陪你父亲了。"

女孩不再挣扎，阴森森地说："我死都不会放过你。"

看到年岁与陆馥、李素锦一般大的女孩身上沾满了亲生父亲的血，面对魏之深毫无惧色，陆曼笙心中有些不忍。她正想要出声阻止，突然一双手捂住了她的鼻口。她慌乱地挣扎，身体却被那人的手紧紧地钳住，耳边有低沉的声音传来："不要出声，你救不了她的。"

陆曼笙听出那是叶申的声音，便不再挣扎。她想与叶申争辩，还没来得及就听到"砰——"的一声枪响，女孩短短的呼叫声就在这枪声之下戛

第六章 ◇ 099

然而止。

曾旭死了，他的女儿也死了。

"叶申。"魏之深收起枪，呼唤道。

叶申松开陆曼笙，从黑暗中走出："魏爷。"

"这件事你做得很好。"魏之深声音冷冽，他从女孩的怀中抽走兵械图，低声吩咐道，"让人来处理尸体，切勿留下蛛丝马迹。这些箱子找机会送走。"

言罢，魏之深沉默片刻继续道："收拾得利落些，钱财运到白帮仓库，法事照旧，不要惊扰到戴晚清。"

"好。"叶申应答，魏之深朝着洞穴外走去。

叶申回到黑暗中，将陆曼笙带出山洞。黑暗中有着太多不确定性，叶申拉着陆曼笙的手腕一直走过树林，等看到寺院的小径才停下脚步。陆曼笙才从刚刚的凶险中缓过神来，一下子甩开了叶申的手说："原来……一切都是你们的阴谋。"

叶申背对着月色，看不清神情。

陆曼笙语气冰冷："什么运送佛像，什么做场法事，都是你们为了将曾旭从京上偷运到恒城掩人耳目的借口。我不过是你们这个局里面的一个棋子罢了，你们利用我。"

"我没有。"叶申否认。

"你不就是计划的执行者之一吗？"陆曼笙退后几步，不敢置信地说，"叶二爷，我在你们眼中是不是像个傻子？我与你们真的是道不同不相为谋，以后我们就不必再来往了。"

叶申拦着她解释道："陆姑娘，我真的没有。如果不是刚刚的事，我是真心诚意邀请你来华普寺的。你不是我们……我的棋子。"

陆曼笙睨着他，语气轻蔑地说："你在这儿跟我解释有何用？你将那曾姑娘带到这里，将她送进了鬼门关，还拦着我救她，你心中难道就不会有愧疚吗？"

叶申声音沙哑，语气难掩急切："那曾旭作恶多端，死不足惜。他说好会把兵械图交给魏爷，却把兵械图藏在他女儿身上，才让他女儿遭此大祸的。若非曾旭心思狡诈，魏先生本不想杀他女儿的。刚刚我拦着你，是因为若是魏之深知道你知道真相，定不会放过你的。"

"呵，难道还要我向叶二爷道谢不成？魏之深就算是想让我死，在二爷面前我也不过是一条不值钱的性命罢了，与那曾姑娘又有什么不同？"陆曼笙冷冷地说。

叶申沉默片刻道："她终究是个陌生人，在我眼中陆姑娘与她是不同的。"

陆曼笙顿了一下，缓缓道："我陆曼笙，向来对生老病死淡然处之。可于你们这些草菅人命的得权者来说，害了就是害了。这样的托词，令人厌恶至极。"

陆曼笙转身就走，不知是否因为走路太快，她的胸膛剧烈起伏。刚刚一条鲜活的生命就死在了她的面前，她实在是不忍。不过她没有发现，自己竟然如此气恼叶申的欺骗。

第二日天还未破晓，陆曼笙就准备离开。

既然事已至此，她也不会将昨夜的事说破，只对戴晚清说店中突发急事，自己必须要回去了。陆曼笙也不想去追究戴晚清是否知晓这次法事的内情，她只希望戴晚清不知。

戴晚清得知陆曼笙要离开，不免有些失望，反倒是叶申急急赶来将陆曼笙送出寺院。他本是话多的人，却一路无言地将陆曼笙送下山。

离别时，叶申才开口道："陆姑娘，昨晚的事叶某无从辩驳。但叶某心中却清明，若昨夜是陆姑娘遇险，叶某定是会豁出性命来救。"

这是在回答昨晚陆曼笙的质问，但陆曼笙没有回话，径直上车离开了。

下午回到恒城的时候，就听到街坊百姓都在谈论最近从京上逃走的叛臣，有传言说白帮抓住了那个叛臣，因为叛臣被捉拿时拒捕，魏先生不得已只好将他诛杀了。百姓们纷纷夸赞魏之深，像曾旭那种人，早该死了。

陆曼笙这才恍然，早从半年前开始魏之深就布下这个局了。

前段时间白帮因为叛臣出逃全城戒严，分明就是魏之深将人从京上的监牢里救出的掩人耳目的说法。魏之深假模假样地配合京上的人手，在恒城搞抓捕逃犯的戏码，最后再将曾旭击杀，拥揽功劳，真是下的一手好棋。

想明白了来龙去脉的陆曼笙心中更是不爽，但这件事情也算彻底了结了。叛臣伏诛，恒城立功，是个皆大欢喜的结局。

很快，恒城就恢复了风平浪静，陆馥这个名字也在百姓茶余饭后的谈资中渐渐消失了。

入了秋日，南烟斋迎来了一位意想不到的客人。

"玄机师父。"陆曼笙看到来人时非常吃惊，她忙从桌案后起身，双手合一行了个佛礼。

玄机还礼，依旧是清冷瘦弱的模样："陆老板，我与香客打听了一下，才知道你是南烟斋的老板。"

陆曼笙吩咐陆觏上茶，落座在玄机的左侧，温声询问："不知玄机师父今日来是有什么事？"

玄机穿得单薄，草鞋破旧，想必是从华普寺一路行走至恒城。他轻声说明来意："我听说李姑娘成婚了，想给她送份礼，不知能否借陆老板的手，不然我也想不出还有谁同时认识她和我了。若是陆老板为难，那就罢了。"

听明来意，陆曼笙苦笑道："你这又是何必呢？既然要与她了断，不如了断得彻底一些好。"

玄机沉默片刻才道："我与她本就是命中无缘的，陆老板应该也晓得。又何必与她诉说心意，害了她一生。"

陆曼笙诧异玄机竟然知道他自己的姻缘，但仔细想想也就不奇怪了。既然她能知道，为什么旁人不能知道呢？

终究是动了恻隐之心，陆曼笙应下了此事。

送走了玄机，陆曼笙便出发去洪城县李家，临出门之前她突然心中一动，顺手就去翻了翻姻缘簿确认玄机所说真假，未承想李素锦的姻缘让她大惊失色。

李素锦的姻缘，竟然就是玄机！两人是命中注定的夫妻，那怎会有缘无分呢？

她坐下来，细细察看二人生平，直至看到最后一句，才恍然大悟。

洪城县在恒城出城后的西边，驾车不过两个时辰就到了。

凭着洪城县百姓指路，陆曼笙很快找到了李家。李家门口挂着红灯笼，喜气洋洋的，她问路时就已经听说李县长嫁女之事。陆曼笙借了送礼的由头进了李家门，通报丫环领着李素锦出来时，李素锦惊喜若狂，欢喜地拉着陆曼笙的手闲话家常。她向来是爽快的性子，最近都被拘在家中准备嫁妆绣花，很是无趣。

等陆曼笙拿出礼物、说明来意后，李素锦才静了下来，盯着那本经书发愣，旋即便落下泪来。

"玄机送你的，我也不想瞒你，若是我贸然送你一份礼，你才会觉得奇怪吧？"陆曼笙说。

"我当时痴缠他，就说喜欢心经，让他给我讲。他讲了我就装作听不懂，来来回回也不见他恼……他还真以为我是喜欢心经呢，我那是喜欢他给我讲经。"李素锦抱着那册心经不肯撒手，抹着眼泪，轻声问："他过得可好？"

自然是过得不好。

翻开经书页，是手写的佛经，笔力劲挺，平和简远。

陆曼笙不知从何说起，轻叹："这是他自己选的路，过得好与不好，终究只有他自己晓得，冷暖自知。"

李素锦的眼泪像珠串一样不停落下，哽咽道："若是我不纠缠他、不惹恼他，他便能过得好，我也就没有什么遗憾了。能遇见他，本就是我三生有幸。"

李素锦将头低埋，肩头耸动，哭得凄惨。陆曼笙的话哽在喉咙，说不出口。

姻缘簿上写道，李素锦的命数短暂，嫁给玄机后不久就去世了。想来是玄机为了延续李素锦的命，自己出家常伴青灯古佛，以此来改了李素锦的命数，护李素锦一世周全。

人生若只如初见，何事秋风悲画扇。

陆曼笙忽觉悲凉。若是李素锦得知真相后会如何做？她若是选择常伴玄机青灯佛下，玄机又怎么忍心。玄机被纠缠时又是怎样的心情？是否既喜悦又悲伤，心中却早已知道这些相处所剩无几？

这场注定是悲剧的"莺莺传"，终究是落幕了。

如今，大约是最好的结局吧。

第七章

秋天的湖水冰彻透骨，仅是站在湖边就能感受到侵入身体的寒意。

此刻，杜三娘静静地躺在竹编的猪笼里，手抓着竹笼的缝隙，因为太过用力，指节沁出了血痕。她的面容姣好清秀，眉间痣若隐若现，肌肤被寒气冻得煞白。

"真是丢人现眼啊！"

"杜家好心收养她，她就是这般报答杜家的养育之恩？"

"多说无益！这样不要脸辱没门庭的女人！赶紧沉塘淹死！"

周围嘈杂吵闹的声音，那些污秽不堪的咒骂，杜三娘好像都听不见了，她马上就要被处死了。从笼子的缝隙向外望去，那些族人的虚伪嘴脸都开始模糊不清了。杜家族长支着拐杖用力敲击着地面，吵闹声慢慢静了下来。杜老族长居高临下地看着杜三娘说："三娘，你要是老实交代，肯说出肚子里的孽种是谁的孩子，我们就给你一个体面，让你的尸首能埋回杜家村的墓地。"

杜三娘死死抿着嘴唇，静默不语，她的眼神落到了自己的养父杜其生身上。杜其生感受到了杜三娘的视线落在了他身上，犹豫片刻后，他哀求族长道："族长，我们家三娘只是不懂事……就饶了她一命吧！"

杜老族长用眼神狠狠剜过杜其生，怒道："杜其生！你女儿干出这种勾当，竟然与人私通！辱没了我们整个杜家的门楣，你还好意思求情？！"

杜其生被骂得面色难堪，还想再说什么，但看到大家不善的眼神，最终还是闭嘴，沉默着退到了人群后。

"冥顽不灵！"族长对杜三娘的缄默很不满，冷哼着让年轻壮丁去搬那竹笼。杜家的壮丁面无神情地将猪笼浸在水中，杜三娘的后背被湖水浸湿。她努力抬头想要多活片刻，看着云净碧空，杜三娘苍白的脸上有了些许颜色。

渐渐地她的身体沉到水中，水没过了耳鼻。开始时杜三娘还能憋着气，脑海中闪过自己在杜家的过往。突然水呛到了喉咙里，肚子一阵抽疼，嘴巴鼻子都涌进了大量的湖水，已经完全不能呼吸，意识慢慢模糊起来。杜三娘挣扎着睁开眼睛，透过清澈的水还能看到人的倒影。

"是谁？是谁站在那里，非要看着我死吗？

"怕我死了会回头找你报仇吗？

"我一定一定，会回来的。"

恒城正是秋高气爽的好时刻，东街上有行人三三两两地散步。

陆曼笙收拾完铺面时已临近黄昏，她正准备关店，就瞧见门口的柳树下站着一个穿着素色袄裙的女子，正愣愣地看着自己。陆曼笙垂眸仿若未见，关上了铺门。

夜渐深，南烟斋门口的灯笼也熄灭了，女子依旧站在柳树下，似乎不知疲倦。

陆曼笙在里屋做着针线，心不在焉地穿错了好几次针。陆靓几次提醒，忍不住说："姑娘有心事，就别再做了吧。"

陆曼笙朝大门的方向看去，她知道那女子依旧站在那里，已经来了多日。陆曼笙话语中有些惋惜的情绪："她怨念太深了，多一刻钟可能就会灰飞烟灭，也不知道是怎么挺过来的。"

陆靓接过陆曼笙手中的针，劝道："姑娘不如去听听她怎么说。若是麻烦事也就罢了，总好过记挂着不得安稳。"

陆曼笙摇摇头，叹气："我不怕麻烦事，可多听一桩怨恨的故事，心里总是不好受的。"

夜色更深了。陆曼笙放下绷子，拿起烛台起身，从后门走到前院。那女子看到陆曼笙，露出了欣喜的表情。陆曼笙借着微弱的烛火看清了女子的容貌，沉声道："你有什么冤情且与我说说吧，但我未必会帮你。"

女子摆摆手，又指了指巷子的路，示意陆曼笙跟她走。

陆曼笙很是疑惑："你不会说话？"

女子点点头，又是摇摇头，依旧祈求陆曼笙跟她走。陆曼笙猜想她大概要去找害死她的人，若那人就在恒城，想要打听这女子的过往兴许更容易一些，于是便不动声色地跟了上去。

大约走了半个时辰，女子似乎对恒城很陌生，并不认识路，只是好似有什么在吸引着她往前面走。陆曼笙也不着急，慢慢地跟在后面。又过了一刻钟，女子终于停步在了一个点着灯笼的大门前。陆曼笙跟上去瞧了瞧门牌，没承想牌匾上赫然写着云生戏院。

陆曼笙诧异，回头询问女子："你和叶申是什么关系？"

女子对"叶申"这个名字很陌生，满脸疑惑地看着陆曼笙。陆曼笙看着女子双手交叠护着小腹，心中五味杂陈。这女子是因叶申而死的吗？难道是叶申始乱终弃？陆曼笙心中走马灯般过了许多场大戏，思绪纠结，但她隐隐约约又觉得叶申不是会做出这种事的人。

思忖片刻，陆曼笙与女子解释道："如果你的负心人……我是说如果害死你的人是这云生戏院的老板，你一心想找的是他，我劝你死了这条心。他是最阳的体质，你根本靠近不了他。"

很早陆曼笙就发现了这件事，叶申意志很坚定，比旁人更不容易受迷惑。

那女人原本就什么都不肯说，听完陆曼笙的话依旧摇摇头，然后又作祈求状，哀怨地看着陆曼笙。陆曼笙无法，严厉地拒绝道："我是真的没有办法让你靠近他，你要是对他有怨恨，请你自己想办法吧。"

陆曼笙不打算再管这桩闲事，准备转身离开。

"陆老板，好巧。"清爽却有些沙哑的声音从背后响起。

听到声音，陆曼笙转头看到了站在黄包车旁的叶申，风尘仆仆的模样应该是刚从外面回来。上次华普寺一别，他们有两个月没有再见了，突然相见，陆曼笙有些不自然地招呼道："叶二爷，好久不见。"

上次不欢而散，陆曼笙打定主意不再与叶申有来往，但此时毕竟是她站在人家门口鬼鬼祟祟，总不好连个招呼也不打。

"陆老板……找我有事吗？"叶申犹豫片刻，还是问出了口。

叶申出现的瞬间，那女子像灰烬一般消失了，陆曼笙只得说："我是闲逛到了这里。"

闻言，叶申轻笑，恢复那副嘻皮笑脸的模样，拆穿了陆曼笙蹩脚的借口："陆老板不但从东街走到了云生戏院，还在门口自言自语了好一会儿呢。"

原来叶申已经在一旁看了很久。陆曼笙心中不快，也只好道："既然你已经都看到了，你还问我做什么？"

叶申总是可以三言两语就让她生气。

"好奇呀，好奇陆老板在做什么。"叶申觍颜道。

"做什么？我可是正在帮二爷解决情债呢！叶二爷自己怕是都忘了吧？"陆曼笙想起那女子憔悴的容颜，忍不住出言讽刺。

叶申露出了疑惑的神情，却果断道："叶某没有什么感情事。"

"叶二爷自然是贵人多忘事，还烦请二爷再想想吧！"从那女子那里没有获得任何有用的线索，陆曼笙只得诈一诈叶申了。

叶申依旧笑着回答："陆老板怎么比叶某还了解叶某的情事？"

"你！"陆曼笙再次气结，别过头去，再次问道，"叶二爷可曾因为自己的薄情害死过什么女人，辜负过什么人？"

叶申越听越疑惑："陆老板是对我有什么误会吧？"

叶申这话听上去就像辩解一般，让陆曼笙更是气恼，当即脱口而出："如果你没有辜负人家，人家为什么死了都要来找你？！"

"谁？死了？"叶申愣住，直直地看着陆曼笙，"今日不管如何，陆老板都必须要给我个说法。"

陆曼笙有些懊悔，她不知自己哪来的脾气，可现在想脱身已经来不及了，看起来叶申是定要问个清楚明白了。于是陆曼笙指着叶申手中折扇上的小玉坠说："叶二爷，你这个玉坠从何而来？"

那女子消失之前就盯着叶申手中折扇上的玉坠。叶申听陆曼笙突然提及自己的玉坠，露出了茫然的神情。

陆曼笙叹了一口气说："叶二爷，你真的不记得你和一个女子曾经有过瓜葛吗？"

"我真的没有这个印象啊。"叶申用手举着扇子，思索起来，突然恍然大悟，"这玉坠是一个姑娘送给我的。"

叶申看着陆曼笙："她……死了？"

"姑娘？"这次轮到陆曼笙疑惑了，她见到的女子，发髻是作妇人打扮的。

叶申解下了玉坠，回想道："我几年前，在路上碰到了一个落魄的姑娘，让她搭了一程车罢了。我给了她些钱，她为了感谢我就要将玉坠押给我，说是可以保平安。我没有收，她就趁我不注意偷偷将这坠子挂在了我的扇柄上。"

陆曼笙急急地问道："然后呢？那你还记得那个姑娘的长相吗？"

"她拿了钱就走了。模样不大记得了，但她似乎……眉心有颗痣。"叶申说出了妇人的特征。陆曼笙想起那女子幽怨的眼神，眉间的痣若隐若现，与叶申所描述的无二，突然就松了一口气。

大概时隔太久，叶申也不是很确定地说："她说她好像是叫……杜三娘。"

说出这个名字的瞬间，一股寒风吹过，陆曼笙回头看到女子站在不远处。

"杜三娘。"陆曼笙试探地唤道。

听到这个名字，女子忍不住浑身颤抖，落下了眼泪。叶申循着陆曼笙的视线看过去，大约猜到了那里站着的是谁。叶申回忆道："我遇见她时，她告诉我她被人诬陷她私通，她无法，想逃去城里，寻求官府的庇护。看来最后她也没有逃过一劫。"

女子的身影在月光下更显单薄，陆曼笙顿生怜悯之心："杜？城外三公里外有个杜家村，你是那里的人吗？"

杜三娘闻言跪了下来，祈求二人帮助她回杜家村。

陆曼笙有些不爽道："你什么都不与我们说，我们如何帮你？"

叶申听到"我们"这个词，很是受用。陆曼笙的话让他大抵猜出了几分情况，便替杜三娘解围道："我也很想知道我救了她之后，为何她还会惨死，兴许她有什么难言之隐也说不定。不如我们一同去他们那个村打听打听吧。"

"一同去？"陆曼笙没想到叶申也想参与这件事。

"我与杜三娘相识一场，如今她死不瞑目，若我置之不理……总是良心不安。"叶申说得恳切。

陆曼笙征求了杜三娘的意愿，见杜三娘无异议，才点头答应。

翌日，叶申的马车早早停在南烟斋的门口，负责驾马的是叶申的心腹杨健，两人都打扮成寻常百姓的样子。陆曼笙早已等在门口准备上车，叶申瞧着陆曼笙的打扮，皱眉道："你去换身装扮吧，这身未免太惹眼了。"

陆曼笙今日穿着宝蓝色袄裙，头上簪着八宝簪，是往日最普通不过的打扮，于是她不明所以地问叶申："有何不妥？"

叶申愣了一下，才道："杜家村有三座贞节牌坊，若你是姑娘打扮却与我们同去，孤男寡女，他们难免对你有偏见。"

陆曼笙觉得有道理，转身回去让陆靓梳了个妇人发髻，又从隔壁成衣铺子现买了套石青素纹袄裙穿上，这才上了马车朝着城外而去。

"杜家原来世代书香，在前朝出过一位翰林院学士，所以历来最重清白规矩。近年来杜家开始从商，亦是如鱼得水，颇有蹊跷。"马车上叶申与陆曼笙说着杜家的事。

"蹊跷？你可是指杜家货走山路这件事吧？"陆曼笙问。

叶申意外，没想到陆曼笙也晓得这些一般女子不感兴趣的事："对，恒城水路便利，商货运输大多是水路。山路会遇山贼，风险比水路大得多。但杜家的货向来走山路，却从未遇到过山贼，我怀疑杜家和山贼有勾结。"

"与虎谋皮。"陆曼笙清楚地知道，若杜家与山贼同气连枝，那所赚的银两便是沾着无数无辜百姓的血。

"我与你直说吧，白帮最近来了个新人名叫黑五，颇得魏爷信任。

不知为何他手上有很多山贼的消息，为魏爷暗地里抢了不少山贼的货物。我私下查到杜家与山贼有勾结的消息，为此我暗示过黑五，但他却浑然不知。"叶申缓了口气，继续说，"我这次去除了想打听清楚杜三娘的死，还想找到杜家勾结山贼的蛛丝马迹。杜家百年清流，现在的杜老族长为人虽迂腐但也还算正直，我想若杜家真与山贼有所勾结，应该是从杜其生开始的，也就是杜三娘的父亲。"

经过华普寺的事，叶申也不想对陆曼笙再有所隐瞒："杜其生如今还有所顾忌，若这位杜老族长不在了，那杜家真是任由杜其生横行霸道了。"

"你与这个黑五是在抢功？"陆曼笙问道。

叶申摇摇头，否认："我在白帮主要负责码头进出货船，最近有一艘船私藏了鸦片，我和杨健居然没有查出来，还是黑五查到了那批鸦片告知了魏爷。因为这件事魏爷对我很不满意，私藏鸦片的事就是冲着我来的。这个黑五，我觉得他太过蹊跷，得到的关于鸦片的消息如此准确，白帮查不到的消息他却知晓，但是连我都能查得到的消息他却不知，而且他平时得到消息、安排行事都极其妥当顺利，就像……这些消息本来就是他安排的一般。所以我想去杜家村看看有没有关于他的线索。"

叶申是猜测这个黑五是东洋人的手下，故意出卖消息取得魏之深的信任。

陆曼笙点点头，对这次去杜家村可能会发生的危险在心中有了警惕后，便合眼休息。大约过了两个多时辰，马车停在了杜家村外的树林中。二人不好大张旗鼓地将马车驶进杜家村，不然到时候想脱身也麻烦。杨健在树林躲着，负责接应。

陆曼笙和叶申两人进村打探消息，没想到在门口便碰到了正要外出的村民。那男子对外来人非常警惕，一直直勾勾地瞧着陆曼笙和叶申。

叶申装作行路匆匆的人，迎面上前焦急地问道："请问乡民，这可是杜家村？村中可有位杜三娘？"

"杜三娘？你们是她什么人？"那男人听到杜三娘的名字，面色和语气都变得不善起来。

还是叶申精通打交道，立刻说："我们曾经受过杜家人的恩惠，想来报恩。但那恩人不肯说名字，只晓得是姓杜，住在恒城附近的杜家村。恩人家中有个叫三娘的姑娘，我们是一路打听着过来的，旁的记不得了。"

"哦！原来你们是想找杜老爷。"男人语气缓和下来，指着不远处白墙青瓦的宅院说，"喏！去那家，杜老爷确实是个大善人。"

叶申道过谢，携着陆曼笙就要往那处走去。

男人叫住二人，好心地提醒道："那杜三娘死了，既然你们与她没什么干系，最好不要提到她。"

叶申还想问什么，男人讳莫如深地摆摆手离开了。陆曼笙和叶申对视一眼，都在彼此的眼中看到了疑惑，杜三娘一介女子为何让他们这般忌讳？带着疑问，两人朝着杜宅走去。

男人口中的宅院就在村子的最东面，是杜家村最大也是最规整的宅院，风水极佳。叶申敲了敲门，片刻就有小厮开门："你们找谁？"

"我们是从恒城过来的，有事找杜老爷。"叶申姿态很低，"要在此处说事吗？"

门口的小厮瞧着外头人来人往，好奇地打量着叶申二人，看他们衣着鲜亮也不像打秋风的穷亲戚，便道："你们先进来吧。

"我去喊老爷，你们等会儿。"小厮领着二人来到杜家大堂，便离开了。

等那小厮走出大堂，陆曼笙正想说什么，突然叶申用手捏了一下她的手，低声说："有人瞧着。"

叶申瞥了眼门口躲藏的身影，突然用近身才能听到的声音说话："也不知道当年三娘说的关于杜家的事，是不是真的？"

这是在马车里两人就商量好的，要在杜家演出戏。闻言，陆曼笙心领神会道："等会儿杜老爷来了问问便是。"

叶申笑得狡诈："若杜家当真……我们便有钱拿了。恐怕杜老爷还不知道我们有那证据……"

言罢，二人不再说话，门口躲藏的身影也很快消失了。

过了半炷香的时间，一个身材宽胖的中年男人笑呵呵地进屋道："在下杜其生，不知二位找我有什么事。"

叶申起身作揖，笑道："杜老爷打扰，我们是三娘的故友，在下姓叶。此次路过杜家村，不知我们能不能见她一面。"面对杜老爷，叶申又换了说词。陆曼笙有些惊讶叶申与他人打交道的能力，于是按下心头的情绪，暗暗观察杜老爷的神情。

听到杜三娘这个名字时，杜老爷的眼神有些闪烁，但面上依旧带着和煦的笑容："我家家规森严，小女不曾外出。未曾听小女提起过二位，不知二位与小女是如何相识的？"

"两年前我二人从外地回恒城时，刚巧遇到三娘在城外遇险，我们便带着三娘回了恒城。"叶申缓缓道来。

"竟有此事，我有些不记得了。那三娘可与你们提过当时为何会去城外？"杜老爷在试探叶申的话。

"这……三娘说的事，也不知道当讲不当讲……杜老爷若是不信，在下还有凭证。"叶申面露为难之色，从怀中拿出玉坠，"当时三娘去得匆忙，便将此物落下了。"

杜老爷看到小玉坠的瞬间，神情有一闪而过的狰狞，不由自主地就想上来夺这玉坠。

叶申先一步将玉坠收回袖中："杜老爷，三娘可在？"

"在在。"杜老爷下意识地说，片刻后恢复了镇定道，"不过三娘是女子，也不好贸贸然与你们见面。我让人领你们去客房等候片刻，我与三娘知会一声。"

叶申和陆曼笙对看一眼，不动声色地点点头。他们心中了然，杜三娘已经死了！杜老爷却说她活着，此事定有蹊跷！

陆曼笙和叶申装作毫不知情地跟随小厮顺着围廊走进了一间茶厅。两人刚坐下，那小厮赶紧出去将门锁上。叶申大呼道："你们要做什么？"

小厮沉默不语，只听到他快速离开的脚步声。过了片刻，又听到一阵脚步声，杜其生的声音从门外传来，语气与刚刚完全不同，十分冷漠："叶先生，暂时把你们留在这里，真是不好意思了。"

叶申的语气听不出情绪："杜老爷这是什么意思？"

"把玉坠交出来！"杜其生恶狠狠地说。

叶申反驳："三娘呢？我要见三娘！"

"哪有什么三娘,她早就死了!她恬不知耻与人私通,早就被我们沉塘了!"杜其生冷哼,继而假意婉言相劝,"你们拿着小女的遗物无用,不如交给我,我放你们平安离开。"

门外,杜其生眼中的精光暴露了他的歹意,只听门内的叶申语气露怯:"杜老爷让在下想想……"

"门口有人守着,随时可以叫人。"杜其生甩下话,就离开了。

等确定四周无人后,陆曼笙低声道:"听他的口气,若我们不交出玉坠,他就敢对我们下手。"

叶申冷笑道:"这不过是他的说辞,就算我们交出玉佩依旧走不出杜家的门。他以为我们知道什么杜家的秘密,决计不会饶过我们的,这只不过是缓兵之计罢了。"

陆曼笙看到窗子缝隙里是小厮的人影,正对着屋里探头探脑,她颇为不爽地道:"那姓杜的真的敢杀我们?"

"嗯,杜三娘不就死了吗?"叶申点头,"杜家村的人滥用私刑,杜老爷对他女儿都能下如此狠手,又怎么会放过我们?何况他都敢勾结土匪滥杀无辜,还有什么事做不出来的。"

陆曼笙沉默。

叶申看着陆曼笙低头不语,以为她是害怕,宽慰道:"你不要怕,有我在。"

陆曼笙却摇摇头,苦笑着说:"原来知道自己可能要死的时候,是这样的心境。我们两个还能坐在一起说话,当年杜三娘却是一个人,该有多害怕。"

叶申也有些感慨:"受苦的往往都是女子。"

"那我们现在应当如何?"这次的事都是叶申安排的,陆曼笙相信以他的手腕不会轻易将自己折在这里。

"等。"叶申沉声道。

不过一炷香的时间,门外就有吵闹的声音传来。叶申从窗户缝里瞧出去,看到来了好些人,想来他安排好的事,杨健已经做妥当了吧?

"人就关在这里吗?"是个苍老男人的声音。

那领路小厮有些紧张地接话道："杜老族长，真不是什么大事！我们老爷能解决的。"

"还说不是什么大事！"杜老族长恼怒道，"那不孝女阴魂不散，姘头都找上门来了！我们杜家村的脸还要不要了？！"

"姘头？"陆曼笙抬眼瞧着叶申。

叶申笑眯眯地说："我不让杨健在村里这么谣传，那杜老族长怎么会找过来？"

陆曼笙好奇地看着他："这是如何谣传的？"

"杜老爷无子，唯有养女杜三娘。杜氏宗祠一直想让杜其生收养族中孩子继承家业，突然出现了我这个自称杜三娘大婿企图来侵占杜家财产的人，杜老族长如何忍得住？他最见不得的就是家风不正、侮辱门楣之事。"

陆曼笙都想替杜老爷咬牙切齿："不愧是叶二爷，这般有辱自身清白的话，也说得出口。"

屋外的人还在争执。叶申转身看到桌案上的茶壶，拿起用力朝地上掷去，砸出了好大的声响。外头争执的声音静了片刻，随即那些人围到了门口。

"开门。"杜老族长的命令无人敢反驳，只听到小厮窸窸窣窣开锁的声音。门被打开，杜老族长站在门口用审视的目光打量着屋里的叶申和陆曼笙，他身边站着匆匆赶来的杜其生和一些杜氏族人。

杜老族长询问杜老爷："他们是谁？"

杜老爷很是惧怕这位老族长，尴尬道："不过是一般的客人……"

杜老族长冷哼："你以为你还能瞒得住谁？整个村子都知道了，这男人是来找三娘的！"

杜其生脸色苍白，立刻泪眼婆娑地示弱道："本不想扰了大叔伯的……真是家门不幸，那年三娘跟人跑了不是被我捉回来了吗？但我们杜家传下来的玉坠被三娘带着，给人偷走了。这男人拿着玉坠回来寻三娘，应当、应当就是当年偷走三娘玉坠的人……"

杜老爷捶胸顿足地说完这些，连声叹气。他说这话是想给叶申安上偷窃的罪名，明显比姘头这个身份好处理。

可杜老族长瞧着叶申衣冠楚楚，完全不像是会做偷鸡摸狗的事。这杜其生的胡诌之语连杜老族长都不相信。

叶申也不着急，笑眯眯地说："杜老爷的故事可真是圆得天衣无缝，可惜杜老爷要如何解释在下当年偷走三娘的物件、如今还敢大着胆子来杜家村这件事？"

"你、你分明就是知道三娘死了，便前来胡说八道！好歹毒的心！"杜其生装出一副悲愤交加的神情。

"在下还未曾开口说，杜老爷就知晓我是胡说八道？"叶申却爽朗笑道，"杜老族长，晚辈与你有话想说，能否借一步说话？"

杜老族长看着叶申二人若有所思。

"不行！"杜其生果断拒绝，他绝对不能让叶申与杜三娘扯上关系。如果那叶申说出点什么，便有了信服力。他有些慌张地对杜老族长道："大叔伯，此人胡言乱语，没必要听。"

"在下是恒城云生戏院的管家，此处到恒城，不过两个时辰的车马。烦请老族长去打听打听，在下决计不是什么偷鸡摸狗的贼人。"叶申说。

杜老族长用眼神询问杜其生，杜其生冷汗直冒，不敢和杜老族长对视。

"这玉坠既然是杜家传下来的，那旁人应当是见过的吧？"叶申大大方方地举起玉坠，毫不掩饰。他心中笃定这玉坠是杜三娘的私物，决计与杜老爷无关。

众人皆是疑惑神情。

叶申继续道："此物既然如此重要，三娘遗失后杜老爷不去追查，在下偷走后不拿去倒卖，而是今日亲自送回杜家，却被杜老爷关了起来。杜家一向以礼待人，这又是个什么道理？"

杜其生一时无语，陆曼笙算是见识到叶申"颠倒黑白"的能力了。

杜老族长作了决定："那就烦请两位先到杜家村客堂，等我派人去恒城问过后，再放了你们也不迟。"

陆曼笙皱眉想要拒绝，叶申急忙道："且听杜老族长安排，那就烦请带路了。"

"这等同软禁。"陆曼笙跟在叶申身后低声道，"我们不是犯人，为何要将我们关起来？"

叶申亦是低声说："多说无用。杜家在此处盘踞已久，与自立为王无二，不要与他们争辩。"

而此时看着二人背影的杜其生神情阴霾，心中有了计较。

杜家村招待外人的客房在东边，旁边是杜家祠堂。陆曼笙与叶申到了客房后，已经临近傍晚。杜老族长派人送了晚饭，便不再有人过来打扰。虽然门口没有人把守，但二门门外却坐着两个村民，应该是负责看守他们的人。

陆曼笙看着叶申慢悠悠地吃饭，难免有些气结："杜家派人去恒城，再过两个时辰就能回来了吧？"

叶申却拉着陆曼笙坐下一同吃饭："杨健肯定会在路上阻拦，他们派去的人今日肯定回不来了，我们今晚要留在杜家村了。"

陆曼笙无法，一同吃了几口。若不是此刻被软禁，两人吃饭的样子太像一对寻常夫妻了。

吃过饭，陆曼笙把今日的事想了一遍，理了理顺。叶申站在门口观察外面的情况，陆曼笙忍不住问道："二爷，你如此小心翼翼，筹谋算计，活得不累吗？"

叶申侧目，似乎是在分辨陆曼笙此问的用意，许久才缓缓道："我从小出身贫寒，本就是什么都没有的，也不怕失去什么，才不得不算计。但叶某也晓得，人心是最算计得来、也是最算计不来的。"

陆曼笙迟疑道："小时候我爷爷说……以真心才能易真心。"

叶申笑着问："陆姑娘是什么意思？"

陆曼笙思忖片刻，才道："那天在华普寺，明知那女孩无辜，你却看着她死。今日杜三娘含冤惨死，你却深入险境去帮她。

"叶二爷，你到底是个怎么样的人？"陆曼笙语气平和，像是在说一件无关紧要的小事，很难想象他们差点因为这件事决裂不来往。

"我也不是铁石心肠，我没救她是因为我救不了她，她是魏爷要杀的人。"叶申沉声道。

陆曼笙突然泄了气，她为自己提出那样的问题感到懊恼。叶申是魏之深的人，以魏之深马首是瞻，自然不会违逆魏之深的命令。明知叶申是个不该深交的人，自己又何必多问。陆曼笙便合眼假寐，不想再说话。

叶申缓缓地说："其实，我与魏之深不是一种人。"这次是笃定认真的口吻。

叶申晓得陆曼笙在听，继续说："我从小就没有爹，我娘被地头蛇欺负，家里被砸烂，我们无计可施。后来我从家里跑出来，干惯了偷鸡摸狗的事，经常被抓到后就是一顿毒打……

"再后来，大哥被恒城的强权给污蔑枪杀了，我一点办法也没有。你瞧赵信执是我三弟，他几次遇险、危在旦夕，但我又能如何？"叶申说这些话时，眼睛看着跳动的烛火，回忆过去让他有些痛苦，"那时我就明白了，只有手握权力、站在最高处才不会让人欺辱，我只有变成像魏爷那样地位的人，才可能改变这个现状。"

陆曼笙微微侧头说："你就不怕，你坐上了那个位置，也变成和他们一样的人吗？"

叶申轻笑："我也害怕，我也怕变成那样的人。可是我已经无路可走，回不了头了。"

每个人都有活着的难处。

沉默良久，陆曼笙才又开口，轻声转移话题："我们现在当务之急是要查清杜三娘是为什么死的。那些人口口声声说她私通，可为何丝毫不提及三娘私通的男人是谁？他们还以为是你，当年没有人查这件事吗？"

"杜三娘的死只是个幌子，里面肯定隐藏着什么不可告人的秘密。"叶申说，"杜其生不会放过我们，今晚他一定会对我们下手的。"

正说着，大门那里有动静传来。二人走到门口，从缝隙里瞧出去，看到守在二门的人躺在了地上。

有人闯进来了！不是老族长的人！

陆曼笙和叶申早就有准备，就在屋里装作交谈、毫不知情的样子。这时候，窗户缝里传来一阵淡淡的香气。

"迷香。"陆曼笙掏出帕子捂住口，悄声躲在门口。过了一炷香的时间，门外的人估摸着屋里的人已经昏倒后，便推门进来查看。借着月色，陆曼笙看清领头进来的人是杜其生的小厮，后面跟着一个面生的男人，面容粗犷，神情凶狠，腰间挂着弯刀，一看就不是杜家村的村民。

山贼？！陆曼笙心中一跳，有了计较。看来杜其生果然是和山贼有勾结，为了除掉他们确保万无一失，甚至不惜暴露自己和山贼的关系。

两个人进屋之后只看到倒在地上的叶申，小厮警惕地在黑暗中找寻陆曼笙的身影。

那山贼想去绑人的时候，叶申突然翻身，一掌劈在山贼的脖颈上。山贼吃痛却没有立刻晕过去，叶申一脚将他踹翻在地。陆曼笙借着月色，上前用力把早就准备好的迷魂香捂在山贼的口鼻上，山贼立刻晕了过去。

她回头看，那小厮如何敌得过叶申，已经晕倒在地。

叶申用小厮带来的绳子将他们手脚捆住，看着这个场景，陆曼笙突然有一种自己竟和叶申狼狈为奸的错觉。

两人离开客房时不忘关上门装作无事发生的样子，再从后门溜出去绕到了祠堂的后门。杜家祠堂的后院地下有个私牢，这是杜三娘提前告知陆曼笙的。

"若是杜三娘在就好了，就能直接为我们引路。"面对偌大的杜家村，叶申感叹道。

"她魂魄只剩片缕，根本靠近不了你和杜家。"陆曼笙说。

"我们抓紧时间，杜其生派来的人没有及时回去，他肯定会有下一步动作的。"叶申说。

虽然提前知道了位置，但找到隐秘的私牢还是颇费了番周折。私牢的门设在祠堂后院耳房的床底下，两人顺着矮小的楼梯爬下去后是狭窄的走廊。

"杜三娘为什么一定要我们来私牢，里面关着什么人？杜家到底想隐藏什么秘密……"叶申自言自语道。

转过弯就看到一扇被手臂粗的链子锁着的铁门。叶申靠近拿起锁头观察了片刻，回头对陆曼笙说："陆姑娘，你的耳环可否借我一用？"

陆曼笙下意识地摸了一下耳环，虽然不明所以，但还是摘了下来递给他。叶申将耳环上的银钩掰直，轻轻地反扣进锁头，稍稍拨弄几下，只听"咔嗒"一声，锁就开了。

锁链落到地上，陆曼笙看着叶申诧异道："你会开锁？"

叶生露出狡黠的笑容道："陆姑娘以为我出来混江湖的那几年是白过的吗？总是有些手艺傍身的，开锁我可是一把好手啊。"

陆曼笙微怒："那我们直接趁夜潜进私牢不就好了，何必闹早上那一出。"

叶申坦白交代："若非我们俩都关在客房，陆姑娘怎会愿意细细听我一言呢？叶某人也是无可奈何啊。自从华普寺一别，陆姑娘可是不愿意再见我了。"

闻言，陆曼笙心中竟也不生气，哭笑不得地说："我们快进去，别说旁的了。"

下意识地，陆曼笙已经非常信任叶申的决定，但这不是"坦露心迹"的好时候。

两人在黑暗的走廊里摸索着前进，叶申悄声说："这牢狱深处黑不见底，到底是谁被关在这里？"

这话问得陆曼笙也好奇心大作。这个私牢不算大，狭长矮小的构造，只有头顶偶尔有一片瓦大小的洞口用来通风，让人很不舒服。进了铁门有两间牢房，但都没有人。两人放轻脚步往里走，底部的牢房是个折角。陆曼笙和叶申仔细看去，发现里面被关着一个人，那人穿着残破的衣服，靠着稻草睡在墙角，头发散乱，看不清面容。

叶申用石头弄出声响，等了好久都没有得到那人的反应，又出声叫唤，依旧没有反应。叶申三下五除二开了锁，和陆曼笙走进牢房。

借着微弱的月色，终于看清那是个妇人——衣衫褴褛，满头银丝，脏乱不堪。陆曼笙试图叫醒她，但妇人的呼吸很微弱。陆曼笙喃喃自语："到底是怎样的仇恨要将一个女人关在牢里？"

陆曼笙忍不住伸手撩起老妇人的头发，想为她整理一下凌乱的头发，却在看清妇人面容时吃惊道："咦，叶二爷，你有没有觉得……"

看清妇人长相的那一刻，叶申的神情也凝重起来："这老妇人与杜三娘长得有几分相似。"

两人的想法一致，按照容貌猜测年龄，这妇人十有八九是杜三娘的母亲。

"我们先出去再说。"叶申当即有了决定，也顾不了许多，背上妇人带着陆曼笙离开了私牢，又重新躲到了客房的隔壁房间。

"最危险的地方就是最安全的，人丢了杜其生也不敢大张旗鼓地找。"叶申对于躲回客房有自己的想法。

将老妇人安置在床上之后，两人突然感到身后一阵寒意。房门明明紧闭着，哪里来的风？

下一刻，叶申便听到陆曼笙的呵斥声："你出来做什么？你可知你快消散了？！"

陆曼笙看着虚无若风的杜三娘，气不打一处来。叶申急忙阻止陆曼笙道："她也许……就是来见她的。"叶申指着躺在床上的妇人。陆曼笙欲言又止，只听耳边传来杜三娘的低语。

陆曼笙听着杜三娘的描述，眉头越发皱紧，叶申没有出言打扰，只静静地在一边等着。

许久，陆曼笙才转头看向叶申，缓缓道："原来，杜老爷不是杜家血脉。

"她才是。"陆曼笙看着眼前的老妇人说，"她是杜太爷的亲生女儿宸娘。当年杜太爷病死后，杜太夫人怀着孩子成了寡妇，若生不下男丁，杜家的一切就要被族中旁系夺走。杜太夫人无法，只好寻来男婴将亲生女儿偷偷换掉，将男婴抚养长大继承杜家，也就是现在的杜其生。"

得知真相的叶申立刻察觉到了一些细节："难不成杜老爷从小就知道他自己并非杜家血脉？"

陆曼笙点点头："杜太夫人托杜其生照顾善待她的女儿宸娘，杜老爷却与宸娘暗生情愫，珠胎暗结，便在杜太夫人的安排下在外办了亲事。但宸娘与杜老夫人太过相像，杜其生无法将她娶回来做妻，只得将宸娘养在外面，直到宸娘生下了三娘，杜老爷才将三娘抱回，收养她做女儿，也圆了一场父女情分。起初，这杜老爷对宸娘和三娘也是极其好的……"

陆曼笙边说，边将玉坠挂在了宸娘的手上。

"咳咳……"躺在床上的宸娘突然睁开了眼睛，开口说话，"但自从他掌握了杜家家产之后，野心越来越大，甚至暗地里帮土匪做事情……"

宸娘像是回光返照，有些疯疯癫癫，完全陷入了自己的回忆，自顾自地继续说："我多次规劝都无用，渐渐就对他失望了。没想到三娘长得越来越像老夫人，他将府里的旧人都赶走，但对杜家村的长辈无可奈何。那些人本就觊觎杜家的家产，若是知道他的秘密，如何肯善罢甘休？所以他对三娘越来越忌惮，生怕三娘的存在会有一天暴露他的秘密。万万没想到，三娘发现了他另一个秘密——他竟然勾结山贼打劫商队，滥杀无辜！他居然为了自己，找人诬陷三娘私通！就为了隐藏这个秘密，他以正家风的名义将三娘沉塘。"

陆曼笙和叶申不可置信地看着老妇人。

"他居然杀了三娘！他怎么敢？！三娘可是他的亲生女儿啊！"宸娘的声音悲戚又苍老。

"三娘没有私通？！那村里都听信杜其生的一面之词吗？"叶申面色不豫。

"呵，三娘根本没有私通……"宸娘冷哼，"杜其生这个畜生，是为了隐藏自己身世，而杜家村的人，是因为他们都在勾结山贼！而我三娘是养女，是外人，知道了不该知道的秘密，就得死！"

陆曼笙和叶申面面相觑，两人因为太过震惊，一时无话。原来整个村都与山贼勾结做生意，杜其生为了私欲害死杜三娘，而杜家村的所有人都是为了自己的利益，演了一出蒙蔽自己的戏，溺死了杜三娘。

"我的三娘啊，在湖中冷不冷啊……"

宸娘死死地盯着角落，却不知道她在看什么。她的喃喃自语皆是怨恨，渐渐意识模糊不清，最终又晕了过去，但还是不停地念叨着三娘的名字。

陆曼笙皱眉，十分不悦道："人心真可怕，原来的恩爱夫妻，转眼就痛下狠手，为了利益不顾多年的感情和骨肉之情。"

叶申点点头："人性本恶。"

陆曼笙看着宸娘苍老绝望的面容，心中不忍："这杜其生如此狠毒，干脆直接杀了他的妻就好，为何还要这般将她关起来折磨她？"

叶申沉默许久，猜测道："杜老爷这般伪善的人，活在杜家的庇护之下，面对杜家的列祖列宗，也怕遭报应吧。所以是借旁人的手杀了自己的亲生女儿，又将他的妻子一直关在私牢里。"

"这玉坠原来是杜老太爷的遗物，证明宸娘和三娘才是杜家血脉的信物，怪不得杜其生要抢。"陆曼笙感叹道。

叶申询问陆曼笙："所以三娘想让我们怎么做，洗清三娘冤屈，揭穿杜其生？还是将宸娘正大光明地接回杜家？"

话未尽，外面传来吵闹声。两人去门口查看，只见村民拿着火把在找人。叶申皱眉道："原来我以为杜其生勾结山贼，定不敢大张旗鼓地找我们，没想到整个杜家村的人都是一丘之貉。"

叶申正在计划接下去该怎么做，虽然他早已安排好自己和陆曼笙的退路，但如今多了一个宸娘，为了她的安全，不得不另作打算。

"宸娘呢？宸娘不见了！"身后传来陆曼笙难以置信的惊讶声音。

叶申回头瞧去，床榻上空无一人。

此时的杜家祠堂里，宸娘正站在祠堂的正中间，目光灼灼地看着桌案上整齐的牌位："我娘一生悲天悯人，我就要破了这困局。"

说话的语气和模样，与杜三娘一模一样。

"你是哪家的？"

"女人？女人怎么有胆子进祠堂？"

到处寻找叶申和陆曼笙的村民寻到了祠堂，却没想到祠堂里竟有个女人。

宸娘没有理会这些人，疾步上前推倒了桌子，牌位"哗啦"一下都掉到了地上。然后宸娘举起烛火，对着那些牌位威胁站在门口的人，冷声道："别过来，不然我就烧了这些牌位！去把杜其生叫过来。"

如此大不敬的行为惊呆了村民，众人一下子没有反应过来，也没来得及阻止她。

杜其生还在等小厮和山贼的消息，听闻祠堂有人捣乱，匆匆赶来，杜老族长也跟着一起来了。

"你们……你们都围着干什么？！"杜其生一进来就看到一片狼藉，恼火地呵斥村民，"到底发生了什么事？！"

看到祠堂里凌乱的场景，跟随而来的杜老族长差点气晕过去。

当杜其生看到立在祠堂当中的女人时，顿时慌了手脚，结巴道："宸、宸娘？你怎么出来的？！"

"谁？！你是谁？！竟然在我们杜家祠堂如此为非作歹？！"杜老族长撑着身子怒骂道。

"你看我像谁？"宸娘毫无怯色，幽幽地说。

"大、大嫂？"杜老族长以为自己眼花了，眼前的女子竟然与杜太夫人、也就是自己的大嫂长得一模一样。

"在这里胡说什么，快跟我回去！"杜其生上前，着急地说，"宸娘，我们有话好好说。"

此时从客房循声而来，偷偷躲在祠堂后门的叶申和陆曼笙，也看到了这一幕。

"杜其生！你鸠占鹊巢，忘恩负义，残害骨肉，其心当诛！"宸娘眼神凛冽，语气冰冷。一刹那，陆曼笙分不出眼前这个坚定的人是宸娘还是杜三娘。

杜其生害怕自己的身世被戳破、荣华富贵一夜消散，只得咬着牙劝解道："宸娘，你先跟我回去，没有什么事我们一家人不能说开的，我们慢慢说……"

可惜宸娘眼中只有怒火，狠绝道："杜其生，我与你无话可说！"

说完，宸娘将烛火丢在脚下的牌位上，瞬间燃起熊熊大火。

杜老族长赶紧叫人来扑火，宸娘站在火势中间冷冷地看着他们。族人拿着水盆企图靠近，但瞬间就被大火卷了进去，剩余的人都露出了惊恐的神色。

杜其生慌了，他原本以为宸娘逃出来是要揭穿他的秘密，没想到是要与他同归于尽。杜其生想要逃走，却被拉住，回头就看到宸娘阴狠的笑容，语气却温柔地说："你要去哪里？说好的我们要在一起一辈子呀……"

"啊啊！不要！啊——"

惨叫着的杜其生，以一种绝望挣扎的姿势被大火吞没。

眼前的场景太过震撼，叶申死死地盯着那些牌位："杜三娘虽为女子，却有着男子比不得的魄力和果决。"

凄惨的叫声不断传来，想逃走的村民也一并被卷进了炽火当中。热气带着火星朝着陆曼笙和叶申喷涌而来，叶申下意识地把陆曼笙拉到身边护在怀中。那蔓延的火势好像有意识一般，并未伤及二人，大火深处仿佛还能看见有人影晃动。

那些本该是杜三娘的亲人，却污蔑她、陷害她，将她沉入池塘，夺走了她的生命。

没有人能逃离三娘的怒火，火势在尖叫声泯灭的时候燃尽了。祠堂变成了废墟，只剩下漆黑的柱子和残破的桌椅。

只有杜老族长没事，也许因为他是真的不知晓真相，也许是因为杜三娘就是要留着他承受痛苦。

一切不得而知。

最后尘归尘，土归土，一切的怨恨都消逝成灰烬。

不值当，陆曼笙心中想。

为了一个薄情的男子毁了自己的一生，不值当。

为了一个无情的父亲灰飞烟灭，不值当。

叶申领着陆曼笙准备离开杜家村，还没走到村口，突然看到一群人冲进了村子。陆曼笙心中警惕，烟雾太大，看不清来人，好像不是杜家村的村民。叶申在人群中看到了熟悉的身影，眉头深深皱拢起来。

沉静的月色下，魏之深朝他走来。

叶申低声道："魏爷。"

"叶申，你在这里干什么？"魏之深的语气听不出情绪。

魏之深身后跟着一个身形修长的男人，面容有些诡异的僵硬，眼神冷漠地看着叶申，正是不久前成为魏之深心腹的黑五，众人都要称之一声"五爷"。

叶申自然不可能告诉魏之深他因为怀疑黑五勾结山贼，所以前来调查，于是只能低声回道："有个多年前的故友说他的妻子是杜家长女杜三娘，不知为何杜三娘在杜家村暴毙去世了，便托我来调查死因。不知魏爷怎么会在此处。"

因为叶申说的话，魏之深事后都会回去一一查证，所以叶申说得越详细，就越没有漏洞。

魏之深没有多余的情绪："黑五说你的人来通报，说你被困杜家村有危险。"

叶申心中警铃大作，今日被困杜家村完全是他的私事，他根本没有派人回白帮求救，黑五怎么会知道他在哪里？

黑五冷笑："杜家村勾结山贼，这是我下午得到的消息。没想到刚告诉魏爷，就听说你在杜家村出事了。"

魏之深用打量的眼神看着叶申："杜家村勾结山贼这件事，你知不知道？"

"五爷，这是哪来的消息？我完全不知道。"叶申装出一副惊讶的样子，不敢置信地看着黑五，又对魏之深道，"多谢魏爷，我已经没事了。杜家村今日在祠堂为争夺家产起了内斗，有人蓄意放火，我们也不知道是何情况。"

但魏之深显然不打算放过叶申，他手中把弄着配枪，继续问道："叶申，为什么陆老板又会跟你在一起？"

陆曼笙对他的语气很是不爽："魏先生，我又不是白帮的下人，无需与你汇报行程吧？"

魏之深突然将枪口对准陆曼笙，冷哼道："陆老板好好想清楚，再来解释。"

叶申不动声色地侧身挡在陆曼笙身前，低声道："你先走。"

"走！"叶申催促道。陆曼笙转身离开，叶申不担心陆曼笙深夜独自回恒城会有什么事，他知道她有能力自保，可是面对魏之深，他未必能保全她。

等陆曼笙消失在夜色中，魏之深冷冷地看着叶申开口道："你护着她？"

"二爷，你可知你惹了多大的麻烦？杜家村敢给山贼提供武器，你可知武器从何而来？"黑五悄然开口，"是东洋人给的！如今杜家村乱成这样，若留有活口，东洋人迟早查到我们白帮头上，那个陆老板……"

"她不知道！这些事她都不知道的。"叶申微低垂着头，如实回答，"陆姑娘帮过我，与我有天大的恩情，我不能……见死不救。"

"她不应该知道的。"魏之深的声音越发低沉，"你护得了她一时，帮不了她一世。"

魏之深的言语中满是威胁的意味，并不打算看在叶申的面子上饶过陆曼笙。叶申笑着说："尽人事，听天命。"

"把杜家村清理干净，不要留活口。"魏之深若有所思地看了叶申一眼，吩咐手下，带着黑五转身离开了。

等魏之深离开之后，躲在不远处的杨健才敢走到叶申身边。

叶申问杨健："魏先生怎么来的？"

杨健摇摇头，表示自己也不知道："我按照二爷你的吩咐，把杜家村前去恒城的人拦了下来，现在还被我藏在林子里呢。真没想到，这都能被黑五找到。"

杨健颇为担忧地说："魏爷不会为了这种小事怪罪二爷吧？"

叶申面色冰冷："怪不怪罪这是小事，最怕魏爷听信黑五的挑拨离间，怀疑我。"

杨健失落地说："这次没找到黑五勾结山贼的证据，太可惜了。"

叶申冷哼道："黑五能这么快摸过来，这就是最好的证据。可惜他根本不是和山贼有勾结……而是和东洋人有勾结！！"

"不好，难不成二爷是中了他的计？！"杨健瞪大了眼睛，劝诫道，"二爷，这黑五越来越得魏爷的信任，此时你独自出现在杜家村恐怕已经引起了魏爷的怀疑。至于陆姑娘，恐怕魏爷是动了杀心了，我们护不住陆姑娘的，二爷千万不可和魏爷硬来！"

叶申松开了一直紧握的手，手心因为紧张有些汗水。

"若他真想对陆曼笙动手，我只能再给他找个大麻烦了。"叶申阴沉着脸说，"杨健，写信给在东三省驻军的元督军，就说陆姑娘有难，请他一定要来恒城。"

闻言，杨健诧异道："魏爷是个难对付的，元督军也是个不好相处的，二爷三思啊！我们定能想到其他法子的，不如先将陆姑娘送出恒城去避一避？"

风声从耳边呼啸而过，叶申手指摩挲着折扇上的划痕，哑声道："已经……来不及了。"

第八章

　　杜家村的事已经过去了几日，陆曼笙没有再见到叶申。那日魏之深为何会突然出现在杜家村？那个黑五又是谁？为什么陆曼笙会觉得他有些熟悉？真的是一团乱麻理不清。

　　杜家村的事再没有后续了，好似一切都平静了下来，陆曼笙这几日过得还算清闲。

　　这一日，花匠小哥宋廉难得主动上门。宋廉其实是元世臣派来保护陆曼笙的人，平日里都是在花房做事，一般都是陆曼笙有事才会寻他来，无事时他不会上门。

　　"元世臣给我送了个丫环？"听闻宋廉的来意，陆曼笙惊讶道。

　　宋廉点点头说："嗯，之前督军知道馥姑娘不在了，怕姑娘无人服侍，就特地送了人到恒城来，已经在门口候着了。这也是督军的一片心意。"

　　人都已经送到门口了，还能赶回去不成？陆曼笙苦笑道："这个元世臣。"

　　宋廉得到陆曼笙的首肯后便出去把人带进来。陆靓颇为好奇道："也不晓得元督军会给姑娘送个什么样的人来，想必定是妥帖干练的。"

但让陆曼笙和陆觑未曾想到的是，跟在宋廉身后、捧着包袱的女孩，瞧着不过十五六岁的模样，梳着双丫髻，满脸稚气，身子单薄，看上去娇生惯养的，不像是寻常丫环的样子。女孩见到陆曼笙就脆生生地请安道："小语给二小姐请安。"

二小姐？

陆曼笙还没反应过来这个称呼，宋廉便笑着说："陆姑娘，你瞧她长得像谁？"

陆曼笙不明白宋廉说这话的意思，只好说："模样倒是周正。"

宋廉闻言，愣道："陆姑娘不觉得，她长得像又语姑娘吗？督军知道您和又语姑娘感情深厚，特地寻觅到这位长得和又语姑娘很像的丫头，送来服侍陆姑娘。"

那自称小语的女孩亦是点点头说："督军给我改了名字叫小语，能照顾二小姐是我的福分，盼着二小姐看见我能高兴。"

又语，元又语。

陆曼笙自然记得这个名字，又语是元世臣的妹妹，在京上的时候是与自己一起长大的丫环，但自己在离开京上之前，她就因病去世了。陆曼笙已经记不清元又语的模样，看着小语的笑容，陆曼笙心里不免感慨，原来又语是这副模样吗？似乎有些熟悉，但又是那样的陌生。

又问了几句小语的家世过往，陆曼笙便吩咐陆觑将人带下去收拾包袱行李。元督军从前只是喜欢送东西，如今都开始送起大活人来了，陆曼笙心想回头一定要写信与他好好说说。待二人离开，陆曼笙低声问："宋廉，最近元督军可好？"

"督军让姑娘小心，恒城最近不太平，姑娘切莫再有动作，一切等元督军来恒城再说。"宋廉沉身道。

陆曼笙惊讶："他居然要来恒城？事态已经这么严重了吗？"

"是，元督军得了消息……有人想要姑娘的命。"宋廉面色沉重，有些犹豫地说，"陆姑娘和白帮的叶申走得未免太近了些，难免被他连累。"

陆曼笙颇为无奈："我也不想的。"

宋廉继续说："陆姑娘让我查的杜家村的事，我只查到了大概。有人暗中拦着这事，水太深了，我猜测是东洋人暗中勾结山贼，在南方作乱，其野心可想而知。而杜家村的人为了钱财给东洋人和山贼提供便利，拿山贼抢来的钱财从东洋人手中兑换武器。东洋人一直在和魏之深沟通合作，魏之深虽然并未和东洋人达成合作，但也没有想过撕破脸。如今杜家村覆灭，你和叶二爷牵连其中，这些事不能让东洋人知道。姑娘，你当时在场，卷进这件事里对魏之深来说，就是一个巨大的隐患。他虽然现在对你没有动手，但迟早都会动手，陆姑娘小心。"

陆曼笙心中大骇，神情凝重，点点头表示知道。宋廉不便久留，就离开了。

有人给元世臣报信，是谁？

有个名字跃出心头。

陆曼笙摇摇头，这么会想起他呢？他和元世臣并不认识，况且，这样做如果被魏之深发现的话，太得不偿失，这不是心机深沉的叶二爷会做的事。

收敛起心思的陆曼笙回到后院，小语已经手脚利落地开始帮着陆醍收拾庭院中的香料。陆醍向来是个开朗爽快的人，正热络地和小语聊天。

陆曼笙颇为满意，元世臣做事向来让人放心，挑的人也不会是虚有其表。陆曼笙回到前厅，继续打理账目，可她却一个字也瞧不进去了。魏之深与东洋人有联系这件事，叶申知道吗？他应当知道，他可是魏之深的心腹，可万一他不晓得，那他会很危险，自己要不要去与他知会一声？陆曼笙的思绪越发像乱麻。

突然，陆曼笙闻到了甜茶的味道，抬头瞧去，是小语正端着茶瞧着自己。

"二小姐想什么呢？叫了您好几声呢。"小语是亲近人的性子，陆曼笙并不反感。小语见陆曼笙没有生气，笑着说："督军说二小姐最喜欢喝果子茶了，若是有什么烦恼，喝了果子茶心情就会好起来。"

再次听到二小姐这个称呼，陆曼笙忍不住问道："你叫我什么？"

"二小姐啊，督军说原来在京上的时候，都是这么叫您的。"小语不明所以，回道。

陆曼笙觉得有些头疼，喃喃自语道："二小姐……我是有姐姐吗？"

小语依旧老老实实地回答道："不是的，您是家中独女，但在陆家本家排行第二。您就喜欢旁人叫您二小姐，说是大小姐听着显老。"说完，小语还哧哧地笑起来，自己家小姐小时候真是个有趣的人。

小语将甜茶捧到陆曼笙面前，陆曼笙这些年一直喝惯了苦茶，闻着味道只觉得有些腻，不禁问道："我以前喜欢喝甜茶吗？"

闻言，小语收回手惊讶道："这些是督军告诉我的，小姐已经不喜欢喝甜茶了吗？是我做得不是，我应该同靓姐姐问清楚的。"

陆曼笙向来不会苛责这样的小事，笑着说："无妨，他大约也只记得我以前的喜好，这么多年过去了，人的喜好是会变的。"

小语恍然："督军说，那年您大病初愈，醒来就不记得过去的事了。督军嘱咐过的，是小语忘了。"

小语福了福身子说："二小姐的喜好，我会再与靓姐姐一一打听清楚的。"

刚巧捧着香囊进屋的陆靓听见这话，便打趣道："小语这是刚来就要挤了我的位置吗？"

小语回头便笑着说："靓姐姐要嫁人的呀，我来之前就听说在恒城想求娶靓姐姐的人家可多了呢。我再不快快知晓二小姐的喜好，靓姐姐哪日嫁人了，二小姐嫌弃我粗笨的话那如何使得。"

陆靓闻言，顿时涨红着脸说："哎呀，你胡说什么？"

"小语哪有胡说，难不成你打算跟着我做一辈子的老姑娘吗？你可有什么中意人？我帮你去说说。"陆曼笙也忍不住笑道，佯装思索，"我看那赵警官人就不错，你觉得如何？"

陆靓见陆曼笙也逗她，气恼道："陆姑娘，你怎么也跟着打趣我？赵警官不过是因为帮过我们，有过几次来往罢了。赵家那样好的人家，怎么会看得中我？"陆靓的语气有些心酸，把陆曼笙听愣了。她没想到陆靓看着大大咧咧的模样，也有这般细腻忧愁的小心思。

陆曼笙认真道："你只觉得是赵家看不中你，那你可是看得中赵警官？我觉得赵警官不是介意门第的人。"

"哎呀，越扯越远，不跟你们说了，你们就知道欺负我。"陆靓跺着脚离开，小语怕她真的生气，向陆曼笙福了福身子便跟上去劝慰。

陆曼笙看着桌子上小语匆忙下忘记拿走的甜茶，皱着眉喝了一口。

好甜，甜到陆曼笙喉咙都有些不舒爽。

原来自己是曾经喜欢喝甜茶的吗？为什么一点点都不记得了呢？

大约是因为那口不适的甜茶，整个夜晚陆曼笙都心神不定，到了后半夜就开始梦魇——先是梦到了自己在南烟斋里算账，接着又梦见自己走在东街，走着走着才发现自己走到了陆家大宅，眼前鸟语花香，一切再熟悉不过。

"二小姐，您慢点走。"梦里，身边经过的奴仆都如小语一般叫她，但那些奴仆却没有表情，就好像木偶一般。

陆曼笙仔细回想，这些人就像是被陆曼笙忘却了一样，陌生到冰冷。

"二小姐！"熟悉的声音响起，陆曼笙循声回头，看到树下站着一个女孩。和其他人不同，那个女孩的面容模糊，看不清样貌。陆曼笙正要出声问她是谁，却发现自己发不出声音。

天色刹那间暗了下来，花园变得死寂，所有花草都瞬间枯萎，毫无生机。那女孩突然啼哭起来，苍绿袄裙的衣角染上了一片猩红的血迹。

陆曼笙猛地回头，女孩就站在她的背后，哭泣道：

"二小姐，您不要死，二小姐！"

谁要死了？我要死了？

我为什么死了？

"呼——呼——"陆曼笙从噩梦中惊醒，她喘着粗气，额头出了层薄薄的虚汗。她坐起来，弓起身子，试图让自己平静下来。

是噩梦？为什么这段噩梦如此真实？如果不是噩梦……那会是回忆吗？为什么她完全不记得了呢？为什么有人对她说她要死了？

第二日，陆曼笙眼下的乌青吓着了陆觐和小语。陆觐押着陆曼笙回屋休息，自己去铺面上管着，小语则是绞了热毛巾去给陆曼笙敷眼睛。陆曼笙因为昨夜的梦身心俱疲，便随她们去了。敷眼睛时，小语站在身后为她按肩舒缓，陆曼笙漫不经心地问道："小语，督军有没有跟你说过关于我以前的事，你能与我讲讲吗？"

小语清脆的声音传来："我知晓得也不多，多是二小姐您的喜好。"

"那元又语的事呢？无妨，你随便说说，我都不记得了。"陆曼笙说。

"嗯……督军说小时候元家受了陆家的恩惠，后来督军父母相继去世，又语姐姐就入了陆府，当了二小姐的贴身丫环。而督军则是去从军了。"小语仔细回想。

这些事陆曼笙是知道的，但她没有打断小语，继续听她说。

"又语姐姐与二小姐感情颇深，二小姐您也待她亲如姐妹。督军说又语姐姐在时，常给督军写信，信中总会提及二小姐您待又语姐姐有多好。"小语的口气颇为羡慕。

这也就是为什么元世臣如今对她如此照顾的原因所在吧，陆曼笙心中明了。

"那后来呢？她怎么没有和我一同来恒城？"

闻言，小语有些迟疑道："又语姐姐死了呢，还是二小姐您亲自为她发的丧。"

死了？对，元又语是死了。

陆曼笙的喉咙干涩，想说什么却说不出口，她到底忘记了多少事？

她记得陆府的庭院怎么走，记得临别时父亲的面容，也记得从京上逃往恒城那艰难的路，但再以前的事就都不记得了。这是为什么呢？别人口中与她最熟悉的人，她不该忘记的。

梦里的那个人是谁？元又语吗？那个人说她就要死了，到底是元又语死了，还是陆曼笙死了？

陆曼笙想着这件事，心神不定，就想去铺子里找陆觌说话。刚走到铺门口，就听到有客人在和陆觌说闲话，那位常来的妇人用颇为神秘的口吻说："……何老爷的儿子快病死了，不知怎么就好了！我听说是用了什么邪门歪道拿旁人的命来抵了命呢！"

陆觌接话道："竟有这样的事？！"语气亦是诧异，附和着那位夫人。

夫人愤恨地说："为了自己儿子，这样伤天害理的事也做得出来，也不怕报应。啧啧啧……"

陆曼笙愣在门口，没有走进铺子，许久才转身疾步往回走。

当年明明病的是自己！但最后死的确实是元又语，难道说……是元又语替自己死了？

这样的心思一起，摧心剖肝。不能这样下去了，陆曼笙打定主意，要找回忘却的记忆。若是真相真的如此，此生在愧疚中了却也罢，总好过如芒在背地度日。

陆曼笙从库房堆积的藏香盒中，找到了放置许久的巡忆香，这是她从没想过用在自己身上的香料。

气味是淡雅的清香，却能唤起忘却的回忆。

入夜，本以为是个不眠夜，忧心忡忡的陆曼笙却在刚刚沾到枕头后就陷入了梦中。

这一次，她的梦境清晰而又真实。

梦里，陆曼笙在陆府的耳房中醒来，虽然是梦，她却无比清醒。她一眼就认出了窗子上的琉璃，这是自己在陆家住的院落，她小时候喜欢明亮的琉璃，就将窗子明纸换成了琉璃，费了陆老爷颇多的工夫。

她还没想明白自己为什么会在耳房醒来，就听到外面传来吵闹的声音。

"快去找大夫，小姐发烧了！"

"快，东街的大夫没用就去宫里找！不要耽搁了！！"

脚步声匆匆来又匆匆而去，陆曼笙不禁疑惑，他们说的二小姐不就是自己吗？她好好地在耳房睡觉，怎么旁人说她发烧病了？陆曼笙不明就里，爬下床正要出门叫人，不经意地瞧见柜上镜子里的自己，不禁心中大骇——镜子里的人根本不是自己！！！是一张又熟悉又陌生的脸，跟小语有几分相似。陆曼笙很快就明白过来，镜子里的人是元又语，她变成了元又语。

这梦境明明应该是她的回忆，怎么会进入元又语的记忆？

难道她根本没有自己小时候的回忆？所以找不回来？

来不及多想，陆曼笙急着要去正房看自己，也就是小时候陆曼笙的情况。她现在分明是陆曼笙的贴身丫环，陆曼笙病了，怎么没有人叫她呢？

陆曼笙走到正房，周围的人端着水盆进进出出，皆是焦急的神情，无人在意她。陆曼笙很轻易地摸到了床前，床榻上躺着的女孩病恹恹的，脸颊凹陷，正是小时候的陆曼笙。

陆曼笙心中震惊，躺在床上的小陆曼笙周遭都散发着死气，一只脚已经踏入鬼门关，无药可救。

小陆曼笙勉强睁开眼睛，怔怔地盯着她。陆曼笙心中毛骨悚然，没想到有朝一日会被自己看着。

小曼笙愣愣的，呢喃道："我又看见你了……所以，我是要死了吗？"

这话问得有歧义，陆曼笙听不懂。她现在的身份是小曼笙的贴身丫环，小曼笙应该能时常看到自己，但听小曼笙的语气，好像看见自己是一件稀奇事。

但梦境似乎不受她控制，不容陆曼笙多想，她脱口而出："是啊，你马上要死了。"

说完陆曼笙便开始懊恼，自己为何要跟自己说这般残忍的话。

小曼笙勉强扯出一个笑容："那好吧，那我就来找你吧。"

周遭又变黑了。

元又语从梦中醒来，依旧是在陆府的耳房里，这是她为了方便照顾二小姐、自己休息的地方。她还在茫然中，就听到身边有些声响。

元又语抬头瞧去，陆曼笙正坐在她脚边的杌子上做绣花。

"你醒啦？"

"二小姐！你、你怎么在这里？"元又语吃惊。

陆曼笙担心道："你病了好几日了，我不放心，过来瞧瞧。"

元又语挣扎着起身："怎么能让二小姐看护我，我……"

陆曼笙却让她躺下，她只好靠着枕头坐着。陆曼笙说："自从你听到程玖的死讯……你已经病了快半个月了。逝者已矣，生者如斯，你要照顾好自己。"

程玖是元又语的未婚夫，不过前不久两人退了婚。退婚之后程玖娶了临县大户之女，举家搬到了临县。没想到临县疫病蔓延，程玖因染病，不治身亡。

再次听到他的死讯，悲伤涌入元又语的心头，她忍不住低低哭泣起来。程玖这个与自己青梅竹马一同长大、说长大之后一定会来迎娶自己的人，最后却瞧不起自己的门第，娶了旁人。

每到夜晚，元又语总会忍不住懊恼愤恨自己的一腔真心错付了人。可是真的听到他死了，却是这般痛彻心扉地难过。

陆曼笙还想安慰元又语几句，便听到门口传来丫环的声音："二小姐，又语姐姐的叔叔婶婶来了，想见见小姐。"

房间里的二人呆愣片刻，还是元又语反应过来道："我叔叔婶婶来了？他们为了何事要求见二小姐？我赶紧去跟他们说，没事不要打扰二小姐。"

陆曼笙扯住她说："你还在病着，既然他们要见我，想必是有事情吧。你且躺着，我去问问他们过来做什么。"

陆曼笙的命令毋庸置疑，元又语犹豫片刻，点点头答应。

待陆曼笙离开，元又语的心事更重了。叔叔婶婶一向是拎不清的人，她父母早逝，与哥哥元世臣相依为命。叔婶甚少照顾他们，不过是偶尔给口饭吃罢了。后来她和哥哥进了陆府，叔叔婶婶才对他们殷切起来。

这时候叔叔婶婶来陆府想做什么？是因为程玖的事吗？叔叔婶婶一向不喜欢程玖，一心想让自己嫁给富户做小妾。程玖娶了别人之后，叔婶三番两次上门与自己说亲。这下可好了，程玖病逝了，他们更是有了说辞，要求自己嫁给别人。

元又语越想就越觉得叔叔婶婶来一定是这个目的，若是如此，恐怕又要让二小姐为难了。自己的事还是得自己来解决，元又语这样想着，挣扎着起身换衣，从耳房小道溜去正堂。

还没走近，就听到正堂里传来陆曼笙呵斥的声音："滚出去！"

元又语大惊，不知道正堂里发生了什么事情。她怕自己贸然进屋显得没有规矩，便决定先躲在门口偷瞧，看看情况再说。只见陆曼笙身子笔直地坐在正堂红木椅上，脚不着地，羸弱娇小的身子与雕刻着麒麟的红木椅背格格不入。而自己的叔叔婶婶则毫无规矩地瘫坐在下座，看那傲慢的神情和仪态，完全是没把自家二小姐放在眼里，只当自家二小姐是小孩子，好糊弄吧？

元又语心中酸涩不堪，自家二小姐最是温柔单纯的性子，但为了她的事，竟然被自己的叔婶如此难堪。元又语还没来得及站出来，就听元二婶开口道："二小姐，你不要急着拒绝，这可是门好亲事啊！"

陆曼笙别过头，语气冰冷："任凭你们怎么说，我都不会答应的！你们是在为又语考虑吗？你们分明就是想要李家的聘礼罢了！李家是什么人家？！污糟不堪！"

元二婶见自己的要求被陆曼笙拒绝，脸色挂不住，忍不住嘲讽道："二小姐，我们把这兄妹俩拉扯大有多辛苦，没有功劳也有苦劳。我们心疼他们还来不及，怎么会害又语呢？原先又语喜欢那程家书生，我们不也没说什么？如今那门亲事告吹，可想而知孩子们的亲事还是我们长辈看得准啊！"

搬出了长辈的身份来压人，陆曼笙一时无话。元又语心中又急又气，果然，叔叔婶婶是为了自己的亲事而来，想卖了自己换聘礼。

"你们想要多少银钱，我给你们就是了，不要打又语的主意。"陆曼笙不善于应对泼皮无赖，只好让步。只是她说这话的时候，颇有威严，但因着年纪小气势少了好几分，毕竟她也只是个十四五岁的小女孩。

元又语的心中满是暖意，她比陆曼笙大了三岁，一直以来都是她在照顾陆曼笙，如今却是陆曼笙护着自己。元又语下定决心，绝不能让二小姐这样平白出这么一大笔钱送给叔叔婶婶，叔叔婶婶不是那种会轻易善罢甘休的人，只会像狗皮膏药一般，这次拿了钱，下次又来闹腾。

但让元又语没想到的是，叔叔元老二开口拒绝了陆曼笙的银钱："二小姐，这不单单是银钱的事。李家允了我儿子一个好差事呢，二小姐可拿得出手？"

陆曼笙犹豫了。只是银钱她已是十分为难，更别说允什么差事。

元又语气得要死，准备冲到屋里为陆曼笙辩驳。陆曼笙一心在与元家叔婶争执，这才看到门外那片熟悉的衣角，急忙想去拦住那元老二接下来的话，却没有来得及拦住。只听元老二冷哼道："二小姐疼爱我们家又语，我们自是感恩不尽，但说到底又语是我们家的丫头，又没有卖身契押在陆府。如今她死了，牌位留在陆府于礼不合，理应让我们领回去。至于我们是不是要安排又语与李家少爷结冥婚，二小姐都是没有过问的权力的！"

元老二话音刚落，门口一阵阴风将正堂的屏风吹倒在地，把元老二吓了一大跳。元老二慌乱地惊呼："哪来的风？这个地方怎么会有风啊？！"

谁死了？元又语的脑子嗡地炸开，愣在原地，耳边只有两个字：
死了。

元又语呆呆地看着陆曼笙，陆曼笙站起身来看着她，扯出一抹苦笑："又语姐姐，没有瞒过你，抱歉。"

"二小姐答不答应就一句话，故弄玄虚做什么？今日不答应的话，我们就不走了。"元二婶顺着陆曼笙的视线朝门口看去，分明空无一人，便以为陆曼笙是在装神弄鬼，有些不爽地说道。

"元二婶！"陆曼笙呵斥道，"又语姐姐生病时你们在何处？她去世出殡时你们又在何处？如今想用她来换好处，你们就不怕遭报应吗？"

元二婶想要反驳，又是一阵阴风呼啸而来。桌案上的花瓶砸落在元二婶的脚下，溅起的碎片划伤了元二婶的脸。

"啊——"元二婶慌乱地退了两步，抬头想要骂人，却感到寒意瞬间沁入身体，就像是被扼住了喉咙。元老二亦是背脊发凉，浑身冒汗，赶紧拉过元二婶低声说："有点不对劲。"

元老二立马换了一副面孔，转身对陆曼笙说："今日打扰二小姐了，不如二小姐再思量思量吧。我家又语孤苦伶仃，一个人在黄泉路上漂泊也不是办法，我们也只是想为她找个伴罢了，没有恶意。二小姐若是改变了心意，再与我们传话就是。"

言罢，元家叔婶就像逃命一般地跑了。

陆曼笙静静地等元又语开口，但元又语只是站在那里，抬头看着这最熟悉不过的厅堂，看着自己亲昵喜欢的二小姐，她哽咽道："二小姐，我已经死了吗？"

陆曼笙犹豫片刻道："嗯，你……死了，不过你放心，我绝对不会让你叔叔婶婶得逞的。"

元又语又垂下头，茫然无措地问："我哥哥知道了吗？"

陆曼笙摇摇头："我还不知道怎么与他说，我没有照顾好你……我心里不好受……"

"二小姐，说什么胡话呢？我是你的奴婢，理应我照顾你，如今我不能陪你走下去了，也不能再照顾你了，二小姐可要学会照顾好自己啊！"元又语嘴角的笑意含着苦涩。

陆曼笙眼眶里充盈着泪水，咬着唇点点头。

元又语思索道："那先别告诉我哥哥了，他如今在打仗，我怕他分心。只是我们相依为命，我却丢下他，让他孤零零的一个人，我实在是舍不得。"

陆曼笙依旧听话地点点头。

"还有，二小姐你不要为难。我叔叔婶婶那样无赖泼皮的人今日目的没达到，改日还会来的。反正我已经死了，这尸首葬于何处、牌位放在哪家我也不介意了，你就遂了他们的愿吧。若冥婚的事成了，等我哥哥回来，我叔叔婶婶应当也不会太为难他。"

陆曼笙这次却果断地拒绝道："又语，别的事我都能答应，但这件事我绝对不同意。我让人打听过，那李家公子是得花柳病死的，所以我一千一百个不愿意，就算你不在了，我也想让你清清白白地走。放心，有陆府在，你叔婶也不敢为难你哥哥，你不必如此委曲求全。"

元又语走到陆曼笙身前，行了大礼，哽咽道："二小姐，我本是穷苦人家出身，遇见了你才过上这般好的日子。程玖也是一个很好的人，我从来不觉得委屈，只是觉得，没有缘分罢了。"

陆曼笙正要说什么，有丫环捧着茶走进厅堂，旁若无人地从元又语身边经过，满脸稀奇地对陆曼笙说："咦，二小姐，又语姐姐的叔叔婶婶走了吗？这茶还没喝上呢，不像他们的性子啊，我以为要耗上个一日半宿的。"

这说话的小丫环和元又语是最要好的，平日里只要瞧见元又语，就会"姐姐""姐姐"地喊着，也是最看不惯元家叔婶、最替她打抱不平的。

陆曼笙端过了茶盏，轻啜一口道："走了，若是他们再来，你们吩咐管家直接把他们拦在外头，就说我不想见。"

小丫环狠狠点头，愤恨道："嗯，他们对又语姐姐又不好，那程玖病死的事就是他们巴巴上赶着来告诉又语姐姐的，不然又语姐姐怎会病得那么急？如今又语姐姐都走了，他们还敢舔着脸上门。"说罢，小丫环收起那两盏茶水，准备离开。她又直直穿过了元又语的身体。

仿佛有一缕淡薄的香气迎面而来，小丫环忍不住发出了"咦？"的声音。

看着自己的身体变得支离破碎又慢慢恢复，元又语慌乱了片刻，过了好久才接受了这个现实——看来除了陆曼笙，谁也看不见她。元又语心有不甘地看着陆曼笙："小姐，既然我死了，你为什么能瞧见我？"

陆曼笙茫然地摇摇头："我不知道，前几日我也病了，可等我病好醒来时，府邸里的人都说你不在了，可我却依旧看得见你，你在为我做针线，与我说话。"

那日以后，元又语依旧同平时一样早起，做着琐事，只是做这些的时候再无人能瞧见。

陆曼笙劝道："又语，你走吧，我爷爷说魂魄强留于人世的话，会烟消云散的。爷爷还说……说渡过忘川，喝了那孟婆汤，穿过那扇门，就能重新做人了。"

"我还想再见见我哥哥。"元又语不知道自家小姐从哪里知晓的这些话，也不反驳，低着头，手上做着陆曼笙永远也戴不上的香囊，"况且我要是走了，就再也记不起来二小姐说的话了，二小姐对我这么好，我舍不得。"

陆曼笙气恼："你说什么胡话呢？"

元又语噙着泪，祈求道："二小姐，请不要赶我走，我就陪二小姐再走一段，就走一段，可好？"

想看着二小姐长大，想看着二小姐出嫁，这是元又语心中最期盼的事。

可还没等来这些期盼的事，京上就乱了。

朝堂动荡，主张打东洋人的朝臣们都被清查，其中刑部陆尚书也被牵连。陆府里乱作一团，陆老爷已经连日被带进宫审查，好不容易脱身回来，陆老爷一回府就吩咐小厮丫环整理行李。

"赶紧的！今夜一定要把二小姐给送出去。"陆老爷满脸倦容，疲惫不堪，声音有些苍老。

一旁的陆曼笙更是慌张道："爹爹你不走吗？"

陆老爷看着自己从小疼爱到大的女儿，看着她单薄的身子，哽咽道："爹爹不能走，爹爹是臣子，如何能走？爹爹等会儿还要进宫请战。"

"爹爹，我害怕。"这几日不知为何，陆曼笙又发烧了，说起话来糊里糊涂的。

陆老爷心软了片刻，却依旧坚定道："曼笙，我们不能一起走，那些军队的人是认识我的，一起走会牵连你。你先走，爹爹无事了就去接你，你不要害怕。"

这时门口小厮又来报，召唤陆老爷进宫的人已经走到街口了。陆老爷面色铁青，匆忙安排陪陆曼笙上路的人手，只留陆曼笙一个人在房间里昏昏欲睡。

小厮丫环们都在忙碌，只有元又语陪在陆曼笙身边。元又语焦急不堪，却又无可奈何，只能不停地和陆曼笙说话，希望她上路之前能清醒，不然一路颠簸恐怕她熬不过去。

没想到都来不及告别，陆老爷就直接被宫里来的人架走了。

陆家上下得了消息后更是人心惶惶，自家小姐又病得迷糊，没有个主事人，下人皆是手足无措。不过才一个时辰，就有居心叵测的下人开始抢夺陆家的财物出逃，愈演愈烈，无人来阻止。

元又语追着抢了陆曼笙首饰的丫环跑到了二门，门外一片狼藉。正是心乱如麻之际，突然她看到一个熟悉的身影——她的叔叔竟然趁乱摸进了陆府，朝着小姐的房间鬼鬼祟祟地走去。

这个浑蛋想做什么？元又语跟着冲回陆曼笙的房间，就看到元老二正与陆曼笙对峙。元老二袖子里露出了一些金银，想必是在哪个房间顺手偷的。而陆曼笙则是抱着自己的牌位，因为发烧双颊通红，瞪着眼睛狠狠地看着元老二。

"滚出去！滚出去！"陆曼笙大吼道。

元老二露出凶相，嘲讽道："你爹倒台不行了！我还怕了你不成？"边说边一把推倒陆曼笙，夺过陆曼笙手里的牌位。

陆曼笙如何能抵得过元老二的力气，整个人直直撞向了桌子，额头撞上了桌角，瞬间血就顺着脸颊流了下来。

元又语又哭又急，疯了一样想去抓元老二，却什么都抓不到。

"跟我斗？"元老二对着倒在地上的陆曼笙啐了一口，捧起牌位正得意时，又瞥见陆曼笙脖子上的金锁，顿时起了歹意，伸手去抢，"这么好的东西你也配戴着？都给老子拿过来！"

陆曼笙挣扎，用力抓着元老二的手背。元老二吃痛，一巴掌扇在陆曼笙的脸上，一道红印立刻显现在她脸上。

元老二一把扯下陆曼笙脖子上的金锁，洋洋得意道："值不少钱哪！不知这小娘身上还有什么好东西？"边说着边上手要去搜。

"啊——"突然元老二一声惨叫，人直直地向后倒了下去。

站在元老二身后的是一个手里拿着花瓶的少年，正是元世臣。他看着地上元又语的牌位，眼中满是悲伤，小心翼翼地将牌位收好，他抱起昏迷的陆曼笙，轻呼道："二小姐，二小姐？曼笙？！"

他怀里揣着陆老爷加急给他的书信，陆老爷自知有难，祈求他来京上保护陆曼笙。他匆匆赶来，却没想到京上和陆府已经乱成这般，他的妹妹变成了冰冷的牌位，而他那个蛇蝎心肠的叔叔竟然在欺负二小姐。

满腔怒火无处发泄，元世臣狠狠地踹了几脚躺在地上的元老二。

而在元世臣看不到的地方，元又语正欣喜地打量着自家哥哥。看着元世臣风尘仆仆的模样，元又语心中的大石头终于落了下来，自家小姐定是安全了。

元世臣收起悲痛，抱着陆曼笙逃出陆府，上了马车。信得过的小厮丫环早已收拾妥帖，一行人快马加鞭离开了京上。

陆曼笙再次醒来时，已经是在距离京上两日车程外的洛县客栈里，身边是陌生的面孔，那笑得温柔的丫环自称陆馥，她和妹妹陆醯就是这次跟着陆曼笙上路的两个丫环。

陆馥见陆曼笙的精神好些了，便笑着说："姑娘，你醒啦？要不要喝点汤水？"

听到声音，守在门口的元世臣急忙进屋说："曼……二小姐，你没事了吧？"

"元世……臣？你怎么会在这里？"陆曼笙看到元世臣，撑起身子忍不住哽咽道，"又语姐姐，没了。"

"我知道。"元世臣亦是艰难地开口。

陆曼笙不知道该如何说，她看见元又语就站在元世臣的身旁看着他。阴阳相隔不得相见，陆曼笙心里更是难过。

元世臣唤来一个与他一般大的少年进屋，说道："这是宋廉，你见过的。他功夫不错，会护着你去恒城。京上动乱，北方就更乱了，我现在是军中副将，不能离开太久，要赶紧回去，不能送你了。"

宋廉和他兄长宋清都是受过陆府恩惠的人，后来跟着元世臣一起参军，陆曼笙是认识的，也是信得过的。

陆曼笙觉得全身无力，她几日前还是陆府的千金小姐、父亲的掌上明珠，如今却变成了奔逃的难民。她一时无法接受，心不在焉，只是听话地点点头。

元世臣又叮嘱了几句路上可能遇到的危险，拖到不得不启程时，才策马离开。

第二日陆曼笙继续上路，除了马夫、宋廉和一个粗壮婆子，陪在陆曼笙身边的就是新进府的丫环陆靘和陆馥，还有谁都看不见的元又语。这也是元世臣的意思，人越少越低调，不容易惹人注目。

北方往南方逃亡的人家很多，那些拦路抢钱的劫匪都把精力放在了大户人家上。陆曼笙的马车一路上也不太平，但好在都有惊无险。

却没想到在经过埔村时遇到了大麻烦。

恒城是南方最富饶的城镇，被白帮所控制，还有所谓的土皇帝，可以说早就自立门户了。但因为每年恒城都上缴丰厚的税银，朝廷也就对此睁一只眼闭一只眼了。因京上大乱，白帮就把进恒城的路给封了，大批想逃向恒城的百姓都被堵在埔村这个离恒城最近的村落里。

陆曼笙一行无法进城，只能借住在埔村农户的家里，焦急地等着恒城开城的消息。整整七日过去了，恒城城门依旧没有动静。宋廉计算了去别处的路线，陆曼笙却又开始生病发烧了，浑身滚烫。

身子的高温降不下来，陆靘见势不对，让陆馥留在屋里照顾陆曼笙，她吩咐守在外面的婆子道："快去找桶干净的水来，小姐又烧起来了，得用凉水擦身子。"

婆子也急了："靓姑娘，你这是为难我啊！埔村落难百姓太多了，井口都被那无赖占了，要收钱呢！就算给了银钱，我也不敢提着桶水大摇大摆地在村里走，可是会被抢走的。"

"那可怎么是好？"陆靓急得团团转。宋廉和马车夫去打探消息了，还没有回来。她们身上是带够了药和银钱，却万万没想到会缺水。

突然一个陌生的声音传来："给我钱，我去帮你们弄水。"

陆靓瞧过去，一个少年偷听了她们的话，正叼着根草歪着头趴在墙头瞧着自己。那少年穿得脏兮兮的，像是村里的乞丐，脸也是蓬头垢面的看不清长相，只看到他带着有些戏谑的笑容。

陆靓警惕地看着他，问道："你要多少钱？"

少年毫不犹豫地狮子大开口："一锭银子吧。"

陆靓变了脸色："一桶水你要一锭银子？！你怎么不去抢呢？！"

少年撇撇嘴："爱要不要。"

婆子扯了扯陆靓的袖子，轻声道："靓丫头，他是村里的小混混，手下的人不少，有些本事的。不如让他去试试也成，总归是小姐重要。"

陆靓皱着眉对那少年说："那你去提水吧，回来我就给你钱。"

"不行，先给钱。"

"你跑了怎么办？"

"呵。"少年跳下墙头，准备要走。

"你回来。"陆靓最烦与这种无赖打交道，只得追到门口拿出一锭银子丢过去说，"那你快去快回。"

少年却没有收下银子，丢回银子不屑地说："我改主意了，我不要钱。你小姐进村的时候蒙着面，但她头上戴着的银梳子怪好看的，我要那个！"

陆靓脸色难看："你一个男人要首饰做什么？！钱不够我再补给你就是了！那梳子不值钱的！"

少年无所谓地说："我就是喜欢，我要送给我以后的媳妇。"

那少年原来是想讹钱，看陆靓怀疑自己，心里不爽，就想捉弄捉弄陆靓，自然也不是真心想要什么银梳子。

"你！！无耻！给我等着！"陆靦气得柳眉倒竖，重重地甩上了门。瞧着陆曼笙躺在床上难受，她心里不好受，喃喃道："是我没本事，姑娘回头再怪我就是了。"

言罢，陆靦轻手轻脚地摘下陆曼笙头上的银梳，出门丢给少年，狠狠地说："快去快回，不要食言。"

少年拿了银梳，不免多看了两眼，只见银梳上刻着蝴蝶花纹，上面还留有梨花水的清香。少年掂量了下是纯银的，心中满意。

那少年刚收了银梳，躲在不远处的小混混们便迎上来说："老大，银梳子欸！请我们喝酒去。"

陆靦听到这话，回头就想骂人，却见那少年狠狠地踹了小混混一脚，命令道："喝什么酒，先提水去！"

那少年没有失约，吩咐人提了一桶水送到了陆曼笙房间。陆靦陆馥轮流给陆曼笙擦手擦脚，好不容易才将高烧压下去。

见陆曼笙睡得不那么难受了，陆靦才委屈道："一把银梳就换了一桶水，气死人了！"

"姑娘没事就好。"陆馥知道陆靦心里难受，劝慰道。

陆曼笙醒来的时候，已是子时，旁人早已熟睡。陆曼笙见陆靦陆馥挤在旁边的小榻上打瞌睡，不忍心叫醒她们，自己起身摸到桌前喝了杯水，披着外衣站在院子里吹了一会儿风。夜晚的村庄寂静无声，也不知道自己还要在这里耽搁多久。

"喂，你就是她们家小姐啊？"黑暗中突然传来的声音吓了陆曼笙一大跳。

"谁？"陆曼笙看向声音传来的方向，墙头那边有人影晃动，她低声质问道。

"今早是我给你弄的水，你什么态度啊，有钱人真是忘恩负义。"那声音不满道。

"哦……你突然说话，吓着我了，今日的事谢谢你。"陆曼笙对那人影福了福身子，夜色太深，估计那少年也没瞧见。

少年无话了，院子里重新归于静谧。见少年不再说话，陆曼笙准备回屋，却听到黑暗中有急促的奔跑声传来，然后她听到另外一个声音喘着粗气说："老大，吴大去外头拿货被砍了一刀，一直在流血止不住啊！"

少年闻言，紧张地说："快！送去村大夫那儿！"

"村大夫被招进城里了！！估计天亮才能回来！"

黑夜里，陆曼笙就算看不清少年的神情，也知道他此时的焦虑和急切。陆曼笙忍不住出声道："那个，我有金疮药，可以给你们一些，治疗伤口很有用的，如果不是致命伤应该能熬到明天早上。"

"啊！谢谢姑娘。"后来的少年急忙道谢。

但先前的少年却突然沉默，似乎在揣测陆曼笙的意图。

陆曼笙没有犹豫，即刻就从屋里翻出金疮药摸黑丢给少年。瓶子是金线绕着的，一看就不是凡品。

"多谢。"少年留下这两个字，转身离开。

等脚步声渐远，陆曼笙抬头看着月色，继续想着往后何去何从，却听到在自己身后站了许久的元又语轻声说："小姐帮他做什么？他不是好人，今日不过拿桶水，却换走了小姐你的银梳……"

陆曼笙下意识地摸了摸发鬓，空无一物，坦然道："不过是身外之物罢了。世道艰难，多与人为善吧。我若是沦落成他们这般，未必能更善良。"

陆曼笙多站了一会儿，隐约听到后门那儿传来马夫和宋廉说话的声音，话语间还提及了自己的父亲。陆曼笙放轻脚步往后门挪去，想听听他们在说些什么。

"我们二小姐怎么办，年纪轻轻的就没了爹娘……"这是马夫的声音。

"先不要告诉小姐，她病情未愈……"是宋廉的声音。

陆曼笙自然没有沉住气，立刻现身，出声质问道："宋廉，我父亲怎么了？！你不必瞒我，如今我这般还有什么受不住的，早些做好安排才是！"

马夫一看到陆曼笙，没忍住，悲戚大哭道："二小姐，二小姐节哀！京上来的消息，老爷没了！"

马夫哭得不成人样，陆曼笙却很平静，也许她早已经预见这个结果。如果只是普通的牢狱之灾，何须将她这样狼狈匆忙地送走呢？父亲分明早已知道这是灭顶之灾了！

宋廉没有说话，静静地看着陆曼笙。陆曼笙思索良久，才对那车夫和宋廉说："陆府虽不在了，但这趟行路艰难，你们没有欺我无依无靠，我心中十分感激。等到了恒城安顿下来，我会给你们一笔银钱，你们愿意跟着我就跟着我讨生活，愿意出去谋事或者回京上也可以。"

"二小姐，我们不走……"马夫和宋廉面面相觑。马夫还想再说些什么，他本是京上人，自然是想回京上的。陆曼笙此举已是最好的安排，可他又担心自家小姐孤身在人生地不熟的恒城生活艰难。

陆曼笙打断他的话道："没有什么二小姐了，陆府已经不在了。以后不要叫我二小姐了，免得旁人问起这称呼的缘由，你们还是叫我……姑娘吧。"

一夜之间，失去了亲族，失去了所有，陆曼笙不再是陆府那个柔和软弱的二小姐了，而是变成了处事冷静的当家人，说话有着毋庸置疑的威严。

安排好了去恒城的事，陆曼笙想回屋休息，却看到元又语依旧站在墙角阴影下。陆曼笙撑着疲惫不堪的身体，叹气："又语，你真的该走了。"

"小姐，老爷不在了，我如何放心得下你？"元又语低声啜泣。她对陆府有很深的感情，听到陆老爷离去的消息，她比陆曼笙还要痛苦。

陆曼笙摇头拒绝："又语，你不能陪我太久，不然会灰飞烟灭的。我怕我有一日睁眼看不到你，那样我会更伤心的，还不如亲眼看着你走。"

元又语突然觉得眼前的小姐完全变了一个人，但那熟悉的声音却满是对自己的担忧。犹豫不决中，陆曼笙走到元又语的背后，轻推了一把，在她耳边轻声说："不要回头了，如果你不走，我可就不是你的二小姐了。"

元又语落着泪，用手反揪了一下陆曼笙的袖子，最终放了手，迈出了步子。

陆曼笙在她身后温声道："我也舍不得你，可我更期盼与你能够来世相见。"

元又语终究没有再回头，就这样消失在了夜色中。陆曼笙迎着凄凉的风，收敛了情绪，往后自己就是孤身一人了。

第八章 ◇ 147

说起来元又语走后的第二天，陆曼笙的病就好了起来。自那日起，陆曼笙便不太提及过去的事了，不知道是故意避开，还是忘记了。

本以为埔村临近恒城，定是安生之处，但宋廉很快就发现一到夜里就有陌生人围绕着陆曼笙所住的农户家转悠。这不是一个好兆头，因为之前路上他们粮食殆尽，马夫不得已在村里用银钱兑换了粮食，那些人也许因此发现了陆曼笙一行人带着不少钱财，准备动手抢劫。

今夜农户家周遭来往的人特别多。宋廉与马夫都是会功夫的，马车里还有一些防身的武器，若是动起手来未必不过花拳绣腿的混混，只是难免会有一场恶战。

宋廉和马夫拿着砍刀紧张地藏在门后。今日倘若是风平浪静，明日定不能留了。因为不知道会发生什么，宋廉的手心都是冷汗。

"里面的人是我们先看上的，你们来晚了。"

外面传来一个熟悉的声音，是那提水少年的声音！宋廉心头大骇，这少年果然不是什么良善之辈。宋廉从门缝看出去，只见少年带着人正在与另一群打扮不善的人对峙。

另一边领头的大胡子冷冷地瞧着少年，威胁道："姓叶的，大家都是出来混的，凭本事说话。你说是你的就是你的？"

"那行，我们干一架就是。"少年身后的人蠢蠢欲动，少年轻描淡写道，"说到底这里也是白帮的地盘，你们今日敢动白帮的东西，就要做好心理准备。"

大胡子听到白帮的名号，明显犹豫了片刻，朝民宅看了一眼，宋廉吓得赶紧移开了身体。大胡子纠结了半晌，还是忌讳白帮的名号，冷哼着走了。

白帮？那少年不是一般的小混混，竟然是白帮的人！宋廉心里的惊慌已经压抑不住了，若是一般的小混混也就罢了，但如果是白帮与他们动手，他们毫无胜算。

宋廉低声吩咐马夫去通知陆曼笙先躲藏起来，自己继续暗中观察那少年。

可过了许久，宋廉也没见那少年有什么动作。宋廉不敢掉以轻心，依旧警惕，马夫已经跟婆子一起收拾东西将陆曼笙藏起来了。

少年好像知道宋廉在门后，等遣散了手下，确认周遭无人后，他才回身走到门口，对着门说："你们收拾行李，立刻就走。这里的人多是恶劣狠毒之辈，亦有不少江洋盗徒。你们家小姐带着两个丫环，你护不住的，像今夜这样的事还会不停地发生。等你们出了村子就走水路，从东面绕去恒城，想法子登上货船，恒城的货船还能出入。"

宋廉这才意识到少年是在帮他们，甚至还告诉了他们去恒城的法子。他有些意外，不过是有过一桶水的"交情"，这少年为什么会帮他们？但宋廉不敢迟疑，赶紧叫上了陆曼笙一行，准备离开埔村。

马车行到村口，少年在等他们。

坐在马车前的宋廉与他道谢，少年却不耐烦地摆摆手道："你们快走吧，别拖拖拉拉的给我惹麻烦。"

"不知可否告知我你的名字，我好记下，往日再相见也好感谢。"陆曼笙坐在马车里，忍不住出声问道。少年认出她的声音，知道说话的就是这家被他抢走了银梳的二小姐。

少年狠狠拍了一下马屁股，马车开始前进。陆曼笙来不及再问，就听到少年清朗的声音："二小姐是吧？你我云泥之别，想必此去你我不会再有机会见面了，无须多此一举知道我的名字。"

陆曼笙掀开车帘子瞧去，只看到少年挥手离开的背影。

陆曼笙就这样探着头，看着少年的背影消失在视线里，看着埔村渐行渐远，而在那个方向还有更遥远的京上。一切都结束了，父亲也好，京上的所有人与事也好，元又语也好，那些回忆都留在黑夜中，不复相见了。

"梆——"是子时打更的声音。

陆曼笙满脸泪水地从梦中醒来。她记起来了，关于元又语的一切她都记起来了，那个疼惜自己的姑娘，自己怎能将她忘却了？

小语迷迷糊糊地起夜，听见前厅有动静，还以为是小贼，拿着扫帚就冲进前厅，却看见陆曼笙在点香。

小语茫然唤道："二小姐？"

"把你吵醒了。"陆曼笙穿戴齐整，不像是刚睡醒的样子。她将香插在香炉里，双手合一祈祷。

小语揉揉眼睛，好奇道："二小姐在祭奠谁吗？不要太伤心了呢。"

陆曼笙笑着摇摇头："只是祈求来日更好罢了。"

翌日，南烟斋依旧是平时的样子。陆靘在后院盘点香料，小语在铺子里洒扫。

叶申来到南烟斋，却得知陆曼笙去送货了。本想与陆曼笙交代近日不要出门，却没想到没碰上人。但想着有车夫陪着应当无事，叶申便坐在店里等陆曼笙。

见店里新来了个小丫环，叶申打趣道："你家姑娘不在，怎么那么没规矩，连壶茶水都没有？"小语洒扫过于认真，一时忘记了招呼他。本以为叶申只不过是问完话就走，却没想到会突然发难于自己。小语红着脸说："我这就去端茶，还请客人不要告诉二小姐。"

叶申愣住："你叫谁二小姐？"

他脑子里闪过一丝念头，转瞬即逝。

小语不明就里道："二小姐就是我家小姐，哦，就是陆姑娘。我称呼二小姐称呼惯了，你应当都叫她陆老板吧？"

叶申还想再问些什么，但小语已经匆匆进屋去沏茶了。陆靘以为是客人出来招呼，没想到是叶申。

叶申就将本想提醒陆曼笙的话告知了陆靘，陆靘也晓得重要，都细心地记了下来。叶申思考半晌，还是开口问道："靘儿姑娘，你们是从外地来的，当年来恒城时，有没有路过埔村？"

陆靘听他说起这些旧事就来气："哎呀，自然是路过了的。那会儿姑娘还在路上发着烧呢，进不了恒城只能在埔村留宿，连水都抬不到。最后无法，我们只得让那村子里的混混去抬水，那混混还不要银两，偏要姑娘的银梳子。

"那银梳子不值钱但是我家姑娘的心爱之物，二爷你说这混混欺不欺负人？好在那人最后送我们出了村子，也算良心发现了，那银梳估摸早就被他当掉了吧……"陆靘之后说的话，叶申都听不见了，他匆匆起身离开。

等他走出南烟斋、回到叶公馆时，脑海里依旧是那句："那混混还不要银两，偏要姑娘的银梳子。"

叶申拉开抽屉，拿出一个木盒，小心打开，里面静静地躺着一枚雕刻着蝴蝶花纹的银梳，没有什么陈旧的痕迹，似乎被主人精心妥帖地收藏着。

叶申心里的情愫无法遏制。

原来，给他金疮药的二小姐就是陆曼笙，问他姓名的人也是她，期待与他再见的人也是她。

可自己却因那卑微的自尊，硬是生生错过了。

当年，就是从陆曼笙问他名字的那刻起，他第一次晓得被人尊重的感觉，往后再艰难时也没有舍得掉这个银梳。

叶申握紧了银梳，眉眼弯弯，露出笑容，自言自语道："真是有缘分。陆曼笙，原来是你啊。"

今年恒城的寒秋比往年来得早，百姓们早早就开始置办起中秋节所用的物件。南烟斋的生意也比往日要来得好，可是陆曼笙最近很是苦恼。

平日铺子里迎来送往各路人都有，但有媒婆上门与自己说亲还真的是头一遭，来的还是恒城最有名望的王媒婆，为陆曼笙说的亲是南街私塾的李先生。

陆曼笙和颜悦色地婉言拒绝，竟被王媒婆当作是女子的羞怯。王媒婆放下对方的生辰八字后便匆匆离去，说改日再来求答复。

陆曼笙没拦住人，瞧着压在桌案上的红纸笺，心中不住叹气，怕是下次王媒婆再上门时就会带着聘礼来吧？

她对姻缘一向看淡，也从未想过要嫁给不认识的陌生人。

这下可如何是好？

翌日，陆曼笙和往常一样开门做生意，迎来的头位客人竟是叶申。叶申前几日来过，与陆酲说了几句话就匆匆离开了，等陆曼笙回来时连个影子也没瞧见。

陆曼笙自然晓得他不是来买香的，还在思量他是不是为了杜家村的事而来，就听叶申开口道："陆姑娘可知，王媒婆将你与李家的亲事传得满城皆知。"

闻言，陆曼笙心中诧异。这怕是那媒婆的招数，若是陆曼笙想要推脱这门亲事，也要掂量掂量自己的名声，想再说亲事便有些难了。

　　但这不是陆曼笙在意的事，她本就无心嫁人，所以并未往心里去。没想到叶申不依不饶继续问道："陆姑娘觉得李先生如何？"

　　陆曼笙坐在柜台前翻着账本，心中斟酌回绝媒婆的托词，随意答道："李家书香门第，是旁人眼中的好姻缘，这样的人家很好……"

　　可惜与我无关。

　　陆曼笙心里这样想着，可话还没有说出口，就被叶申打断道："陆姑娘。"

　　叶申的语气有着毋庸置疑的坚持，陆曼笙抬眼瞧去，想看叶申到底要说什么。只见叶申晃着折扇，忽而轻笑道："陆姑娘要嫁给他，不如还是嫁给我。"

　　陆曼笙愠怒，起身轻斥道："叶二爷，我陆曼笙不过一介女子，就容你在此胡言调侃吗？"

　　"陆姑娘先不要生气，我将陆姑娘嫁给叶某的好处一一道来如何？"二人对峙，面对陆曼笙冷若冰霜的眼神，叶申面色坦然，慢条斯理地说道。

　　陆曼笙看他说得认真，不知为何心中不悦消散大半，竟还有些赧然。便想着他能说出个什么来，于是坐下继续翻阅账本，算是默许。

　　叶申自顾自坐下，啜了一口茶："叶某双亲早逝，孑然一身，陆姑娘嫁过来便能当家作主，绝无妯娌吵闹长辈刁难这类亲眷不和睦之事。"

　　叶申的语气轻快，所讲的家世背景陆曼笙也算得上清楚，他说的是实话。陆曼笙无法反驳，姑且听了下去。

　　"叶某在恒城也算是有正经营生，若是陆姑娘依旧想做这南烟斋的生意，叶某也是能帮衬一二的。若换去旁的人家，想必陆姑娘很难出来抛头露面地做生意。"叶申继续说。

　　陆曼笙哑口无言，只觉得的确有理——李家那样的世家，是决计不可能让长媳在外头做生意的，派个掌柜管事便是。

　　叶申打量陆曼笙的神情，手指轻敲桌案，笑着说："若是陆姑娘愿意，往后就是云生戏院的老板娘了。"

　　陆曼笙忍不住抬眼看叶申，这话颇为打动她，相熟的人都知晓她喜欢看戏，这叶申简直是掐住了她的命门。

说到云生戏院，陆曼笙心想，若自己掌管云生戏院，就叫那小云仙唱梁山伯，戴晚清唱祝英台，想必是一出好戏。正沉浸在幻想之中，未承想叶申又冒出一句："叶某决计不会有三妻四妾。"

前头那些胡言乱语陆曼笙全当笑话听，此刻却忍不住笑出声，脱口而出问道："这话如何保证？"

叶申眉眼弯弯、似笑非笑地看着她："若我辜负你，你便可以打断我的腿。"

自己是不会嫁给李先生的，也不想嫁给叶申，怎么就被他的话牵着鼻子走了呢？陆曼笙有些气结，蹙眉道："你满口胡话，我都不知你哪句真哪句假。"

叶申笑嘻嘻地说："外头的人如何说我？奸诈狡猾？阴险毒辣？"

陆曼笙无言以对，话都被眼前这个人说尽了，她还能说什么？

叶申静静地看着陆曼笙，一字一句说得真切："我不敢说从未对你说过假话，可若是假话能够诓骗到你，我费尽心思，也会弄假成真的。"

陆曼笙静默，她突然觉得眼前人与往常不同了。她认识的叶二爷，城府颇深，心机深沉，不像是会随意袒露心意的人，为何突然对自己如此说话？

陆曼笙想不明白，她大约也想不到——这是他们俩最后的平静，往后这般撒泼打诨、无忧无虑的日子，再也不会有了。

第九章

今日的魏公馆静寂更甚，魏之深正在魏公馆里的办公室等待叶申的到来。他准备和叶申好好谈谈，无论是码头货船的事，还是陆曼笙的事，最近的叶申让他很不满意。

东洋人从年初开始就频繁联络他想要建立商贸。就在前不久，他提上来的三把手黑五，办事虽然爽利勇猛，却是支持促成与东洋人的合作的。

叶申的意见与黑五不同，认为东洋人阴险狡诈不值得信赖。叶申跟了魏之深最久，也最值得他信赖，他更愿意相信叶申的判断。但拒绝东洋人需要理由，从杜家村得来的线索和被抢走的武器，其实就是东洋人藏在土匪山的。这件事绝对不能泄露出去，一旦这件事泄露出去，东洋人便有借口讨伐白帮。

魏之深也知道黑五这个人有蹊跷，背后有人在帮着黑五接近他，但黑五还有利用的价值，不能轻易放弃。黑五和叶申比起来，魏之深自然更信任叶申。

但在魏之深眼里，与白帮毫无关系的陆曼笙就是最大的隐患，如果叶申要力保她，他只能……

"砰砰——"正在思索间，有敲门声传来。

"进来。"魏之深背着手等待叶申进屋,"你来了。"

身后的人没有作声,魏之深很不满意,转身想要质问叶申,没想到一转身,却看到一个枪口对着自己。

魏之深还没来得及有所反应,一声枪响打破了魏公馆的平静。

叶申今天有些不安,也许是因为杜家村那晚之后魏之深对自己的态度有些变化,也许是因为码头的麻烦太过棘手。此时叶申才刚刚到达魏公馆,他在路上被耽搁了一会儿,所以来晚了,好在魏之深从来不会计较这些小事。但叶申依旧忧心忡忡,他知道魏之深想跟他聊什么,他从没有想过要背叛魏之深,但如果事关陆曼笙,他不能任由魏之深对她下手。

叶申跟着小厮走到魏公馆外院的二楼,前往魏之深的办公室。这个地方他经常来,但不知为何,今日领路的小厮却十分陌生。叶申心中疑惑,没有往深处想,只以为是魏之深对他有所警惕,将小厮更换成了叶申不熟悉的人。思及此处,叶申更是打起了十二分精神。

到了门口小厮退下,叶申叩门,等了许久也没有传来魏之深的声音。叶申蹙眉疑惑,正想再次叩门,突然他闻到一股微弱的血腥味,这种味道他太熟悉了。

有危险!

叶申转身想离开,突然办公室的门打开了!

来不及了!

"砰——"又是一声枪响,鲜血染红了办公室里白色的羊绒地毯。

外头小雨淅淅沥沥,陆曼笙今日的心情格外焦躁,手里做着刺绣却久久没有落针。连陆觌也瞧出陆曼笙不对劲,于是问道:"姑娘今日是怎么了?"

陆曼笙不知从何说起,只道:"恒城最近不太平,总觉得有什么大事要发生了。"

陆曼笙之前听宋廉提起过,恒城最近对进出百姓卡得很严,甚至有可能会锁城,颇有当年京上大乱、陆曼笙逃到恒城时锁城的架势。

魏之深想做什么?

陆曼笙理不出头绪，随手把绷子搁在桌案上，想着明日找机会去问问叶申。

"啊！！"突然小语脸色惨白地冲进屋子，"二小姐！二小姐！"

陆曼笙疑惑："出什么事了，怎么如此慌张？"

"我们屋后门，有个人躺在那里！！"小语说得磕磕巴巴，显然是受到了惊吓，"浑身是、是血……好像是死了！"

"人？"陆曼笙诧异，"你可看清楚？那人你认识吗？"

小语忍着眼泪，磕磕巴巴地描述："我听到后院有敲门声，我就去开门，没想到那里躺了个人！我不敢去看……"

"你先别着急，我们一起去看看。"陆曼笙撑着伞往后门走去，陆觋领着发抖的小语跟在身后。走到后门，就如小语所说的，有个身形修长的男人躺在门外，挡住了出去的路。夜色浓重看不清那人的样貌，陆曼笙只得凑近仔细端详躺在地上的男人。

看清楚男人面容时，陆曼笙大吃一惊："叶申！"

听到这个称呼，陆觋和小语也惊呆了。前几日还见过的叶二爷，此刻却满身是血地躺在南烟斋的后门，到底出了什么事？恒城居然有人敢对叶申下手？！

"还活着，快把人带进去！"陆曼笙用手探了叶申的鼻息，立刻对陆觋说道。

叶申被陆觋和小语连拖带拽抬进屋的时候，陆曼笙都没发觉自己的身子抖得厉害，她从没见过如此狼狈的叶申。检查之后发现叶申不但满身是血、衣衫破烂，而且胸口有两处刀伤，背上的一处刀伤从肩膀一直到腰侧，小腿上甚至还有一处枪伤，血肉模糊，触目惊心。

"二小姐，血止不住啊！"小语拿旧布捂着叶申的伤口，很快布就被血浸湿了。微弱的呼吸、煞白的脸色都预示着叶申越来越虚弱。

陆觋亦是第一次遇到这样的事情，慌张道："姑娘，不找大夫的话叶二爷要不行的！"

陆曼笙也知道没有大夫治疗根本无法帮叶申止血，但若是能找大夫，叶申何必如此狼狈地跑到南烟斋求助？还在犹豫之际，陆曼笙的手腕猝不及防地被人抓住。

"陆姑娘，不能找大夫……"叶申虚弱地睁开眼睛，抓着陆曼笙的手毫无力气地说，"现在他们都在找我，要是连累了你身陷困境，这是我不想看到的……"

他们？他们是谁？陆曼笙还没来得及问，就听叶申继续道：

"陆姑娘，我想睡一会儿，我有些累……"似乎说这几句话费尽了叶申所有的力气。

陆曼笙意识到不好，惊慌道："叶申！你清醒一点！你不能睡！我不能眼睁睁地看着你……我马上就去找个大夫来救你，余下的事往后再说！"

叶申却不知道从哪来的力气，拽紧了陆曼笙的手，不让她冲动。两人对峙，叶申因为用了气力，伤口撕裂，疼得无法言语。叶申先败下阵来，皱着眉艰难吐字："若陆姑娘执意……不要去医院找大夫，去警察局找赵信执警官，他们警察局有配备的大夫，你问问他愿不愿意来救我，若他不愿意……就不麻烦陆姑娘了。"

陆曼笙一时没回过神来，恍然间才想起叶申与赵信执曾是结义兄弟。

"我去！"闻言，陆靛自告奋勇。得到了陆曼笙准允，陆靛披上外袍撑着伞匆匆离开了。

看着陆靛的背影，叶申苦笑道："他恨死我了。"

"他会来的，你要撑住。"陆曼笙摇摇头，宽慰道。

警署里赵信执还在查看案件卷宗，陆靛风风火火地闯入让他十分意外。只见见她衣衫凌乱、鬓花歪扭，便晓得她是在雨夜里跑来的。赵信执递了毛巾过去，正想嘲笑一番，却听到陆靛像倒豆子般说了好长一串的话，从南烟斋后院有人敲门一直说到她跑出来找大夫救命。

"你说谁……要死了？"听完陆靛的来意，赵信执满脸茫然。

陆靛急得跺脚："叶申！叶二爷！你的二哥！！"这话陆靛几乎是吼着说的，她也知道赵信执虽然表面上最厌恶这个二哥，心中却颇多记挂，生怕自己耽搁错过了救治的好时候。

"啊！"赵信执很快清醒过来，他毫不犹豫地抓起外套往外冲，"这个浑蛋！"

"喂！你等等我！"陆靓赶紧追了上去。

赵信执火速从警察局休息室抓走正在睡觉的王医生，一行人赶往东街。秋天恒城的夜晚寒冷阴森，朔风刺骨，但赵信执已经顾不得那么多了，他心头涌起的慌乱恐惧比几年前自己被绑架时更甚。

赶到南烟斋的时候，屋里已经点上了火盆，丫环小语坐在叶申床前给叶申擦手。见赵信执带人来了，她赶紧让开位置让王医生检查。

站在王医生身后的陆曼笙焦急地说："大夫！他的身子越来越凉了……"

王医生很快有了判断："刀伤是皮外伤无事，但这个枪伤打穿了小腿，失血过多实在是保不住……"

"救他。"见叶申的气息几乎已经微乎其微，赵信执冷着脸说，"王医生，拜托你一定要救他。"

不知是没有知觉还是因为毫不畏惧死亡，叶申的神情漠然。陆曼笙忍不住对着晕厥的叶申责问道："叶申你给我活着，你死在我这里算什么？！"

不知是真的生气，还是在害怕。

"我、我尽力。"王医生从来没有见过赵信执如此紧张的神情，忙开始动手取子弹。

接下来只能等消息了，陆靓在屋里给王医生打下手，小语在厨房忙着烧热水，赵信执和陆曼笙都被赶到门口守着。

陆曼笙坐在廊下，她的手沾满了叶申的血，还没来得及清洗，就愣愣地坐在那里，面色惨白。赵信执在廊下踱步，忍不住问道："陆姑娘，到底出了什么事？！我二……他怎么会受如此重的伤？"

"我不知道，我发现他时他已是如此。"陆曼笙说。没有得到想要的答案，赵信执静默下来。

"我生怕……你不会来。"陆曼笙看着赵信执，"你们一向关系很差。"

"关系再差，我也没办法眼睁睁看着他死。"赵信执沉默片刻道，"我与他道不同不相为谋，但他作为我的二哥，对我一向宽厚。"

他们之间的情谊旁人无法评价，陆曼笙不再多言。

等到天破晓时，疲惫不堪的王医生才走出房门。

"我二哥如何了？"赵信执迎上去，急忙问道。

"命是保住了，但这腿就得看老天了。"满脸疲惫的王医生解释道。

还好还好，能保住命就好。陆曼笙紧绷的心这才微微安下来些，吩咐候在一边的小语将王医生送到客房休息。陆曼笙想进屋去看看叶申，这才发现自己因为太过紧张身子有些酸麻，无法起身。

赵信执朝着陆曼笙郑重地行礼："陆姑娘，我二哥就麻烦你多照顾了。我现在得回警局去调查一下魏公馆的情况。"

陆曼笙吩咐陆觋尽量避开人将赵信执送出去，自己则用手撑着墙进屋。进屋后只见满地狼藉，地上堆满了染血的布条，铜盆里亦是一片红色，令人怵目。陆曼笙坐到床边的杌子上，看着叶申面容虽平和，但额头上都是虚汗。

很疼吧？陆曼笙的心又揪了起来，她不由自主地拿起帕子为叶申擦汗。

叶申的嘴开合着，似乎在无意识地念叨着什么。陆曼笙凑近去听，却听不清楚。

"二爷在叫姑娘你的名字。"身后传来陆觋的声音。

陆曼笙有些窘迫，但仔细一听，确是自己的名字。她以为叶申是记挂白帮的事，而且言辞太过含糊不清，所以没往自己身上想。

"曼笙……陆曼笙……"

叶申伤重时也记挂着自己，令陆曼笙心里五味杂陈。

陆觋一边收拾东西一边说："叶二爷喜欢姑娘，只是姑娘一直装作不晓得罢了。"

"我何时装作……"陆曼笙想反驳，却说不出口。叶申对她一向与旁人不同，她自然能感受得到，但她一直觉得叶申这个人太过阴鸷，无法信任。可一个人伤重昏迷时的记挂作不得假，就像叶申此刻，在鬼门关徘徊时却念着自己，若说她心中毫无触动，确是假的。

不知如何辩解，陆曼笙让休息过的小语来照看叶申，自己准备回屋休息。

"曼笙。"又是一声呼唤。

陆曼笙加快了回屋的脚步。

从沉睡中醒来时，陆曼笙发现雨已经停了，窗外皓月高挂。她收拾妥当去看叶申，却发现客房门口堵着人，赵信执正站在门口。

　　叶申已经醒来，正靠在床边喝王医生煎的中药。陆曼笙有些诧异，她以为如此重的伤势叶申至少还要昏迷三五日，没想到他醒得那么快。询问过状况后，赵信执便解释王医生是留过学的西医，在陆曼笙熟睡时折返医院带回了药，为叶申注射了西药药水，因为叶申体质不错，疗效就比中药起效快些。

　　赵信执就这样直直盯着叶申，叶申不紧不慢地喝着药，也不觉得难受，最后还是赵信执忍不住先开口："你把自己搞得这么狼狈，是为了让我来看你的笑话吗？"

　　恢复了神志的叶申依旧是那副吊儿郎当的样子，闻言抬头看向赵信执道："对啊，这个笑话好不好看？"

　　"不太好笑。"赵信知冷着脸说，"人快死了，就知道找我麻烦。"

　　叶申笑着说："死在你手上总好过死在别人手上。"

　　赵信执面色更差："不要连累我！"

　　陆曼笙看着这场景，有些哭笑不得，转身默默离开不打扰两兄弟相处。他们需要更多的时间释怀过去的误会。

　　陆曼笙刚准备去前厅就被小语叫了回来，说叶申找她有事。

　　客房里，叶申和赵信执正等着她来，二人神情严肃。见人到齐，赵信执语气冷峻地说："刚刚警署的人来说，恒城锁城门了。"

　　陆曼笙吃惊："为了何事？！"

　　叶申苦笑："大概……是为了找我吧。"

　　"你为什么会受那么重的伤？"赵信执质问道，"到底出了什么事？！魏之深为什么要锁城门？"

　　叶申却摇头："不是魏之深下的命令。昨天晚上他约我在魏公馆见面，但我没有见到他就被人偷袭了。偷袭我的人是黑五。"

　　赵信执皱眉："黑五？白帮三当家？他跟你有什么仇怨，下手这么狠毒？"

　　叶申颓然，有些无奈道："我暗中调查到他与东洋人有来往，还没有来得及和魏爷说。他敢对魏爷和我下手就说明他们已经有万无一失的计划，恐怕魏之深现在也凶多吉少。恒城……恐怕是要变天了。"

陆曼笙沉默。叶申笑着说："叫陆姑娘来是想感谢陆姑娘的救命之恩，这份恩情恐怕一时报答不了。再者还要麻烦陆姑娘帮我离开恒城……"

陆曼笙惊讶："以你现在的伤势根本无法奔波劳累，更别说还要躲避黑五的追查。"

赵信执也认同道："外面的情况你了解多少？你又准备怎么走？"

"我躲在这里，坐以待毙无疑。一直躲着也不是办法……"叶申迟疑，"还是得想办法通知我在白帮的心腹。"

三个人皆是神色凝重，黑五与东洋人有来往，事态只会变得更严重。赵信执细问了昨晚与黑五搏斗的过程，便赶回警署布置警力以防万一。

陆曼笙盯着叶申将汤药喝下，不过说了几句话，叶申就脸色煞白。陆曼笙端了药碗要走，叶申挣扎着要起来道谢，但胸口一阵疼，痛得他大口喘气。陆曼笙怒道："你自己的身子不要了吗？胸口的伤口又要裂开了！"

说完，二人皆默然。这话太过暧昧，最后还是叶申开口道："看来叶某人身上的伤，陆姑娘都瞧见了。陆姑娘可要负责啊。"

陆曼笙又好气又好笑："都这时候了你还说胡话。"说完她赶紧离开了客房。陆曼笙突然觉得哪哪都不自在，更不知道该怎么面对叶申。

翌日，南烟斋照旧开门做生意，因为不能让旁人看出什么异样来。只是外头的人行色匆匆，透露着恒城近日来的不安定和人心惶惶。

帮着陆曼笙整理账册的陆觊一看到陆曼笙进屋，就忍不住抱怨道："这样的光景让我想起了当年我们从京上逃难的时候，这才没过几年安生日子，就似乎又要打仗了。"

闻言，陆曼笙也忍不住苦笑道："这也不是我们这些老百姓能说了算的。"

陆觊放下手中的账册，瘪瘪嘴道："不过现在有了二爷，我这心倒是定了很多呢。"

陆曼笙有些意外："你这般相信他？他可不是什么好人。"

陆觊看着冥顽不灵、犟嘴的陆曼笙，忍不住叹气："二爷是不是什么好人不打紧，但至少他不会害姑娘，是护着姑娘的，这我是知道的。"

陆曼笙不置可否，接过账册低头算起账目来。

叶申是习武之人，身体素质比一般人好，不过三四日就能下床慢慢走动了。虽说如此，但陆曼笙还是能瞧出叶申是在勉强自己。为了让自己尽快恢复，叶申每日都要在院子里走上几个来回。

第一次住进南烟斋，叶申才晓得陆曼笙平日里有多辛苦。从铺面到生意再到调配香料都是自个儿完成的，生意上的事陆靓和小语不过打打下手。白日里南烟斋的众人都在忙，叶申不能出去，只能百无聊赖地在院子里晃悠。

其他屋子都是女眷住的，不得随意靠近，叶申只好晃悠到花房与库房。花房里的草木他是一株也不识，倒是在库房里瞧见了一些不常见的稀奇物件。

有西域来的琉璃杯盏和上百年的沉香木，竟然还有印着宫廷字样的整件红木家具。

正好小语路过，见叶申好奇，便解释道："都是元督军送给我们二小姐的礼物。"

叶申这些日子晓得了小语的来历，也晓得了陆曼笙与东三省的元督军有些渊源。瞧着这些价值连城的奇珍异宝，甚至还有个人一般大的佛像头雕。这位元督军的心思简直表露无遗，于是这些物件在叶申眼里就很是碍眼了。

"也不知道是从哪儿盗出来的。"叶申不屑的态度表露无遗，低声道。军阀大多是前朝官兵或者土匪起家，名声不算太好。

叶申无事可做，赵信执去联络自己的心腹杨健了，还没有消息。他哪也不好去，只能在库房里转悠，每日掂量着什么时候背着陆曼笙把这些物件都丢了才好。一日，他在清点时发现了一盒子香料，盒身沾满了灰尘，这应当是南烟斋的东西。叶申随意地扫了扫落灰，打开木盒，盒里只有一个瓶子，瓶身上写着"当归"二字。

"当归？药吗？"叶申喃喃自语，好奇地打开瓶盖，一阵浓烈的香气瞬间飘出。叶申对香料不了解，但他却觉得有种难以遏制的熟悉感传来。

叶申赶紧盖上瓶盖，鬼使神差地将其收到怀中。

到了晚上，叶申翻来覆去地睡不着，他觉得怀中的香瓶甚是烫手。陆曼笙好心救他，他居然当起了偷窃小贼，跑去人家库房里顺东西。这样的自己与那位元督军有何不同？左思右想后，叶申起身准备把香瓶还回去。

叶申的脚伤很重，所以不敢太用力，只能小心翼翼地扶着墙走路。不过三五步路他已累得发汗，只好靠着长廊的柱子休息片刻。喘息之间，叶申抬头看着皓月，心中一动便拿出香瓶，那种熟悉的感觉让他不敢确定却又十分怀念。

叶申忍不住再次打开香瓶。

"就最后一次，用好便还回去。南烟斋是做香料生意的，大不了再问陆曼笙买便是。"叶申心里打定主意，自己不能再做这般小人行径。

浓烈醇香的气味传来，顺着香气，叶申仿佛回到了小时候，这是娘亲最喜欢的桂花香。

叶申完全沉浸在这香气中，丝毫没有察觉到黑暗中有人接近自己。等他反应过来时，那人已经站在他的身前，仔细端详着他。

"陆、陆姑娘。"叶申看着眼前的陆曼笙，一脸被抓住错处的愧色，急忙收回香瓶，陆曼笙却用手拦住了他的动作。

"抱歉，陆姑娘，我只是……"叶申想不出解释的说辞，准备道歉。

没想到陆曼笙居然眼角带着泪水，笑颜盈盈地突然伸手抱住了叶申。叶申错愕，直到陆曼笙身上的味道传来，贴在脖子上的体温让人感到炙热，叶申才确认眼前的一切不是在做梦。

"陆姑娘？"叶申轻声呼唤陆曼笙的名字，没有得到回答。

叶申心中意动，亦是情不自禁地伸手揽住陆曼笙的腰，沉浸在把意中人拥入怀的满足之中。若这是梦，叶申情愿不要醒来。

"申儿。"怀中的陆曼笙突然开口唤道。

"申儿？"这一声呼唤让叶申瞬间清醒。这是他的乳名，谁会叫他的乳名？叶申心头涌起了荒唐的想法，他推开陆曼笙，试探地叫道："娘亲？"

听到这一声娘亲，陆曼笙瞬间落泪，她深情地看着叶申，微微颔首。

那脸上是陆曼笙从未有过的亲近柔和的笑颜，叶申不敢置信。他一贯知道陆曼笙与旁人不同，能见到魑魅魍魉，可如今亲眼见到逝去多年的娘亲，震撼之情着实难以言表。

"申儿，你为何伤得这么严重？"娘亲上下打量着他，心疼地问道。

娘亲死的时候，叶申并未在身边，这也是他最遗憾的事之一。再见面时却惹得娘亲如此伤心，叶申心中五味杂陈，宽慰道："我无事，不过是……小伤罢了。"

娘亲哽咽："你从来都是个有主意的，你当年走时，我一直以为你是因为恨我才不回来，你原谅娘亲了吗？娘亲无用，不过是想见见你。"

叶申只是摇摇头，他向来不擅长诉说亲情。

香味有些淡了。

"你喜欢这个姑娘吗？"娘亲突然问道。叶申晃神，他知道娘亲指的是陆曼笙。

"她救了我。"叶申心中的秘密被窥见，脱口而出便想要解释，片刻后又觉得自己对娘亲没什么好隐瞒的，于是叹气道："喜欢又如何？我刀头舐血，步步为营，她为女子本就不容易，与我在一起只会过得更加艰难。我不想害了她。

"有人能比我更好地照顾她。"叶申迟疑道，他心里再不情愿也晓得元世臣是更适合保护陆曼笙的人。

"陆曼笙"看着叶申，眼里皆是慈爱："申儿，你可有问过她的心意？再问问你自己的心意。你将她拱手让给旁人，若她被辜负，你岂不是会更后悔？两人有缘、心意相通，才能走一辈子啊。"

娘亲的劝解那般朴实，让叶申哑口无言甚至脸颊有些发烫。叶申迟疑道："我心悦于她，却不知道她如何想我。"

"陆曼笙"笑得狡黠，她也是第一次看到儿子如此踌躇的样子，便道："你想知道吗？其实她……"

突然夜风吹过，香气越发淡薄。"陆曼笙"的神情变得茫然起来，叶申猜测香料的效力快要过了，呼唤道："娘亲？"

"陆曼笙"点点头，还想再说点什么："申儿……"

话语未尽，身子便倒在了叶申的怀中，叶申勉力才架住了陆曼笙。喜欢的女子就在自己怀中，带着熟悉的桂花香，叶申突然紧紧拥住了陆曼笙，将头埋在陆曼笙的脖颈之间。

他害怕自己保护不了她，他太害怕失去她了，甚至害怕得不敢袒露心意。可她是陆曼笙，是给他金疮药的二小姐，是不许他死的陆曼笙，他真的舍不得将她托付给别人。

叶申心中的欲望一点点被放大，胸口的伤再次裂开，鲜血渗透了衣衫也浑然不觉。

他只怕这是最后一次，能这样毫无顾忌地抱着她。

一时周遭只听得见落叶的声音。

"你抱着我做什么？"清冷的声音从怀中传来，陆曼笙清醒了。

叶申失落地松开手，扶着柱子，看着陆曼笙笑着说："是陆姑娘来抱我的，可不要诬赖我呀。"

闻言，陆曼笙皱眉道："我怎么会主动去抱你？休要信口雌黄了。"

叶申扯下领口，借着月色能看到领口上有一些口脂的痕迹，叶申说："若我是强行抱住陆姑娘，怎会留下这般痕迹？"

叶申这副嘻皮笑脸的模样让陆曼笙有些气恼，却又无法辩驳，她也不知自己为何会深夜站在叶申的客房门口，清醒后还抱着人家。陆曼笙只觉得头晕，脸有些发烫，感到十分尴尬，只好转身道："我先回去了，大约今天有些昏头吧，劳烦二爷原谅我的失礼。"

"咝——"叶申发出忍痛的吸气声。

陆曼笙这才察觉到手上的湿润，记起自己刚刚将手放在叶申的胸口上："你伤口裂开了？！"

陆曼笙赶紧将叶申扶回房间，道："我去找王医生。"

"不要。"叶申再次拉住陆曼笙的手腕，"不疼的，不要大半夜的麻烦王医生了，而且此时去找人动静太大，如今已经锁城，怕是会引起黑五的注意。"

陆曼笙只得作罢，扶着叶申坐回了床榻边。窗外静得可怕，叶申抱着歉意说："之前杜家村的事，黑五和魏爷一样，以为你和我是一伙的。他现在没空，但识早会想到你。我已经很抱歉了，如今却给陆姑娘惹了更大的麻烦。"

听到这话，陆曼笙又好气又好笑："如今说这些又有何用？救都救了。若说脱身的法子，我倒是可以把你的尸体交给五爷，以示清白。"

"对……你可以这样做。"叶申因为伤口流血，脸色有些苍白，却仍带着笑意，"可是你会杀我吗？"

叶申问得太认真了，以至于陆曼笙一时忘了叶申还握着自己的手。

"二爷倒是逼得我没的选。"陆曼笙苦笑，不动神色地收回手。

"如今之计，陆姑娘确实别无选择。"叶申伸手比了一个枪的姿势，对准了自己的胸口，牵强地勾起嘴角道，"要么，让我死……"

如此说着，叶申又将手伸向陆曼笙，露出了独有的傲然笑容："要么，你跟我走。"

陆曼笙一时不知如何作答，愣在原地。叶申已经彻底想明白了，他无法看着眼前的女人嫁给别人，他还是要将仓库里的杂物统统丢掉。

叶申见陆曼笙不说话，想起了娘亲的劝解，便大着胆子追问道："如果这件事过去了，我还侥幸地活着的话，我带你去我的家乡看看好不好？那里有青山绿竹，风景很好。夏日桃红柳绿，可同去泛舟；冬日白雪皑皑，可携手踏梅……还有很多景致，我都想与你去看看。"

似乎是陷入了叶申所描述的想象中，陆曼笙很久才回过神来，轻声道："二爷，我还没想好。"

这就是委婉地拒绝了。叶申面上难掩失落，松开手，装作累极了合眼的样子。陆曼笙见状，便退出客房离开。等陆曼笙关上门后，叶申又偷偷地将藏在袖口的香瓶取出，端详了片刻又藏回怀里。叶申决定不把这香瓶还回去了，如果有机会他还要再试试。

不知是因为想见到母亲，还是想见到陆曼笙温柔的样子。

他想再试试，他不想轻易放手。

回到屋里的陆曼笙心中一片苦涩，她对叶申的心意已经无法再欺骗自己了。叶申三番五次地救自己，甚至不惜得罪魏之深，她却装作毫不在意，那是因为她早就知道——那本记载着姻缘的书上，根本没有自己和叶申的名字，她和叶申是不会有结果的。

一夜无眠。

赵信执失联了两日，终于带来了新的消息。

"杨健被人盯着不敢出面，但他派人给我消息，说最近魏之深没有露面，魏公馆和白帮对外的说辞是魏之深被人刺杀受伤了，锁城是为了追捕逃犯。这几日白帮的事务都是黑五陪着戴晚清出面处理完成的。我想去探望魏之深，但黑五拦着不让见。"

赵信执几日没有换洗衣物，精疲力竭。他急急地喝完了陆靛端上来的汤水，洗了把脸，打起精神继续说："黑五根本没有给我们警察局提供任何线索，却逼着我们在全城搜捕凶手。从城东跑到城西，一户户搜查，我们都快累垮了。"

陆靛不爽道："我看他们就是想累死你们，欲盖弥彰的把戏！这样就没人查他做的那些伤天害理的事了！"

"戴晚清出面处理事务？绝对有问题！"叶申果断道，"如果真如黑五所说，魏爷只是受伤，戴晚清一定会来通知我。这么久都没有消息，定是她被人限制了人身自由。"

闻言，陆曼笙疑惑道："戴姑娘是你的人？"

叶申愣住，随即解释："她在我的云生戏院长大，与我情同师徒，自然是亲厚些。"

怕陆曼笙误会，叶申又补充道："她很顾及魏爷，黑五不可信任。如果魏爷出事，她不可能不来找我。"

"糟了，"陆曼笙蹙眉，"那她岂不是处境很危险？"

叶申有些赧然，原来陆曼笙不是误会他们的关系，而是在担心戴晚清。一旁看着叶申急急解释的陆靛别过头去小声地笑，而站在陆靛旁边的赵信执茫然地小声问陆靛她所笑为何事。

"咳咳。"叶申轻咳两声转移话题，宽慰道，"黑五还需要戴晚清配合演戏，所以暂时还是安全的。我大胆猜测，魏爷要么是死了，要么逃走了。黑五的计划还没有完成，所以还需要借着魏爷的名头行事。"

"还没有……完成？哪里没有完成呢？"赵信执追问。叶申努力地回想黑五的行径，猜测他的目的，陷入沉思。

众人不敢打扰。

"通行文书！"叶申惊呼，"黑五肯定是没有找到通行文书！"

“那是什么东西？”陆靛疑惑。

赵信执解释："通行文书是船只直通恒城水路的通行证。恒城是河道的中转点，外来货船都要停靠恒城，才能将货物用马车运往内陆，而船只进入恒城的码头需要通行文书。黑五想直接当上白帮的老大，名不正言不顺，必定会引起内乱。但若他有了通行文书控制住码头，旁人再想推翻他就很难了。"

听了赵信执一番话，陆曼笙与陆靛也马上反应了过来。她们当年来恒城被困在埔村时，也是通过躲在货船里才进入了恒城。

叶申脸色变得很差，继续说道："不仅如此，若是黑五有了通行文书，他想靠船只运送鸦片或者重型武器的话，便再也没有人能阻拦了。这些原来都是魏之深不敢碰、但黑五极力推崇魏之深去做的生意。"

陆曼笙闻言，意识到事情的严重性，点点头道："鸦片和武器流入的话，不止恒城，各地都会受到影响。"

叶申很快就冷静下来："你们不要太着急，魏之深为人谨慎，通行文书应当也不会随随便便就被黑五找到。"

赵信执追问："那我们该怎么办？"

叶申继续道："黑五如果一直找不到文书，定不会善罢甘休。我猜测他下一步就应该要为自己登上魏爷这个位置制造一个借口了，所以说我们还有喘息的时间。"

叶申盯了陆曼笙许久，终于鼓起勇气道："陆姑娘，麻烦你把宋廉找来，我有话与他说。"

陆曼笙闻言，神色阴晴不定。叶申居然和宋廉认识？但他二人在南烟斋偶遇时完全装作不认识，陆曼笙深深地感觉到自己被欺骗了。

叶申无奈道："抱歉，他是元督军的人，我与元督军私下有联系。瞒着你是情非得已，但我绝无恶意。"

陆曼笙瞪着叶申，咬牙切齿道："无事，我拿二爷没有办法，但我难道不能好好问问宋廉吗？"

宋廉被叫到南烟斋时一头雾水，直到看到受伤的叶申才明白为何陆靛来传话时满脸怨怼。在陆靛和陆曼笙幽怨的眼神下，宋廉硬着头皮和叶申商量黑五的事。

宋廉带来的消息让众人更加绝望："元督军的手下带着人马已经到了恒城五公里之外的地方，可是黑五以魏之深的名义不肯开城门。他们进不了城，若是强行破城恐怕会遭到白帮和百姓反抗。"

赵信执接话："现在警署三分之二的人手也被黑五调去抓捕什么逃犯。我明知是白费工夫却找不到借口拒绝，只能每日装模作样。"

陆觊插嘴问宋廉："来的是你哥哥宋清吗？"

宋廉点点头。宋清和宋廉是同陆曼笙一起长大的，听到是他来了，陆觊明显安心不少。

"当务之急还是要先找到通行文书，肯定还藏在魏公馆里。"叶申思索片刻，立马决定，"大不了我以白帮二爷的身份先去把码头的船只稳住，这样还有余力一战。"

"不行！你的伤没好！"陆曼笙果断拒绝。

话音刚落，众人都看向陆曼笙，这令陆曼笙很是赧然："我是说，你的伤这么重，可能没到码头就会被黑五抓到，如此就白费工夫了。"

屋里的气氛变得更加凝重，叶申笑着说："陆姑娘，若是白帮被黑五控制了，早晚我也逃不了。趁我还有一战之力，总要搏一搏的。"

第十章

"我去。"陆曼笙突然开口,"我去一趟魏公馆见戴小姐。"

叶申果断拒绝:"不行,太危险了。"

陆曼笙耐心解释道:"我出面去见戴小姐是进入魏公馆最好的法子。既然黑五对外说魏先生受伤了,这个节骨眼儿上戴小姐肯定需要有人宽慰。而我与她来往颇多,黑五就是想拒绝我,也找不到借口。"

叶申闻言神情凝重,他也知道这是最好的办法,比起他们毫无线索盲目地找通行文书,跟戴晚清碰上头,了解魏公馆此时的情况才能更有把握。从事发当日起,戴晚清就一直待在魏公馆,如果有魏之深或者通行文书的消息线索,她知道的肯定也比他们多。

"就这么决定了,我先去准备。"不容拒绝,陆曼笙离开客房去做准备。

叶申还想再说什么,赵信执阻拦道:"陆姑娘心思细敏,她只是去见戴晚清一面,应当不会有什么危险的。"

宋廉护送陆曼笙出门到达魏公馆的时候,已是卯时。刚到门口她就发现魏公馆与往日不同的气氛,警戒比往日更缜密。守门小厮认出陆曼笙,随即寻来魏管家招呼。陆曼笙与魏管家说明来意，回报之后，黑五果然没说什么，只吩咐魏管家带她去见戴晚清。

见到熟悉的人，陆曼笙从容不少。跟在魏管家身后走向内院，看着魏管家平静无异的面容，陆曼笙揣测着魏管家是一无所知，还是已经叛变。她不敢多言，只能细心打量魏公馆的情况。

陆曼笙来往魏公馆的次数不多，但这是第一次从进入外院开始便有两个小厮跟在她身后，应该是来监视她的。

戴晚清得了消息，就站在内院门口等她。陆曼笙看到连内院门口都有守卫，看来戴晚清不与他们联系是因为彻彻底底被黑五控制住了。

走近后才发现戴晚清身后的丫环并不是结心。陆曼笙心中警惕，面上却不显，热络地与戴晚清打招呼、询问近况。戴晚清看到陆曼笙却是泪眼婆娑道："陆姑娘，你怎么才来看我？出了这么大的事我都不知道该怎么办才好。"

戴晚清并非遇事啼哭伤感之人，陆曼笙心中了然，亦是关怀备至的口气："魏先生怎么样了？"

"听医生说伤得很重，五爷说魏先生要静养，我都不敢去打扰医生治疗。"戴晚清哽咽抽泣道。言下之意就是出事之后，她也没有见过魏之深。

说着，戴晚清挽着陆曼笙想往屋里走，却没想到身后的丫环拦道："戴小姐，还是在客厅说话吧。"

戴晚清闻言，有些不爽道："彩兰，我向来都是在自己屋里招待陆姑娘的。陆姑娘不是外人。"

这般骄纵和苛责的态度亦不同往日的戴晚清，但那名叫彩兰的丫环毫无惧色道："这是五爷的意思，如今时候特殊，我们也得保护好戴小姐的安全。戴小姐不要为难我们了，还请陆姑娘稍坐片刻便回吧。"

完全是用命令的语气下了逐客令。

戴晚清恼羞成怒："你们不让我去瞧魏先生，也不让我出门！是在囚禁我吗？你们五爷白日里说忙，晚上出了魏公馆不见人，存心躲着我是吧？如今陆姑娘来看我，你们竟然赶人！让你们五爷过来讲讲这是什么道理！"

戴晚清勃然大怒，柳眉倒竖，陆曼笙只好劝慰："五爷有自己的考虑，我看见你没事就好了。我便站在此处与你说话吧。"

陆曼笙转头对彩兰道："你们退远一些便好。"

彩兰有些迟疑不决，但也不能真因为这般小事就寻来五爷，便退了三步低眉顺眼地守着。戴晚清见状便扑到陆曼笙的怀中哭诉道："陆姑娘，你要常来看我，我一个人害怕。"

完全是小女儿作态，陆曼笙还在想怎么与她多说几句话，突然觉得手背有些异样，是戴晚清往自己的袖子里塞了东西。

不过是片刻的事，戴晚清松开了拉着陆曼笙的手，擦拭掉眼角的泪珠，陆曼笙亦是不动声色地将手收回袖中。在彩兰的监督下，两人结束了对谈，说的都是一些无关紧要的闲话家常。彩兰面色如常，陆曼笙以为自己和戴晚清蒙骗过了她。

没想到就在陆曼笙准备离开魏公馆、放松警惕的时候，她在魏公馆的外院客厅被人拦住了。黑五坐在沙发上悠闲地看着报纸，显然是特意在等她。

"五爷，好久不见。"陆曼笙与这个黑五没有打过交道，只得客客气气地打招呼，"可惜你刚来，我就要走了。"

黑五的手下在门口拦住陆曼笙，陆曼笙回头询问黑五："五爷这是什么意思？"

领路的魏管家在看到黑五之后诚惶诚恐，不敢再领着陆曼笙向前走，两人就这般一坐一站僵持在客厅。

"陆老板，先别急着走。"还是黑五先开了口，继续翻着报纸道，"这几日魏公馆由我接管。陆老板可是进出魏公馆的第一个外人，为了陆老板的安全，烦请陆老板不要想着从魏公馆里带走什么。"

陆曼笙沉声："五爷这是什么意思？我听不懂。"

黑五笑了笑："陆老板是真的听不懂，还是假装听不懂？麻烦陆老板接受例行检查，陆老板身正不怕影子斜，就算我们搜也搜不出什么对吧？万一魏公馆因为陆老板的到来丢了什么，也与陆老板无关，是吧？"

这就是要搜身的意思了，陆曼笙怒目斥责道："我这是头一遭来魏公馆还要被搜身？！"

黑五面无表情："这是规矩。"

"原来魏公馆的规矩是五爷定的。既然如此，麻烦还请人领我去检查，总不会是五爷亲自动手吧？"陆曼笙面上云淡风轻，心中却掀起了惊涛骇浪，这黑五竟然如此谨慎……或者他根本就是在等她来寻戴晚清，从而找到破绽。

黑五挥手示意早已在门口等候的丫环上前为陆曼笙领路。这领路丫环便是跟着戴晚清的彩兰，看来是黑五的心腹。黑五皮笑肉不笑："这是自然。委屈陆老板了。"

毫无诚意的敷衍，陆曼笙不去理会，回头对那个彩兰说："我想去方姑娘的房间，可以吗？"

彩兰明显愣了一下，回头看向黑五。黑五也没有想到陆曼笙会提出这个要求，有些意外。陆曼笙解释道："回了内院我怕惊扰戴小姐，别的房间我冒冒失失进去也不太好。我记得外院二楼走廊底原先是方姑娘的房间。"

方秋意在时，魏之深疼惜她，将书房旁边的房间当作方秋意的休息室。陆曼笙与方秋意要好，自然知道这件事，但看黑五的神情好似也是知道这件事的。陆曼笙心中颇为疑惑，黑五是方秋意死后才来魏公馆的，他怎会知道这些细枝末节的小事？

见黑五不答，陆曼笙嘲讽道："看来五爷是想让我站在这客厅，被搜得干干净净才肯放人了。"

黑五回过神，对那彩兰点头示意，彩兰这才比了请的姿势。陆曼笙也不客气，跟着彩兰熟练地走上二楼房间。那屋子在方秋意离开之后再也没有住过人，却打扫得一尘不染，大约是魏之深让人精心照看着的。

进屋之后，彩兰关上门，陆曼笙好声好气地询问道："你可否先转过去，我将衣物换下，让你仔细检查。"

既然人在屋子里了，再想要有什么小动作也难。彩兰点头答应，背过身去，只听身后陆曼笙一番窸窣动作。片刻后彩兰转过身，见陆曼笙穿着中衣坐在床头，上袄摆在床上。彩兰仔细搜查了一遍，并没有在衣服里或者陆曼笙身上搜到任何东西。

回到大厅，彩兰如实告知黑五，表情阴霾的黑五冷哼着将陆曼笙放走。

等陆曼笙离开后，彩兰便细细地将陆曼笙在房间里的所作所为告诉了黑五。虽然毫无破绽，但黑五立刻吩咐小厮道："将那个房间给我里里外外搜个干净，角落都不许放过！"

出了魏公馆后的陆曼笙着实出了一身冷汗，等在门口的宋廉看陆曼笙脸色不好，赶紧送她回去。

到了南烟斋，陆曼笙将此事告知众人，看着叶申黑如锅底的脸色，陆曼笙才后知后觉发现自己刚刚在魏公馆有多危险。

宋廉想到了什么，便问陆曼笙："戴小姐给陆姑娘的会不会就是通行文书？"

叶申点头，思索道："应当是的，不然她也不至于冒这样大的风险让你把东西带出来。"

"可惜了。"陆曼笙叹气，"我猜测黑五会提防我，就故意在出内院的时候，把东西藏在了通往外院的花园里。若黑五去翻找方秋意的房间，定是做无用功了。"

陆曼笙在大厅多番推脱和搜身时的小动作，都是为了扰乱黑五判断的障眼法罢了。

叶申的脸色苍白，沉声说："本来我们和黑五谁都不知道通行文书的下落，势均力敌。如今我们知道通行文书就藏在黑五的眼皮子底下，太危险了，我们一定要想办法将它拿回来。如果码头被黑五占为己有，后果不堪设想。"

"魏公馆的地形我熟悉，你告诉我你藏通行文书的位置……"叶申询问陆曼笙，说着就想起身。

"魏公馆现在警戒森严。"陆曼笙阻止，不满道，"以你现在的伤势，去找死吗？"

叶申竟笑着说："陆姑娘这是瞧不起叶某……还是在担心叶某？"

陆曼笙气结，这个叶申此时此刻竟还有心情开玩笑。她越发不爽，拦着他不让他起身。陆曼笙和叶申对峙起来，宋廉看着这架势不敢劝说。

还是叶申先低了头，苦叹："我很了解黑五这个人，不达目的誓不罢休。他们寻不到通行文书，也不会干等着，为了让黑五坐上魏爷的位置，他们定会走下一步棋。"

陆曼笙也知形势堪忧，但她不能眼见着叶申去冒险。

果然第二日，从魏公馆传出魏之深重伤死亡的消息，还有白帮叶二爷叶申背叛魏之深的传闻，全城开始搜捕叶申。

虽然早有预料，但叶申听到消息的时候，还是难掩怒火。

"是了，没了魏爷还有我。以现在的局势，抓到我还能立功，简直是一箭三雕的好法子。"叶申气急攻心。

这样的谎话，白帮的人未必会尽信，但若叶申不现身对质，三人成虎，时间拖得越久便越会成为众矢之的。而如果此时现身，就是主动给黑五抓捕叶申的机会。

客房里的三人一时沉默，想不出什么解困好法子。

"不好了！"陆靓带着哭腔踉跄着跑进客房，打破了平静，"警察局的人来说，赵警官突然被白帮的人带走了！！"

"什么？！"叶申大惊。

赵信执被黑五带走了？！这个消息无疑更是雪上加霜。

陆靓泣不成声道："白帮的人说警察局办事不力，魏先生遇刺的事警察局有不可推卸的责任，需要有人负责，所以就把赵警官带走了。还说如果三天内抓不到二爷，就要击毙赵警官！"

"黑五终于沉不住气了！看来他很快就要有所行动了。警察局持有配枪，虽被白帮制衡却不归属白帮。如果把警察局控制起来，东洋人想要进入恒城就像入无人之境一般畅通无阻了。"叶申说这话时，因为太过着急，从口中喷出了一口血，溅湿了手背和被褥，顿时猩红一片。

叶申随意地拿袖子擦了擦嘴角，挣扎着起身。陆曼笙大惊："你要做什么？"

叶申目光如炬，冷哼一声："信执性子刚毅，绝对不可能屈服于黑五。大哥已经死了，我绝对不能让信执有危险！黑五想要的是我，只有我才能把信执换回来。"

一旁的宋廉焦急道："二爷！你别冲动！这就是个圈套。黑五要控制警察局，就算你去了，他们也不会放了赵警官的。何况还有赵家在其中为赵警官周旋，赵家在恒城有头有脸，黑五多少也要顾忌些。"

叶申已经踉跄着下了地，走了几步，满头大汗道："没用的。赵家是商户，等东洋人控制了恒城，首先就是对商户下手征重税。黑五根本不会顾忌他们！"

陆曼笙抓着叶申的手臂阻拦他，怒道："叶申，你知道你现在是个什么情况吗？你根本救不了他，甚至还会把自己的命搭进去！"

叶申目光灼灼地看着陆曼笙，祈求道："如果他们都死了，我一个人活着还有什么意义？我能眼睁睁地看着他去死吗？然后一个人苟且偷生地活着？我不能啊！"

陆曼笙一噎，再想不出什么阻拦的理由，只得小声说："万一你出事了，那你说过的……要带我回乡的事呢？"闻言，叶申挪开了视线，不去看她。

"陆姑娘，我不能。"

这就是回答了。

陆曼笙缓缓地松开了手。

看着陆曼笙陷入两难的境地，陆靓心中愧疚，还想说些什么，就听到南烟斋外面传来吵闹的声音，还有小语的尖叫声。众人面面相觑，不知发生了何事。

陆曼笙领着陆靓出门一看，竟是黑五带人将南烟斋围了起来。

陆曼笙看着领头的黑五，怒目而视："五爷，你这是什么意思？"

黑五嗤之以鼻，语气冰冷："陆老板，我听说逃犯叶申就藏在南烟斋里。"

如此笃定的口吻，没有绝对的证据，黑五绝不敢如此大张旗鼓地找上门来，是哪里出了问题？是赵信执？不可能，赵信执不可能会背叛叶申的。

先是赵信执被抓走，然后黑五马上就找上了南烟斋，其中必定有什么联系……

陆靓的身子微微颤抖，努力不露出破绽。陆曼笙很快就冷静下来，沉声道："五爷搞错了吧？我与白帮二爷不甚熟络，五爷怎么也不该查到南烟斋才是。"

"搞错没搞错，我们搜上一搜，便能证明陆老板的清白了。"黑五的笑容越发嘲讽。

"南烟斋不过小本生意，平日里最是安分守己的，今日若被白帮如此搜查，往后的生意便不要做了。"陆曼笙毫不畏惧，盯着黑五说。

黑五冷笑："陆老板巧言善辩，我不想废话。你护也无用，叶申的伤没人帮着治是不可能活太久的，守着尸首有何乐趣？不如陆老板乖乖把人交出来，我也好给陆老板行个方便。"

陆曼笙心中警醒，是王医生！一定是王医生被黑五抓到了！

陆曼笙心里立刻有了计较。王医生只在叶申受伤的前两日来过，知道叶申伤得极重，所以黑五未必知道叶申其实已经能走路了，只要自己拖得够久，依叶申的才智定有办法脱困。陆曼笙思及此处，便不动声色地说："五爷这是要欺负我一个弱女子吗？你今日说我藏了一个男人在家中，就算五爷没搜到人，出了这门我陆曼笙的名声也是尽数毁了。"

这样拉扯争辩是拖不了多久的，但陆曼笙只能尽力而为。

"陆老板这是不肯咯？那就别怪我们用强了。"黑五明显不耐烦了，随即挥手，身后几个粗壮男子得了令就上前要强行进门。

拦不住了！

陆曼笙的手在袖子中紧紧握成拳，抓着陆靦退后。也不知道这点时间够不够，宋廉有没有将叶申藏起来？若今日叶申被黑五带走，必定凶多吉少！

两方对峙，周围连围观的百姓都没有，整个东街静得瘆人。

无论陆曼笙今日如何阻拦，这南烟斋定是守不住的！

就在剑拔弩张之际，远处传来一阵嘈杂声。从东街口跑来四个青壮男人，步伐整齐，停在南烟斋门口陆曼笙的面前，面对黑五毫无惧色。

这几个男子的面容陆曼笙皆不熟悉，她很是诧异。随后，一个穿着军装的年轻男子缓缓走来，是陆曼笙熟悉的容貌——剑眉星眸，气宇轩昂。

"宋廉？"陆靦下意识地唤道。

黑五的眼神明显有些疑惑。陆曼笙定睛细看，那穿着军装的男子并非宋廉，而是宋廉的哥哥宋清——元世臣的得力副将。他带来的人也皆是训练有素的精壮男子，看来应该是元世臣的手下。

陆曼笙松了一口气，温声唤道："宋副将。"

"陆姑娘。"宋清先向陆曼笙行礼，继而才看向黑五，冷声道，

"哦？你是……？"

显然黑五并不陌生宋副将这个称呼，他立刻笑迎道："宋副将，有失远迎。我是魏爷的手下黑五，不知为何宋副将会在此处？"

"不敢。"宋清漠然还礼，"元督军派我来恒城，我已在城外守候多时，不见五爷来迎，只好绕路走船运进城。看来我们有必要和白帮好好谈谈，竟然完全不把我们元督军放在眼里。"

这是赤裸裸的威胁。黑五面色阴晴不定，他为了稳住白帮，其他事自然抛后。虽然知晓这个宋副将到了恒城，但因为来人并非元世臣，等他坐上白帮老大的位置，区区一个副将他怎会放在眼里？

"魏爷遇刺，我们一直都在忙于抓捕逃犯。"但此时他没有抓到叶申，还不能开罪元世臣，便急忙解释，"这不今日刚好查到逃犯藏匿在这家香料店中，就前来抓人。但这位陆老板一直阻拦，我们只能强搜，并非故意怠慢宋副将的。"

黑五挥手示意手下硬闯南烟斋："来人，还不快搜！"

听完黑五的话，宋清冷笑着一字一句道："是谁给你的胆子，敢对元督军的人动手？"

陆曼笙竟与元世臣有关系？！

黑五瞬间面色煞白，宋清的话让白帮的手下包括黑五都有些动摇。元世臣这样大张旗鼓地派人来护着陆曼笙，今日这南烟斋定是搜不成了。东三省的元督军要保护的人，谁敢动？还得掂量掂量元督军的铁骑人马，就算今日要搜南烟斋的人是魏之深也不行。

如此便让黑五有些措手不及，他现在是借着魏之深的名义行事，若是和元督军起了正面冲突，未必能得到白帮众人的支持。叶申若是真的躲在南烟斋里，怎么可能在他的眼皮子底下逃走？元世臣的手伸得再长，恒城也是白帮的天下。于是黑五当下示意撤退。

黑五的人一走，宋清便让人守在门口，自己则离开去处理事务了。陆酲扶着陆曼笙退回南烟斋，陆曼笙这才松开了紧握的手，手心里都是冷汗。陆曼笙见陆酲脸色不好，劝慰道："赵警官的事，我们再想想办法。"

陆酲咬着嘴唇点点头，表情很是隐忍。陆曼笙知晓她心里惶恐，拿起桌上的小暖炉塞给她，刚要说话，就看见宋廉领着小语快步走来。

宋廉已经知晓是宋清解的围，毫不意外，他在陆曼笙身边低声说道："叶二爷不见了！"

陆曼笙吃惊："会不会是为了躲避黑五的搜查藏起来了？"

"是背着我溜走的！小语说你们一走他就翻墙出去了，估计是去救赵警官了！"宋廉颇为焦虑，"他之前叫我通知赵夫人今晚在码头安排船只，我就察觉到他想做什么，但我没想到他能在我眼皮子底下溜走……"

陆曼笙闻言快步冲到客房，里面空无一人，只有床榻还留有余温。陆曼笙呆呆地看着床榻，突然觉得手脚发凉，她有一种不好的预感，却又祈祷只是自己的胡思乱想。

她觉得叶申不会再回来了。

宋廉也跟了进来，看着陆曼笙茫然地坐在床前，询问道："要去追吗，陆姑娘？"

"不用了，他想做的事……"陆曼笙颓靠在床边，低声道，"谁也阻止不了的。你就照着他说的去做吧。"

此时的魏公馆里，黑五刚刚挂掉了电话，有些焦躁。东洋人不是非自己不可，留给他的时间不多了，再找不到通行文书，东洋人可能会放弃支持他。他背叛了魏之深，如果再失去了东洋人的支持，他真的会一无所有！

他坐在沙发上，手里把弄着一枚珍珠耳坠。

魏之深当然没有死，那日他被自己偷袭，大腿被子弹击中无法行走，差一点就死在书房里了，但还没处理干净，叶申就来了，由此发生了一场恶战。魏公馆的地形黑五没有魏之深和叶申熟悉，无奈被他们逃脱。

当时魏公馆的人手只有小部分替换成了他的人，所以不敢大肆追杀。虽然东洋人也在帮他暗地里搜捕魏之深，但至今没有消息，放虎归山，实在让人不安！

"五爷，元督军那边的宋副将求见。"手下的声音打断了黑五的思绪。

"他来干什么？"黑五沉默片刻，起身去见。他还不是恒城的主人，没有资格拒绝。

坐在大厅沙发上的宋清看到黑五进来，并不打算起身。黑五微微皱眉，心中不爽。宋清也不打算弯弯绕绕："元督军明日就会到恒城，请五爷打开城门相迎。"

"不行。"黑五瞬间就明白了元世臣的目的，毫不犹豫地拒绝，"逃犯叶申还未抓住，我们没有魏爷的命令不敢轻易开城门。毕竟元督军带的都是行武之人，若是放行让你们进城、引起百姓骚乱的话，我黑五实在是担不起这个责任。"

"五爷，我不得不提醒你，魏先生不在了，恒城需要新的主人。如果我们元督军不认，想必五爷的位置坐着也不会稳固。"宋清笑笑，并不生气。

宋清来势汹汹，黑五当即沉默。原本魏之深与元督军是平等的关系，互不相干，如今魏之深不在了，元世臣就想来分一杯羹，倒是好算计。若是自己此时去迎元世臣，往后都是低人一等。虽然他有东洋人撑腰并不怕元世臣，但有东洋人倚仗不能当作拒绝的理由，要是让外人知道他勾结东洋人，便更是给了旁人讨伐自己的理由。

宋清见黑五一言不发，冷哼道："我劝五爷不要拿着鸡毛当令箭，五爷做了些什么我们心知肚明。如果五爷不愿意行个方便，我们也不介意从东洋人手里行个方便。"

黑五脸色大变，元世臣竟然将他的事调查得如此清楚。黑五握紧拳头，心中冷笑，面上却恭敬道："自然是要给元督军行这个方便的。"

这几日夜里特别寒凉，南烟斋里依旧是沉重的气氛。陆曼笙研磨着香料，几个时辰一言不发，小语实在忍不住，忧心道："二小姐，您吃些东西吧。宋小哥出去打听了，应该就快带消息回来了。"

陆曼笙叹了口气说："我没事。酩儿回来了吗？"

小语摇摇头："酩姐姐担心赵警官，出去一天了，还没有回来。"

"我去找她。"陆曼笙起身，突然觉得有点晕眩，胸口一阵抽疼。她踉跄着向柜子倒去，还是小语眼疾手快地扶住了她。

"二小姐您怎么了？！"

陆曼笙摆摆手正想说没事，就听到一阵急促的脚步声传来，宋廉风尘仆仆地跑进店里，急切道："不好！刚刚从魏公馆传来的消息！黑五抓到叶申了！"

闻言，陆曼笙只觉得天昏地暗，眼前模糊不清。

"他现在如何……"陆曼笙强撑着身子问宋廉。

宋廉欲言又止，陆曼笙直起身子走到宋廉身前问："你说，他如何了？"

宋廉低着头说："二爷查到赵警官被关在白帮的私牢里，就炸了白帮的弹药库，但还是没有找到赵警官，可能是失踪了。叶二爷……被黑五抓了。我听说他被黑五绑着挂到城门示众，说是给魏之深报仇。现在叶二爷生死未卜，就算此刻还活着也是命不久矣……我还没去瞧，先回来告诉姑娘。"

"怎、怎么会这样？！"小语被吓得说不清楚话。陆曼笙突然抓起挂在木椅上的披风，朝着黑夜中跑去。

"姑娘！！"身后小语的呼唤声转瞬即逝。

从东街走到城门不过一炷香的时间，陆曼笙却觉得这段夜路分外漫长。浓重的夜色掩盖了她的身影，这是她第一次想去见他，又害怕见到他。

小巷前方隐隐走来两个熟悉的人影。

浓烈的血腥味传来，陆曼笙微微皱眉。来人是满身是血的陆靓，她扶着昏迷的赵信执，正艰难地走向自己。

"姑娘！"陆靓潸然泪下。陆曼笙疾步走到她身边，确认她身上的血是来自旁人后，心下缓了不少。再看向赵信执，黑夜中看不清赵信执伤在哪里，但越来越浓的血腥味显示出赵信执现在的情况很危险。

"二爷炸了弹药库，让杨小哥趁乱带着人把赵警官带出来的。赵警官……在私牢里被折磨得不成人样。二爷被抓了，赵警官不肯走，被杨小哥打晕送出来。"陆靓哽咽道，"赵警官的手……不能动了。"

短短几句话，其中凶险陆曼笙不敢细想，心中只觉得一阵绞痛。

赵信执能留着一条命已是万幸，陆曼笙点点头道："靓儿，你带着赵警官去码头，宋廉安排了船，赵夫人也在船上等你们。等过了风头再回来……若是这一遭过不去，你们就好好生活别回来了。"

陆靓闻言，悲从中来，忍不住落泪。

陆曼笙见状，拿帕子擦掉陆靓的眼泪，安慰道："赵夫人是很好相处的，你不要担心。"

陆觋终于忍不住悲恸大哭道："姑娘胡说什么，我是担心我走了姑娘一个人怎么办。"

陆曼笙平静地说："终归是要我一个人的。你早些走，我也能安心。"

陆觋勉强支撑着身子，咬咬唇道："姑娘……你要去救二爷吗？白帮派了好多人守在城门口。"

"咳咳！"身边的赵信执突然出声。二人看去，赵信执的意识并没有清醒，只是这凉夜让他愈加不舒服。陆觋心中焦急，赵信执再不救治就来不及了，而自家姑娘又要去做傻事。陆觋第一次感到抉择是如此痛苦。

陆曼笙询问："你不要担心我。赵警官被抓走的时候，你心境如何？"

陆觋犹豫片刻道："我当时想，若是赵警官不在了，我便跟着一同去算了。"

"我也一样。"陆曼笙淡然笑道，"所以你不必拦我。"

城门口围满了人，白帮的人阻拦着想要上前围观的百姓。陆曼笙隐藏在人群之中，远远地就看到那个挂在城墙上的熟悉人影。她的心被揪得生疼，喘不过气来，死死握紧的手里，指甲刺破了手心，涌出了血。

"叶二爷怎么会是杀死魏先生的凶手啊？"

"知人知面不知心啊！"

"已经死了吧？！你看他血都流干了……"

"啧啧，贪心不足蛇吞象啊！"

周遭钻心刺骨的声音陆曼笙仿佛都听不见了，她不会去怨恨这些愚昧无知的百姓，因为人性本如此。

明知这是陷阱，她也要试一试。陆曼笙果断地拔下簪子，将手心的伤口划开，血顿时喷涌而出。掏出怀中的香粉和手心的血掺在一起，她掏出火折子准备点燃手中的血香料。

疼痛让她全身战栗起来，好像有人在阻止她，她的手动弹不得。

此时耳边响起了一个微弱、不清晰的苍老声音："你知道你在做什么吗？你在干预人的命数……"

陆曼笙下意识地回答道："我要救他！"

那声音继续阻止她："这是他的命数！你不能改！你会害了自己。"

拿着火折子的手不停颤抖，陆曼笙的眼泪从眼角滑落，滴到手心，声音如泣如诉："如果他死了，我永远不会原谅自己。"

手上阻拦的力量消失了，陆曼笙迅速点燃手中掺着血的香料。香味瞬间弥漫开来，是世间从未有过的浓烈醇厚的香气。吵闹的百姓和守卫突然安静下来，慢慢地他们停下了交谈和动作，最终全倒在了地上，一切归于寂静，整个恒城万籁俱寂。

陆曼笙从倒下的人中间跨过，走到城门下，叶申的血顺着他的手一滴一滴地落到地上。陆曼笙抬头看去，血滴落在她的脸上，还是温热的，与她的眼泪混为一体。

叶申的身体在风中摇摇欲坠。

陆曼笙忍不住嘶吼道："叶申——"声音划破静谧漆黑的夜空。

元世臣快马加鞭提前到达了恒城，准备先去见陆曼笙。赶到南烟斋时，看到的却是满身是血晕倒在后院的陆曼笙和叶申。

"叶二爷被挂在城门口只剩一口气了，也不知道陆姑娘是怎么把他带回来的。"刚刚赶回来的宋廉向元世臣解释道。他从陆龊的口中得知陆曼笙居然单枪匹马地去救叶申，竟然还把人带回来了。

用了何种手段他们已经不得而知，只见眼前的陆曼笙像是被抽走了魂魄一般虚弱无力，她身上沾满了叶申的血，手紧紧抓着叶申的手腕。

"我知道了。"元世臣冷着脸抱起陆曼笙。没有意识的陆曼笙不肯放开叶申的手，元世臣心中五味杂陈，温柔地将她的手指掰开，搂在自己怀中，吩咐道："你们带着叶申躲起来，我带曼笙去医院。"

说完元世臣抱紧怀中的女子，转身离开。

陆曼笙觉得很累，身子像是在海中，被海浪颠簸得无所适从。她回头看到自己的身子就躺在城门下，魂魄却走在水里，好像在做梦，又好像不停地沉溺在回忆中，浮浮沉沉。

回忆越来越清晰——高山流水之间，容貌清丽的少女伏着桌案，翻阅着一本古旧的书籍。书页是空白的，少女轻声说出一个名字，白页上便慢慢浮现出名字。

　　第一世，魏家幺女性情温和，因父母之命觅得良缘。但陈家二郎出征西北，死于战场，魏女守寡终生。

　　第二世，旸村突发疫情，罗家孤儿寡母，有女鸳清，被拐卖至外地。途中逃走被洛南村村民阿烈所收留，抚养成人。鸳清及笄时，其视若兄长的阿烈遭遇狼群，不治身亡。鸳清心悦阿烈，孤独终老。

　　第三世，官宦之女陆曼笙，家中突逢巨变，逃亡恒城时患急病，得地头蛇叶申相助。二人暗生情愫，两情相悦。叶申护送陆曼笙前往恒城，但途中陆曼笙病情加剧，未到恒城便病逝。

　　……

少女合上手中的书籍，忍不住叹气："为什么人世间有那么多不能成眷属的有情人？"

苍老的声音从身后传来，呼唤少女的名字："阿生。"

"爷爷！"那名叫阿生的少女回头，喜出望外地挽住仙风道骨的爷爷。

爷爷笑呵呵地解释着阿生的疑惑："因为世人不懂得珍。生、老、病、死、怨憎会、爱别离、求不得，这是上天对他们的惩罚。"

阿生似懂非懂，指着书籍茫然不解："爷爷，你瞧这两人，用情至深，只可惜三生三世都生生错过。惩罚何必这般折磨人呢？"

爷爷却摇摇头道："阿生，这都是命中注定的。因为他们前世有了亏欠，来世就不得善终。"

这样生涩的道理阿生并不是很懂，但她眼珠子骨碌碌地转，明显是有了自己的小心思，低垂着头露出狡黠的笑容。

既然前世的亏欠后世来偿还，那不如这一世圆满，下一世再来偿还也来得及吧？

爷爷立刻就看穿了她的小心思，吹胡子瞪眼道："你不要动什么歪心思，去乱了他们的命数，不然终究是要你自尝恶果的。"

阿生有些赧然："爷爷，我守在这里好久了，整日瞧着他们悲欢离合，总有些感触，总希望世间人能够圆满。"

爷爷却严厉呵斥："阿生，你不应该悲天悯人，你没有心的。"

"是，爷爷，我知道了。"阿生缓缓地松开了手，听话地点头。

爷爷继续说："我算出你近日有劫数，最好还是乖乖待在这里哪儿也不要去。不要枉费了我对你的期望。"

远处头上簪着昙花的少女等爷爷离开后，才蹑手蹑脚地摸回阿生身边。见阿生唉声叹气，少女劝慰道："姑娘，爷爷说得没有错，世间万物自有因果。"

"哼！"阿生站在那儿怏怏不乐，思来想去决定道，"爷爷不同意，我偏要去帮他们！"

阿生回到桌案前，翻开书籍在那页提笔蘸墨将结局涂黑，又在空白处落笔书写。

"官宦之女陆曼笙，家中突逢巨变，逃亡恒城时患急病，得地头蛇叶申相助。二人暗生情愫，两情相悦，喜结连理，相伴终老。"

阿生喜滋滋地放下笔，拉着头戴昙花的少女说："走，馥儿，我们去人世间瞧瞧我写的结局如何！"

说着，阿生就要往外走，馥儿却不敢，怯生生地说："姑娘，我们这样跑出去不好吧？要是被旁人知晓了……"

闻言，阿生将馥儿拉到铜镜前，指着镜子让她看。只见铜镜中正是那名叫叶申的小男孩，他坐在山头上，刚刚埋葬了那位叫鸳清的老妇人，正在为老妇人的石碑雕刻姓名。那少年低着头，发丝垂落在脸侧。

阿生悲怜："你瞧瞧他们多可怜，如此相近却没有了前世的记忆。还要再过十几年才能再次相遇，不过短短几个月又要分离，你如何忍心？"

馥儿露出了犹豫的神色。

还是阿生果断决定："我们偷偷溜出去帮帮他们。于他们而言的一生一世，不过是爷爷打个盹的时间罢了，旁人不会发现的。"

馥儿怕阿生闯祸，不敢让她独自去，只好答应："姑娘说得有道理，我们早些回来就是了。"

暴风骤雨，尚书府邸悄然无声。

阿生现身在府邸小姐的房中，乍一眼看到床榻上面容枯槁的少女，她有点茫然无措。

回过神来后，阿生扯着馥儿慌张道："这是什么时候？我们来错时辰了吗？为何她身上只有死气？她明明是在逃亡恒城时才生病的，况且我已经改写了，让她病愈平安无事……"

就在那一刹那，阿生突然想起爷爷从前反反复复说过、自己却从没有铭记在心的话：

"乱了人的命数，人是要遭报应的。"

"都是我的错，是我乱了她的命数，她才提前病了！"阿生心慌意乱道，"不行，我不能让她死！不能让她死！"

馥儿拉住阿生，惶恐道："姑娘！你想做什么？生老病死不过人之常情，她还会有来世！我们回去乖乖认罚，爷爷肯定不会怪我们的。"

阿生拼命摇着头："我不能让她死！我来一遭人间就是不想看他们错过！是我做错事害了她！你要我眼睁睁地看她去死吗？"

馥儿踌躇道："可是姑娘，我们私自来人间已经是错了，若再不及时回去，我们就要自尝恶果了！"

"馥儿，我不甘心！"阿生咬牙，下定了决心。她一把推开馥儿，扑到床榻前用手轻轻抚摸着那少女的脸，指尖闪烁着微弱的光芒，试图将少女从鬼门关前拉回来。

几次都没有成功，而阿生已经用了最大的力气，用力到她浑身颤抖，却依旧无可奈何。

一时间颓然、不甘心、懊恼、愤恨涌上阿生的心头，她突然十指交扣握紧少女的手，就在刹那间，阿生消失在馥儿的眼前。

馥儿惊叫道："姑娘！你不能！！"但她根本来不及阻止，阿生已经化作魂魄去救眼前这个少女的魂魄了。

外头的雨越下越大，天色阴沉得骇人。等了许久都没有回音，馥儿伏在床前，不敢离开。

突然，床榻上的少女皱眉轻咳，馥儿喜出望外地轻声唤道："姑娘？

姑娘？！"

那躺在床上的少女迷迷糊糊地睁开眼，用疑惑的眼神问馥儿："你是新进府的丫环吗……"

馥儿忐忑不安，她不知道此刻躺在床上的姑娘是原主还是阿生。稍稍镇定之后，她轻声回道："是啊，我叫馥儿。"

阿生知道她的名字，如果是阿生一定认得出她。

少女愣愣地盯着馥儿："你好漂亮啊，你是仙女吗？"

这语气不是阿生，馥儿心中火急火燎，只好摇摇头："我不是仙女，我是花灵。"

少女不懂，侧头问道："花灵？是什么？"

突然屋外传来一阵喧闹，是哀号哭泣和杯盏摔落的声音。

那少女的脸色越来越灰败，整个人奄奄一息，她气若游丝地问道："馥儿，我是不是要死了……"

馥儿不会撒谎，她也不觉得死是如何伤痛的事，便坦然道："是啊，你马上要死了。"

是啊，陆曼笙死了。

活着的根本不是陆曼笙。

陆曼笙头痛欲裂，感觉手脚被束缚住，只能在黑暗中拼命挣扎。

一定是个噩梦，一定是个噩梦！如果是噩梦，那为何怎么也醒不过来？！

直到一个苍老的声音在她耳边响起，是那个在城门口阻止她的声音。那声音听起来清晰而严厉："三生，你本就错了。你用自己的魂去救了那个姑娘的魂，现在你又为了救这个男人，乱了那么多人的心绪。你可知道你要受到怎样的责罚？！"

陆曼笙想要辩解，却说不出话来。那声音继续责骂道：

"你用修为去救他，乱了人间的命数，差点魂飞魄散！我不准你再留下！立刻回来受罚！"

"不——"陆曼笙慌张道，自己终于能出声了，"人间短短数十年，您就让我陪他走到最后吧，求求您了！"

那声音沉默片刻，缓声道：

"冥顽不灵！你喜欢他，究竟是因为你以为自己是陆曼笙而喜欢他，还是因为你三生喜欢他？

"你如此痛苦。

"可知，你不是人，你没有心。"

陆曼笙说不出话，像是吃了黄连般满嘴苦涩。

"而他呢？"那个苍老的声音继续问，"他喜欢的是陆曼笙，还是你三生呢？你敢与他说你的秘密吗？他会接受你吗？"

陆曼笙突然眼神清明，喃喃自语道："对，我不是陆曼笙，我不是陆曼笙，我是三生！我是为了救陆曼笙！我是为了他们能够在一起！我……"

——我没有！

三生说不出口，她无法欺骗自己，她爱上了那个人。

"你本意为善，但途生贪念，心生爱慕，霸占人身躯！自私自利！罪该当罚！！"

那声音言罢，伴随着三生挣扎的声音，一切最终归为平静。

元世臣下榻在前朝文豪王硕的故居里，陆曼笙也被安置在此处。小语正在床榻前照顾还在沉睡的陆曼笙，陆曼笙已经昏睡三日了。

该是吃药的时辰了，这几日陆曼笙的药都是昏睡时灌下去的，至多喝掉三分之一。这天小语端药回来时却发现躺在床上的陆曼笙正睁着眼睛看着头顶的纱幔，小语不由得欣喜道："二小姐您醒啦！"

陆曼笙听到声音，侧头看着小语，许久没说话。在小语的追问之下，陆曼笙迷茫地问："你是……"

声音有些嘶哑，语气还有些小心翼翼。小语诧异："二小姐，我是小语啊。"

"你长得好像……"陆曼笙的头一阵疼，她拿手撑着头，"我想不起来了……"

说完，陆曼笙又陷入了沉沉的昏睡。

元世臣得了消息便赶回来守在陆曼笙的床榻边，陆曼笙再次醒来已经是四个时辰后的事了，她那胡言乱语的呢喃让元世臣和小语终于确定——陆曼笙失忆了。

出了房门，心如刀割的小语欲言又止，终于还是忍不住说出了自己的想法："督军，二小姐好似很在意那个叶二爷，那叶二爷生死未卜，二小姐受了好大的刺激。"

"不许提他。"元世臣沉吟片刻，"不记得那些，也好。"

往后陆曼笙的人生里，他才是她唯一且最重要的人。

元世臣亲自煎好药端到房间时，陆曼笙正看着窗外的落叶发愣。

"你在瞧什么？"元世臣笑着说。

陆曼笙已经重新认得小语和元世臣了，便回头答道："已经是一月了，为何还不下雪？我记得往年都会下雪的。"

元世臣笑着说："这里是江南，不会下雪的，京上才会下雪。我还记得小时候你总是在院子里玩雪球，然后手脚冻得通红。有一年玩得兴起发烧了，还连累我和我妹妹被陆大人责罚了。"

"好像是有这样的事……"陆曼笙认真思索着，眉头皱得紧紧的。

元世臣拉着她的手说："不要想了，以后会慢慢想起来的。等你病好了我就带你回京上看雪，可好？"

闻言，陆曼笙有些欣喜，恒城对她来说太陌生了，她想回到那个她熟悉的地方。她一定能找回自己的记忆，她还记得她那时候病得厉害，没想到自己睡了这么久，久到自己都不记得这十几年是怎么过来的。

而此时恒城南街的一间简陋民屋里，元世臣将叶申安置在了此处。叶申还在昏迷不醒中，元世臣派来的大夫在为他治疗，小云仙在一旁焦急地问："大夫，二爷怎么还不醒，而且还在发烧？！"

大夫拿着帕子为叶申擦掉额头上的虚汗，见他脸色苍白，嘴里说着胡话，无奈道："他的伤口总算不流血了，气息也稳定了很多。可是……这位叶二爷的身子已经伤透了，很难恢复。若是没有活着的念头，有可能就不会醒了。"

小云仙面如死灰："不行，我不能让二爷死，我……我要去把陆姑娘找来！二爷最在意陆姑娘了，有陆姑娘在二爷肯定会醒过来！"

大夫阻拦道："不要去，我也给陆姑娘看过病了，她失忆了，谁都不认识了。何况……她和元督军就要结婚了，督军不会允许她出来见人的。"

大夫突然意识到自己说漏了嘴，立刻噤声。

"陆姑娘要和元督军结婚了？！"小云仙吃惊道。

大夫摇摇头，别过头去："这话我不该说的，我不知道。"

"就算这样我也要去试试！"小云仙当机立断跑出了门。

没有人注意到躺在床上的叶申手指微微动了一下。

小云仙当然没有在王宅里见到陆曼笙，但却意外地从宋廉口中得知了戴晚清在此处，戴晚清的安分守己终于让黑五对她放下戒心。陆曼笙自从失忆后，遇到陌生人便会慌乱得像一只受惊的小鹿，只有小语能够亲近，就算是元世臣，陆曼笙也只敢离得远远地答话。

元世臣得知戴晚清是陆曼笙的好友，便向黑五要来了人。黑五依旧派人盯着戴晚清，但在元世臣的眼皮子底下总归不敢太嚣张。

元世臣派人来请时，戴晚清简直不敢相信元世臣所说的，她心中那个淡漠温和的陆姑娘怎么会失忆了？直到在王宅见到陆曼笙时，戴晚清心中的疑虑才彻底被打消，陆曼笙真的失忆了，那样怯懦的笑容不是她熟悉的陆曼笙所拥有的。

小云仙自然进不了王宅，只好拜托宋廉与戴晚清说明来意。戴晚清得知叶申这些日子里遭受的磨难，震惊万分，悲戚道："我不知道外面的事，二爷竟然变成这副模样了吗？"

宋廉叹气："我来替杨健传话，至于陆姑娘会不会去，全看陆姑娘自己了。"

"若是陆姑娘去了，二爷定能好起来的。二爷最是喜欢陆姑娘……"戴晚清哽咽，这样的话由她说出口，真的太残忍了。

戴晚清知道这时候提出这样的要求并且得罪元世臣并非明智的决定，但她向来是不服输的人，特别是在叶申的事情上她绝不妥协。

戴晚清替小云仙去见了陆曼笙。陆曼笙这几日已经与戴晚清有些熟络了，但见到戴晚清时难免会露出茫然的神情，口吻疏离："戴姑娘。"

戴晚清说明来意，将事情原原本本地告知了陆曼笙。戴晚清说这些时并没有避讳小语，因为没有什么事能瞒过元世臣。

戴晚清祈求道："陆姑娘，麻烦你跟我走一趟去见见二爷。"

陆曼笙慌张地看着小语，相处多日她只熟悉小语，而对旁人都有难以描述的抵触："我、我不认识他。抱歉，戴姑娘。"

虽然早已猜到了回答，但戴晚清依旧难掩失望。她不再强求，若她威胁或用强，元世臣随时都能要了她的命。戴晚清起身准备离开，开门前回头看着陆曼笙说："陆姑娘不记得他了，可他确实是最在意陆姑娘的人。如果他死了，而陆姑娘往后想起他来时，希望不会后悔。"

闻言，陆曼笙心口一阵生疼，却还是什么也想不起来。

戴晚清离开之后，陆曼笙依旧坐在窗前发愣。元世臣来看她时，她只勉强喝下了半碗粥就睡下了。

梦中一直有个哭泣声在祈求她。

"求求你……

"去救他……去救他！求求你了，救救他……"

戴晚清从陆曼笙的房间离开后便换装离开了王宅，她不想再演戏了，无论是黑五或是元世臣，她都不在意，她只想去见叶申。魏先生已经不在了，她不能再失去叶申了。当她在破旧小屋看到躺在床上、形貌枯槁的叶申时，终于忍不住大哭起来。

到了晚上，叶申发起了低烧，比前几日的情况还要糟糕。戴晚清和杨健手忙脚乱地烧着炭盆。

但一切只是徒劳，叶申伤得太重了，守在一旁的戴晚清只能看着叶申的身体一点点失去温度，落泪无措。

这时一阵敲门声传来，咚咚声响了好久戴晚清才清醒过来，急急忙忙去开门。她没有想过陆曼笙会来，只见陆曼笙站在门口，苍白的脸躲在披风之下，神情有些慌张，人躲在小语的身后有些不知所措。

"陆姑娘！"戴晚清有些意外。

"二小姐说，既然是过往认识的人，便不能见死不救了。二小姐愿意略尽绵薄之力。"小语同戴晚清解释道，失忆的陆曼笙依旧良善。

戴晚清欣喜地将陆曼笙引进屋子里。陆曼笙站在门口时就看到了那个躺在床榻上面无血色的男人，她有些害怕，紧张地凑到床前仔细端详，觉得这个躺在床上的男人又熟悉又陌生。

戴晚清看着叶申憔悴又毫无生气的模样，又忍不住落下泪来。

"戴姑娘，我应该做什么？"陆曼笙有些触动，怯生生地问。她听从梦中的声音糟糟懂懂地走到这里，她知道自己是为了这个男人来的，却不知道自己要做什么。

戴晚清已经有些绝望，哽咽道："陆姑娘来了就好，若是他不行了……也算见过了。"

陆曼笙哑口无言，低垂着眸子。突然陆曼笙瞥见叶申枕头边放置的瓶子，觉得有些熟悉，下意识地拿起来端详，只见精致的瓷瓶上面用朱砂写着"当归"二字。

戴晚清见她好奇，便解释道："这是叶申随身带的物件，陆姑娘你认识吗？"

"这是二小姐库房里的香料，何时被二爷拿走的？"小语忍不住惊讶。她整理过南烟斋的库房，自然是不会记错的。

陆曼笙却摇摇头："我不记得了。"

她真的一点也不记得关于南烟斋的所有，但瓷瓶好像对她有着什么吸引力。陆曼笙打开瓶子，将瓶子里的香粉撒在手心上，香粉因为温度，飘出了一缕清香。

陆曼笙不自觉地合眼，过了许久也不说话。戴晚清和小语见状不敢打扰，悄悄退出房间关上了门。

这个香气让陆曼笙有些困倦，她靠在床边，努力地想睁开眼睛，恍然间自己已经不在屋子里，而是在波光摇曳的湖中央，她就坐在船尾。

"大约是梦吧？"陆曼笙心想。

船头传来了说话的声音，那声音十分耳熟。陆曼笙疑惑，穿过纱幔，看到叶申正在给自己煮茶。

对，另一个陆曼笙，清清冷冷的面容，与自己截然不同，正看着湖面有一搭没一搭地与叶申聊天。

"茶还没煮好吗？"那个陆曼笙面色不悦道。

"用的是炭火，没有那么快。"叶申笑着回答。

大约是这样的场景太过安详，让躲起来偷窥的陆曼笙也忍不住靠着船杆打起瞌睡来。

这是自己与这个男人的过往吗？好似很亲近的样子，那个男人给自己的感觉是那么安心，甚至比元督军还要熟悉。

……

"陆姑娘，陆姑娘，醒醒。"有人在呼唤她。

陆曼笙惊醒，看着周遭的湖景有些茫然，自己怎么在船上睡着了？

一阵煮茶独有的清香传来，让陆曼笙清醒了几分。

"你怎么睡着了？风吹着会着凉的。"叶申笑着说，"茶已经煮好了。"

陆曼笙却不动，看着叶申许久，柔和的声音低低地说："你不必叫我陆姑娘，你其实可以叫我……阿笙，这是我的小名。"

叶申诧异："阿笙？"

陆曼笙点点头："嗯，阿笙。"

阿笙？

阿笙是谁？！

陆曼笙再次惊醒，她的额头出了一层薄薄的冷汗。

等看清自己还是身处那个陌生的民宅里后，陆曼笙松了口气。床榻上的男人依旧脸色苍白，陆曼笙摸了摸他的手，感觉有些温度，心中安定不少。

她好像梦到了他和自己泛舟湖上喝茶。难道是因为梦境太过美好，他才不愿意醒来吗？

可这一切都已经与她无关了，她依照戴晚清的请求来瞧了他，能不能好起来只能看他自己的命数了。陆曼笙起身，回头又看了一眼叶申，眼波微动。

但还是转身离开了。

元世臣和陆曼笙的订婚宴将在魏公馆举办，恒城的名流贵族都会来参加，这是元世臣的意思。陆曼笙的身子无法长途奔波，元世臣等不及回北方，就决定先在恒城订婚，这也正好随了黑五的意愿。黑五想要代替魏之深，难免会有人反对，用恒城主人的姿态在众人面前负责元督军的婚礼，无疑能让自己的位置坐得更稳固。

魏之深和叶申都没有消息，这让黑五安心不少。

订婚宴就定在十五日。

就在这一日，陆曼笙在小语的安排下绾起头发，穿上了洋装，黑色长裙和手套显得陆曼笙既高贵又冷清。小语仿佛又见到了没有失忆时的陆曼笙，不免有些高兴："二小姐还是穿深色好看。"

"是吗？"陆曼笙笑笑。

小语狠狠地点点头："元督军看到一定会喜欢的！"

陆曼笙茫然："只怕他看到我会失望吧。"

"怎么会呢？"小语笑着说，"今日不知道靓姐姐会不会来，我好久没见到她了……二小姐不记得靓姐姐了吧？靓姐姐是二小姐最喜欢的丫环，很照顾我的……"

小语还在碎碎念，陆曼笙却对着镜子喃喃自语："她不会来了。"

魏公馆里门庭若市，黑五带着戴晚清站在门口迎接来客。戴晚清低眉顺眼地站在黑五的身边，她的包里却藏着匕首，她这次回来，是为了给魏之深报仇的。

前来的客人皆是很给面子地称呼黑五一声五爷，恒城就算没有魏之深，也还是在白帮的掌控之下。这次来的客人非常多，大家显然也想知道元督军对黑五的态度。不论掌管白帮的是叶申还是黑五，都对这些高门显贵来说不重要，只要能保全自己的利益，恒城谁作主都是无妨。

直到正午，元世臣才挽着陆曼笙的手姗姗来迟。

"恭喜元督军。"黑五先扬声道贺，众人亦是纷纷道喜。

元世臣领着陆曼笙走到厅堂的正中间，笑着说："今日是我与陆姑娘的订婚宴，我元某在恒城人生地不熟，感谢各位赏光。"说完，与陆曼笙一同深深地鞠躬。

众人闻言鼓掌。

黑五示意大家静下来，颇有威严地说："元督军在我们恒城订婚，是我们恒城的福气。今日是元督军的好日子，在此我却想宣布另外一件事……"

众人皆朝他看来。

黑五用惋惜的神情道："大家都知道前不久魏爷被叶申背叛，遭到袭击遇害。我黑五没有保护好魏爷，深感痛心。如今叶申已经被我拿住杀死，事情虽已告一段落，但我心中对魏爷的愧疚无法弥补。白帮如今群龙无首，我建议就在今日这个好时候推选出新的当家人，由元督军见证，统领我们白帮重振旗鼓！"

这是黑五与元世臣商量好的，宴会的目的也在于此。黑五不在意假意依附于元世臣，等东洋人进入恒城后，他的眼里可就再也不会有什么元世臣了。

黑五一番激昂振奋的言辞说完，众人鼓掌。

那人群中立刻便有早已等候着的黑五的心腹站出来说："这些日子五爷的辛劳我们白帮的兄弟都看在眼里，我推选五爷！"

黑五闻言，露出了为难的表情。

在场的人其实都心知肚明，什么重选当家人，不过是黑五以退为进的说法，现在谁敢与黑五争这个位置？众人纷纷开始附议。

"自然是五爷最合适这个位置，五爷绞杀了叛徒叶申，最有资格。"

"我也选五爷。五爷义薄云天，帮魏爷报仇，还有谁不服？"

"旁人我信不过，魏爷在时最信任五爷了！！"

无人反对，恒城名流更想在黑五上位之前与他搞好关系。黑五心中满意，面上却谦虚道："兄弟们的好意我心领了，可是我……"

"五爷别说了！除了你我谁都不服！"人群里又有人高喊着。

黑五无奈笑道："那好吧，既然兄弟们信任我，那我就却之不恭……"

"我反对！"

一个清朗的声音从人群中传来，大家纷纷回头看去，陆曼笙和元世臣亦是回头去瞧，就看到穿着元青色长衫、面色苍白的叶申从人群后走出来。

"叶申？"

"叶二爷？他不是死了吗？"

"他不是杀死魏爷的凶手吗，还敢来这里？！"

宾客们难掩惊讶，议论纷纷。看到此时现身的叶申，黑五露出了阴霾的神情，他万万没想到叶申还活着——叶申被挂上城门的时候明明断了气，事后虽然丢了尸体，但黑五并没有把这件事放在心上。

"你这个杀人凶手居然还活着？还敢来这里？！"黑五迅速整理好思路，现在整个魏公馆都是他的人，叶申一个人来有何用？就算他否认杀害魏爷的事，又有谁会信？

"呵。"叶申轻笑，漫不经心地笑道，"我也算是白帮的人，你们在此选白帮新的当家人，总要经过兄弟们的同意。我既然没有被逐出白帮，为何不能反对？"

黑五冷笑："你一个人反对我能如何？难不成兄弟们还会选你？"

叶申笑着说："众兄弟选你是以为你杀死了背叛魏爷的凶手。如今我这个'凶手'没死，好端端地站在这里，你又凭什么能当选，凭什么让众兄弟服你？"

没想到叶申不但不辩解，还认下了杀害魏爷的罪名，这让黑五有些措手不及，一时无话。

在身边的手下多次提醒下，黑五才回过神来，从腰间拔出手枪对准叶申，冷冷道："我现在杀了你也不迟。"

"今日可是元督军的订婚宴，五爷竟然要在此杀人吗？"叶申毫无惧色，若有若无地看向元世臣和陆曼笙，脸上没有其他情绪。

黑五犹豫了，元世臣能否帮他，是他控制白帮很重要的一步棋，他也相信没有人会喜欢在自己的订婚宴上见血。

"绑了拿下去。"黑五一时竟拿叶申没办法，咬牙切齿道。

两个手下听令，面目狰狞地走向叶申。

元世臣感到身边人在微微颤抖，以为陆曼笙是在害怕，低声安慰道："不要害怕，没事的。"

叶申依旧站在原地，没有要抵抗的意思，继续晃着他的扇子，笑眯眯地看着黑五。还没等黑五的手下动手，就听到一个浑厚低沉的声音传来："黑五，没有我的命令，你竟然敢拿我的人？"

说话的是大厅左侧人群中一个穿黑西装戴着帽子的男人。宾客纷纷看向他，揣测着他的身份。

而黑五一听到这个声音就知大事不好。那男人摘下帽子，赫然就是魏之深！

魏之深冷声道："黑五，好久不见。"

黑五的手微微颤抖，控制不住自己震惊的表情。如果说叶申的出现只是让众人疑惑，那么魏之深的出现就是让大家都震惊万分！

"魏爷？他怎么还活着？"

"五爷不是说魏爷死了吗？！"

首先回过神来的便是戴晚清，她一路小跑奔向魏之深，在确认的确是魏之深他没死之后，她紧紧地拽着魏之深的胳膊不放手，想说什么却哽咽难言。

随后杨健也带着几个兄弟欣喜地围上去，泪眼婆娑道："魏爷！你没死！太好了！"

这番下来，众人也就相信了这位真的是白帮的当家人、恒城的土皇帝魏之深。魏爷他没有死，他回来了！

既然魏之深没有死，那黑五这些日子的所作所为，都是怎么回事？

黑五很快镇定下来。被宣告死亡的叶申与魏之深突然同时出现，这绝对不会是巧合。黑五自知再强辩已经没有意义，开口笑着说："真是意外，你竟然没死？还敢回来？"

魏之深冷声道："如果我不死，你怎么会得意忘形地露出马脚？"

黑五有些意外："你是什么时候发现的？"

"叶申去杜家村的事，是我吩咐的。"魏之深难得露出笑意，"不利用你把大家都召集起来，与你当面对质，我还真怕你巧言把大家都蒙蔽了。"

站在旁边把弄着折扇的叶申饶有兴趣地说："不入虎穴，焉得虎子。五爷，我实在是佩服你的心狠手辣，不得不说差一点就让你得逞了。"

黑五猛然醒悟，回头看向叶申，眼神怨毒。他又看向元世臣，元世臣淡淡地看着他，神情没有任何波澜。黑五突然意识到自己中计了，如果没有元世臣的帮助，叶申和魏之深如何能够进入这铜墙铁壁的魏公馆？

什么订婚现场，元世臣根本就是做了一个局，当着众人的面来戳穿自己！到底是哪里出了问题？是自己给元世臣的筹码不够吗？元世臣不也和东洋人有来往吗？

黑五正在疑虑之际，魏之深冷冷地看着黑五道："背叛我的人不是叶申，是黑五。"

黑五静默不言，握紧的拳慢慢松开。他心里不但没有被揭穿的怒火，甚至有一些释然。这下他不用再演戏了，不用演他有多尊重魏之深，他演够了！他打从心里厌恶魏之深！

魏之深回来了又如何呢？今日东洋人为了以防万一，已经将一支军队埋伏在了魏公馆周围，随时听候他的命令发起袭击。东洋人手里有长枪火弹，今日魏之深只有死路一条，绝无生路！

"我一直在想，我对你不俗，你为何要背叛我。"魏之深的眼神深不可测，"现在我终于知道了。该叫你什么好，黑五？还是……广峻？"

魏之深说出这个名字时，叶申也有些意外，黑五竟然是之前白帮的三把手广峻！

黑五冷哼，突然笑道："你知道了啊。你杀我的时候一定想不到还有这天吧？我从地狱爬回来找你了。"

魏之深扣动扳机，语气中满含恨意："你如今变成这样，成了东洋人的走狗，你就不怕秋意泉下有知，看到你这副鬼样子感到寒心吗？"

"东洋人？！黑五勾结了东洋人？！"围观的客人中有人忍不住惊呼出声。

黑五却满不在乎地哈哈大笑："她死了！她是被你害死的！她要不是为了你逼我放弃这个位置，她也不会被东洋人杀死！都是你的错！"

乍然得知真相的魏之深迟迟没有说话，许久才冷哼道："冥顽不灵！"

就在魏之深和黑五对峙之际，突然有宾客惊呼："着火啦！外面着火了！"

只见魏公馆外面黑烟滚滚。

黑五突然放声狂笑："我冥顽不灵？你们今天都得死在这里！"

"糟糕！东洋人放火把魏公馆烧了！"叶申低声对身边的杨健说，"我们去找通行文书！"

杨健茫然："不救火吗？"

"东洋人的目的根本不是什么白帮当家人的位置！所有高门显贵都在这里，这把火就是要烧得人心大乱，只要城里乱了，码头疏于戒备，他们就能闯进来！他们想控制整个恒城。"叶申冷静分析道。

魏之深对叶申点点头，同意他的看法。杨健非常信任叶申的判断，当即跟着叶申冲向花园。

一时宾客大乱，厅堂里吵闹声此起彼伏。元世臣带着陆曼笙小心离开，这是恒城的事，他不会冒险参与，若是介入，他与东洋人微妙的平衡关系不免会被打破。

众人争前恐后地往外跑，外面突如其来的枪声让大家更是恐慌。黑五轻蔑地看着魏之深："哼！来不及了，就算你回来了又如何？只要你死了，这个位置依旧是我的。"

魏之深呵斥道："你与虎谋皮，竟然以为东洋人霸占恒城后还有你的位置？"

黑五脸色微变，但他不可能在此时去细想这件事，他大怒道："不可能！你不必挑拨我们的关系！"

说完，黑五往内院跑去，他早已准备好了逃跑的后路，内院的后门有车，可以随时离开。魏之深紧跟着追了上去。黑五这些日子对魏公馆已经了解得很透彻了，他飞速地跑到二楼。魏之深紧追不舍，瞅准时机猛地扑上去，将黑五撞到玻璃窗户上。黑五一下子就朝窗外摔了出去，玻璃碎片划伤了魏之深的手，但魏之深顾不得许多，想要跳下去确认黑五有没有死。

"魏先生！"身后传来呼唤声，魏之深太熟悉了，这是戴晚清的声音。

"你跟来做什么？！快回去！"魏之深怒道。他看到火势已经蔓延到了二楼楼梯口，就在戴晚清的身后。魏之深拉过戴晚清的手，躲避凶猛的火势。

戴晚清也没想到火势这样大，魏之深心中惦记黑五，急忙说："别说这些了，我们先走。"

魏之深拉着戴晚清跑进原来方秋意的房间，二楼的楼梯口已是浓烟密布，这个房间有阳台，魏之深准备从二楼的窗台跳到花园，这样的高度不会有太大的危险。

方秋意的房间凌乱不堪，衣物被撕毁丢在地上，首饰胭脂凌乱地撒在桌子上，魏之深有些诧异，但他来不及细想。屋子里都是浓烟，魏之深举起椅子用力砸破锁住的窗门，好不容易将玻璃砸碎，他一把将不停咳嗽的戴晚清推到阳台，自己也随即跨进阳台，这才有了片刻的喘息。

"想走？没这么容易，一起死吧！"黑五怨毒的声音乍然响起，只见满头是血的他拿着玻璃碎片，正阴森森地看着魏之深和戴晚清。他从一楼爬上来，身上都是灼烧过的伤痕，显得神情越发怨毒扭曲。

魏之深一心想自己先跳下去，这样戴晚清下来时他能接应，所以此时攀在阳台栏杆外的他毫无还手之力，只能看着黑五冲过来。

"魏先生！"

玻璃碎片落下的瞬间，戴晚清趴在魏之深前。"哐——"的一声，尖锐的碎片瞬间穿透了戴晚清的胸口，炙热的血喷溅在了魏之深的脸上。

戴晚清就这样直直地倒在地上，魏之深翻身回到阳台，一脚踹倒了黑五。黑五挣扎着一拳打在魏之深的脸上，但魏之深就像不要命一般，把黑五撞到阳台边。

黑五还想再还手，却失去平衡掉了下去。楼下已是火势汹涌，黑五瞬间就被大火卷了进去。

就在黑五掉下楼的瞬间，他的裤子口袋里掉出了一枚珍珠耳坠，就安静地挂在阳台栏杆的钩子上，在浓烟之中耀眼夺目却摇摇欲坠。魏之深看到耳坠的一刹那，眼中浮现出难以描述的沉重。

"疼……"戴晚清忍不住出声。

魏之深看着耳坠掉进大火中，没有犹豫，他转身抱起戴晚清就准备跳楼。血不停地从戴晚清的胸口和嘴里涌出，魏之深突然紧张道："你忍着点，我这就带你去医院。"

"第一次……看到魏先生这么手忙脚乱的样子……是因为我吗？"戴晚清痛得浑身发抖，小声地说。

"你别说话了！"魏之深大吼。

"魏先生，我没得救的……我知道的。就算我求你了，我想好好说几句话。"戴晚清虚弱地说。

魏之深突然冷静下来，像是作了此生最艰难的决定。他缓缓地坐下，让戴晚清躺在自己怀里能舒服一些，生怕细微的挪动让她更痛苦。魏之深哽咽道："你说。"

戴晚清看着茫茫火海，眼神有些迷离："魏先生啊……叶申也好，你也好，我都活在你们给我设定的角色里……该这样做，该那样做，都是你们告诉我的。我从来没有为自己活过……

"其实我很羡慕方小姐的。无论旁人怎么笑她说她傻，她都活得那么像自己，活得那么洒脱。我根本不能与之比较，所以你的眼里也从来没有过我，我只是个适合演戏的戏子，是吗？"

魏之深脑子里一片空白，只是一味地否认："不是的，不是的……"

戴晚清口中一直喷涌着血，她艰难地说道："旁人记得的始终是我演了什么角色，唱了什么有趣的曲儿，却不是喜欢我这个人……这一次我要为自己活着。你觉得我不值得，我偏要这样做。若是你心中愧疚，那就不要忘了我……"

"你为什么救我？为什么啊！"魏之深吼着问道。

但除了大火发出的噼里啪啦燃烧的声音，再无其他声响。

怀中的人已没了气息，好似一朵脆弱的小花。

永远不会再有回答了。

就是在这个阳台，能看到内院的大门。在魏之深没有在意过的与戴晚清的过往里，每一次他回来时戴晚清都会提着裙摆，小跑到门口，迎接正准备进屋的他，轻轻喘息地笑着说："魏先生，你回来了。"

大火湮没了魏之深的视线。

再也不会有了。

魏公馆大乱、下人都在忙于灭火的时候，叶申和杨健顺利地在花园里找到了通行文书。正准备离开时，叶申远远地看到元世臣牵着陆曼笙的手，由宋清带人护着准备上车。

元世臣看了一眼叶申，知道他拿到了通行文书，点点头，准备离开。杨健不爽道："这个元世臣，好人都让他做了，得罪人的事都让别人来做。"

叶申却平静道："本来就是我们恒城的事，他无利可图，置身事外才是上选。"

看眼前的形势，自然是稳住码头最为重要，但杨健有些着急道："二爷，你就眼睁睁地看着他带走陆姑娘吗？"

叶申看了一眼手里的文书："码头的事重要，不要耽搁了。"

杨健立马说："码头我替你去，陆姑娘再不追就来不及了……"

叶申呵斥："码头有黑五的人！他们不会因为文书就认输的！肯定免不了一场恶战，我能让你一个人去吗？！不要磨蹭了，赶紧出发！"说完这话，叶申再次看了一眼坐在车里的陆曼笙，眼中带着不可捉摸的情绪。

叶申没有犹豫地朝着码头赶去。他已经从杨健的口中得知陆曼笙为了救他而失忆的事了，心中的愧疚让他不敢再靠近陆曼笙。

他根本没有能力保护她，除了让她受伤，自己什么都给不了。

——母亲，与我在一起只会让她过得更加艰难，我不想害了她。

——是我不自量力，不得不放手了。

元世臣的车缓缓朝着恒城城门开去，这是元世臣一早就计划好的——等事情结束，就带着陆曼笙离开恒城。元世臣看着陆曼笙的眼里满含宠溺："曼笙，你跟我一起回北方吧，我不放心你一个人留在恒城。"

看着魏公馆渐渐消失在自己视野里的陆曼笙听到这话，回头看着元世臣，语气突然变得冷淡："你明知道码头有危险，你还让他们去。"

元世臣骤然沉默。

陆曼笙目光疏远，继续说："我听到你和宋清的对话了。你帮助魏之深和黑五内斗，本意是想挫了白帮的锐气。你又在码头放置了炸药，想炸死东洋人，然后你再坐收渔翁之利，真是好一出戏！"

"你……醒了？"元世臣突然意识到陆曼笙的记忆恢复了，不再是那个单纯懵懂的陆曼笙了，他也不能再用三言两语蒙骗住她了。于是他便问："既然你都知道了，为何还愿意陪我演这场戏？"

黑五和魏之深都不算什么好人，陆曼笙自然不在意。她没有回答元世臣，只对司机说："掉头！去码头！"

元世臣拉住陆曼笙，焦急道："曼笙，你不要闹了，我已经安排好了一切！东洋人没办法上岸的！"

陆曼笙眉头紧锁，质问元世臣："你所谓的安排可知炸死的不只有东洋人！现在码头上抵御东洋人上岸的除了白帮，还有很多无辜的老百姓！元世臣，你想要拿下恒城，你有自己的野心和计划，我不管，但你草菅人命，让我明知那是去送死却不阻拦，我做不到！"

元世臣无奈地解释："曼笙，成大事的路上总要有人牺牲。"

"我与你无话可说！"陆曼笙继续对司机说，"司机！掉头去码头！你是恒城人吧？！你能眼睁睁地看着那些无辜的恒城百姓惨死吗？！"

司机左右为难。陆曼笙不愿再等，开门想要跳车。

元世臣赶紧用力将她拉回车里，大吼道："陆曼笙！你疯了？！什么恒城百姓，你明明就是想救叶申！"

陆曼笙回头怒吼："元世臣！不要让我看不起你！

"我要救恒城百姓，也要救叶申。"陆曼笙说得斩钉截铁，一番话振聋发聩。

车里的气氛凝结了片刻，元世臣重重地拍了下椅背，犹豫了很久才开口道："去码头。"

陆曼笙看着司机掉头，便不再挣扎。元世臣低着头，看不清表情："陆曼笙，我不甘心。"

陆曼笙语气冷淡："你知道我不是陆曼笙，你早就知道我醒了。"

"我知道。"元世臣垂着头，看不出情绪，"你留在我身边就好。"

陆曼笙不解："哪怕我只是个替代品？哪怕我对你毫不在意？"

元世臣默然无语。陆曼笙看向窗外："元督军，你根本不喜欢我。或许你是喜欢陆曼笙的吧，但你更喜欢权势。你今天可以为了达到目的利用我，也许明天就会为了权势牺牲她。"

对于陆曼笙说的话，元世臣没有否认。订婚宴本来就是为了让黑五放松警惕设的一个局，也是让他在码头安置炸药的好机会。他想和陆曼笙结婚不是作假，但想要拿下恒城的心思也是真的。

陆曼笙的脑海里突然浮现出那个男人的身影。

叶申为了自己，不惜与魏之深作对；现在为了恒城百姓，更不惜放弃他的所有，甚至愿意牺牲自己的性命。他从来不是那种不择手段的人，他其实很善良。

陆曼笙很清楚自己心中涌动的情愫是什么，但她不能接受，也不可以接受。

司机分秒必争，等他们的车赶到码头时，叶申和杨健正带着白帮和警察局的人与东洋人对峙。原本守在魏公馆外的东洋人正在与他们打斗，地上血流成河，双方皆有死伤。

恒城百姓自发拿着棍子砍刀加入战局。元世臣立刻吩咐司机去找宋清，停止炸药燃爆，而他则下车鸣枪示意。

"砰——砰砰砰——"

连声枪响让众人不禁回头。叶申朝着枪声方位看去，一眼就看到了站在车旁的陆曼笙。

明明是一袭黑衣站在那里，但在他眼里陆曼笙却像是茕茕孑立、形影相吊的仙女。

元世臣的人很快赶来，将白帮和恒城百姓护在身后。白帮的人有些不敢置信，元督军竟然出手干预此事！而东洋人更是诧异，领头的东洋人用蹩脚的汉语戒备地质问说："元督军，你这是什么意思？我们不碰北方，你就得寸进尺？"

元世臣却露出了狡黠的笑容，对那东洋人轻描淡写地说："此言差矣，恒城也是故土，怎可拱手让之？"

元世臣的介入让东洋人有些措手不及，黑五没有拖够时间，警察局的人又来得太快，他们只有一艘船靠岸，上岸的只有几十个人，还有三艘船无法靠岸。

人手不足，形势堪忧，这步棋算是彻底下错了！领头的东洋人思量片刻便准备撤退，放狠话道："叶申！元世臣！你们给我等着！"

话音刚落，就听"砰——"的一声，那东洋人中枪倒地。死前那东洋人不可置信地看着开枪的元世臣，而在一旁不懂汉语的东洋人都慌了，他们没想到元世臣这么狠心！

"事已至此，就要斩草除根！"元世臣冷静地说。

白帮众人瞬间领悟元世臣的意思，立马冲向东洋人。

一时间码头上厮杀声一片。

陆曼笙就这样静静地看着人群中的叶申，他衣衫单薄，满身是伤；而她面容平静，心中却是惊涛骇浪。

耳边响起只有她才能听得到的声音："三生，别做傻事。"

陆曼笙怅然若失，喃喃自语："爷爷，你曾经说红尘无可留恋，世人偏想成仙。三生有所感悟，能放弃红尘所有，不是舍得，是求不得。

"爷爷，我错了。"

爷爷有些意外地问道："你哪里错了？"

陆曼笙惘然："我错以为，世人心意相通，能在一起才最是圆满。可我走了这一遭我才晓得，世人的欲望无穷无尽，爱一个人时却又极其卑微。朝荣夕悴，若是求而不得的话，能好好告别，能擦肩而过，能瞧上一眼，那都是好的。"

爷爷沉声："他不过是个凡人，会忘记所有事。只有你记得，只有你一个人承受失去的痛苦，这对你来说不公平。"

闻言，陆曼笙粲然一笑："爷爷，就因为他总有一天会忘记所有，无法留下关于我的只言片语，我却可以永远记得，这对他来说才是不公平。"

直到傍晚，白帮才将上岸的东洋人斩杀干净。

叶申带着杨健收拾残局，坐在车里等候的陆曼笙对元世臣道："我想和叶申说两句话。"

"好。"元世臣犹豫片刻，又问，"你还会回来吗？"

陆曼笙不置可否，下车径直走到叶申面前。叶申就这样看着陆曼笙走向自己，心中有些许期待。

"叶申，你可还记得说要带我回你家乡泛舟看风景吗？"陆曼笙迎着风，拢了拢身上的披风笑着问。

闻言，叶申突然意识到陆曼笙没有失忆，他情不自禁伸手拉住陆曼笙的手臂，欣喜道："你想起来了？！"

自从醒来、旁人告诉他陆曼笙失忆之后，叶申便下定决心不再去打扰她，没想到老天又让他的曼笙回来了！

"我答应你了。"陆曼笙点点头，"等事情了结了我们一起去。"

叶申清秀俊朗的面容上露出笑容，这一刻他再也不顾心中的踌躇，他无法阻止自己雀跃的心意，爽朗笑道："好！余生还请陆姑娘多指教。"

叶申突然想起什么，从怀中拿出一把银梳，将它簪到陆曼笙的鬓发侧，难掩愉悦道："陆姑娘，你还记得这把梳子吗？我与你曾经……"

叶申的话陆曼笙再也听不下去了，再听下去她可能会心软，可能就会舍不得。她侧过头，强颜欢笑道："能与你好好告别，能与你擦肩而过，能瞧上一眼你，那都是好的。叶申，可你终究还是会忘的，不如我先帮你忘了吧。"

叶申还未从喜悦中回过神来，就看到陆曼笙说完这话后人倒了下去。叶申眼疾手快地接住了陆曼笙的身体。

"我把你还给她了。"一个缥缈的声音消散在晚风里。

"陆姑娘？陆姑娘你醒醒！曼笙？"叶申摇晃着陆曼笙，她呼吸沉稳，却没有回应。

好像有什么东西在一点点从她身上抽离，正在消失。

一点点地消失。

"陆姑娘，我带你去我的家乡看看好不好？那里有青山绿竹，风景很好。夏日桃红柳绿，可同去泛舟。冬日白雪皑皑，可携手踏梅……还有很多景致，我都想与你去看看。"

"陆姑娘要嫁给他，不妨还是嫁给我。"

"阿笙。"

……

"阿生。"

匆匆赶来的小语看见陆曼笙晕倒在叶申怀中，叶申将陆曼笙托付给小语，自己要立刻去和白帮其他人解决三艘东洋船的处置问题。

"照顾好阿生。"叶申起身说道。

"谁？"小语对这个名字很是陌生，下意识问道，"二爷说谁？"

叶申闻言回头，有些茫然。铭记在心的那个名字哽在喉咙里，却怎么也说不出口。他心头一阵抽疼，想要抓住什么，却什么都抓不住。

他的眼神慢慢涣散，手紧紧抓着胸口，想要记起什么，但心里那一根薄弱的丝线，终究是断了。

叶申的眼神恢复清明，语气平静，就像是在说一个毫无干系的陌生人。

"照顾好你家陆老板。"

叶申毫不留恋，转身离开。

—正文完—

戴晚清十岁之前的日子，只有"昏暗"二字可以形容。

那时戴晚清还没有名字，她早已不记得自己亲生父母是谁了，从她记事开始，她就被牙婆拐走流落异乡。因着她心思巧胆子大，头次被卖进勾栏没几日竟逃了出来。人牙子古婆婆见得了银钱又捞回了人，好不痛快，便给她取了个名字叫"阿沅"，哄骗着她做起了这诈欺生意。

古婆婆先用好价钱把阿沅卖进勾栏，再去接应让阿沅偷溜回来。

这样做生意自然不长久，古婆婆带着阿沅隔几个月就换地方继续做骗人勾当。勾栏那种地方什么三教九流都有，并非每次逃跑都能那么顺利，在里头做不好事挨打骂更是家常便饭，其中艰辛不可言喻。阿沅小小年纪便学会了看人眼色、装巧卖乖。

二人辗转到恒城时，阿沅已经过了三年这样的日子。

刚刚落脚恒城，古婆婆听说茶商许家小姐要挑丫环，便带着路上拐来的几个小姑娘上门让许家小姐相看。阿沅自然也在其中，但她不过是凑个人数罢了，顺便替古婆婆看着那些小姑娘，防着她们逃走。

那时阿沅已经出落得亭亭玉立，是古婆婆的摇钱树，古婆婆自然不准她被任何人家选中。所以古婆婆特意将阿沅扮作明艳机敏的模样，这样的容貌并非大户人家会喜欢的。

茶商许家是江南大户，在前朝也算是皇商，但许大小姐也是在恒城出了名的跋扈，打死丫环小厮是常有的事，所以恒城没几个人牙子想做这沾人命的生意。只有初来乍到的古婆婆带着人去了，只可惜许小姐对古婆婆带来的小姑娘挑挑拣拣，十分不满意。那些小姑娘也是低垂着头，谁也不愿意被选中。

就在管家领着古婆婆一行准备离开时，阿沅鼓起勇气，冲到人前跪在地上，哀求许小姐道："小姐，我愿意服侍您，求您收留我。"

不想再被卖到勾栏了，她已经受够这种日子了。

大约是阿沅这三年的乖顺让古婆婆放松了警惕，她完全没想到阿沅会在这时候背叛自己。古婆婆面色难掩愤怒，呵斥道："你这臭丫头说什么呢！"

古婆婆怒不可遏，一脚踹倒阿沅。阿沅疼痛难忍，却坚持爬起来继续跪着不停地磕头："我想要服侍小姐！我想要服侍小姐！"

阿沅的额头磕出了猩红痕迹，看得许小姐倒是来了兴致，饶有兴趣地打量起跪倒在地的阿沅。

古婆婆见摇钱树要跑，气急败坏地喊道："你算什么贱东西，也妄想服侍许小姐？"说着拽起阿沅的衣领就要拖着人走，阿沅被拽倒在地上，不停挣扎，满手都是血。

"慢着。"许小姐见阿沅又挨了好几下打，才慢悠悠地出声，"古婆婆，人可都是你带来的，你觉得她没资格服侍我，还把人往我跟前带？"

向来狡诈的古婆婆竟一时无话。

就这样，阿沅终于摆脱了古婆婆，留在了许府，可她昏暗的日子并没有结束。

相比起古婆婆的精明狡诈，许小姐真的好对付太多——不过就是脾气大些，阿沅顺着屈着，挨骂听着，挨打受着，比在勾栏的日子好过太多了。

只是没过多久，许小姐就对阿沅的逆来顺受、低眉顺眼感到无趣，将她丢在外院，做些苦累脏活。

本以为能在许府好好过日子的阿沅，做梦都想着熬到许小姐嫁人之后，自己就可以好过些。但阿沅做梦也没想到，在一个稀松平常的暮夜，她被人绑送到了恒城胭脂巷。

许小姐卖了她的原因，大抵是因为许小姐心悦的表哥，在路过花园时多看了她两眼吧。

胭脂巷不比那些三教九流的勾栏，有专人看守，根本不可能逃走。

阿沅性子倔不肯接客人，为此什么苦头都吃过——除了脸和手，没有一处好皮。但即便如此，阿沅还是想要活着。

就在她快撑不下去的时候，她遇到了叶申。

叶申第一次见到阿沅时，她被泼了满身的泔水，奄奄一息地躺在地上，全身都是伤，正在往门口爬。姜妈妈领着叶申路过时，叶申颇有兴致地多看了阿沅两眼。

那动手的小厮见到叶申，讨好解释道："叶二爷，这丫头太不听话总想着跑，今日竟摔碎了茶杯弄花了客人的脸！不过教训教训就听话了，我们胭脂巷可没有教不好的姑娘。"

阿沅听到小厮的话，仰起头开口骂道："呸！狗东西，打死我好了！"

那小厮脸色铁青，举起棍子就打了几下。阿沅疼得说不出话，蜷在地上发抖。

眼前之事不过寻常所见，叶申笑着问："真的不怕死？"

阿沅挣扎着抬眸，眼前温笑的男子青衣长衫，全然一副看戏的模样。

讨人厌的恩客！阿沅怒火烧心，不知道哪来的力气猛然扑向叶申，拽着叶申的手臂狠狠地咬了一口。

小厮惊叫着把阿沅推倒在地上，狠狠地补上了几脚，怒吼道："下贱胚子，二爷你也敢碰？看我不打死你！"

阿沅死死盯着小厮，血从她的鬓侧发间流下来，淌进了眼里。她的眸子里混杂着愤恨，但没有一丝怯懦。

不想活了，这样的日子多一日阿沅都不想过了。

"这样的性子留在这也是祸端，不如将她卖给我。"叶申拂去袖上污渍，笑容不减，云淡风轻地说，"倔成这样，倒是好苗子。"

姜妈妈颇有眼色，立刻询问："二爷……是看上这丫头了？"

叶申干脆利落地从袖中拿出银两丢到姜妈妈手里，笑着说："嗯，我买下了。"毋庸置疑的口吻。

姜妈妈捧着沉甸甸的银两，却有些犹豫道："这丫头脾气差得很，二爷要不换一个？有漂亮条顺又会干活的姑娘。这不是钱的问题。"

姜妈妈这种浸淫欢场多年的老人，自然知道阿沅性子太烈无法驯服，只怕日后她会得罪叶申，牵连自己。

叶申却摇摇头说："无妨，我想要她做的事很简单。"

这是阿沅晕倒前听到的最后一句话。

"眉清目秀的衣冠禽兽。"这是阿沅初见叶申时的心中所想。

言尽于此，姜妈妈自然不会逆了叶申的意愿，她立马吩咐人将阿沅拾掇干净送到云生戏院去。瞧着叶申满意的神色，姜妈妈赔笑道："容我问二爷一句，您买她回去做什么？"

叶申淡然一笑："学唱戏而已。"

阿沅很久很久没有睡得如此沉了，没有人喊她起来干活，没有人逼她接客，也没有人打她骂她。

阿沅醒来时，发现自己不是在胭脂巷，而是在完全陌生的房间里。自己真的被那个男人带走了！

怎么才能从这里逃出去？！

但自己才刚刚清醒，没有什么力气。阿沅撑起身子下床，周遭有些咿咿呀呀的声音。她小心翼翼地靠近房门偷瞧，竟然无人看守自己？

打开房门环顾四周，阿沅这才发现自己在一个二楼的房间门口，往下看就能瞧见一个戏台的侧面，台上有人化着浓艳的戏妆。台下并没有观众，只有那个带自己回来的男人站在最中间，偶尔叫停台上的人，指点一下动作。阿沅向东面瞧去，戏院大门敞开着。她心中一动，只要走下楼梯，自己就能从大门逃走！而那男子离大门还有十几步的距离，根本来不及抓她。她一定能逃走！

阿沅轻声地走下楼，不敢弄出太大的动静。她的目光从始至终都停留在那扇敞开的大门上，只要从那里跑出去，她就自由了。

阿沅快步走到了门口，即将跨出那一步时，她看着外面车水马龙、行人匆匆，街上的小贩忙碌着自己的事，突然就冷静下来。

　　从这里逃走，又能去哪里？

　　阿沅有些茫然，不知自己该何去何从。

　　"你怎么不跑了？"身后传来清朗的声音。

　　阿沅回头，那男子还是站在原地，并没有追过来，只是笑眯眯地看着自己。

　　这个男人没有打她没有骂她，甚至还在房间里给自己准备了衣物和吃食。阿沅犹豫片刻，还是开口："我真的只要学唱戏就可以了吗？不用做别的事吗？"

　　那男子想了想说："等你学会了唱戏，我会告诉你该做什么。"

　　虽是模棱两可，但总不会比过去过得更差。阿沅实在太累了，她看着那个男人，情不自禁地点点头说："好。"

　　青衣长衫的男子问她："你叫什么？"

　　阿沅犹豫片刻，赧然回答："我没有名字，我的命是你给的，你替我取吧。"

　　阿沅是古婆婆替她取的名字，她不喜欢。

　　男子思索片刻，笑着对她说："春去夏犹清，天意怜幽草，人间重晚晴。晚清，如你一般，如你一般。"

　　戴是阿沅记忆深处，唯独还记得与爹娘相关的事。

　　从此她有了名字——戴晚清。

　　戴晚清被叶申从胭脂巷带回来以后，真的每日都在学唱戏。

　　刚开始她也曾夜不能寐，不过几日便想开了，若叶申是同情她的客人，也好过那些想轻薄她的粗鄙男人。

　　就算叶申不是好人，终究也是个长得温文尔雅、仪表不凡的恩客。

　　局促地在戏院住了几个月后，戴晚清才知道像自己这样被买回来的女孩不只有她。叶申陆陆续续又带了不少女孩进戏院，还命管家指派了人教她们唱戏学文。

　　虽然不晓得叶申如此做的意图，但吊嗓、练身段、耍大刀，戴晚清总想要做得最好。书是叶申教她读的，字是叶申教她写的，叶申说过的话她总能一字不漏地记得。但叶申看每个姑娘的时候都是温和笑着，不偏不倚毫无私心。那些姑娘或许学不会唱戏，或许去了更好的地方。

学唱戏有多苦、有多少委屈戴晚清都没提及过，因为这些与过去的日子相比，她甘之如饴。而且和那个人欣慰的眼神比起来，这都不算什么。

"若是那个人只瞧得见自己就好了。"突然有一日，戴晚清冒出了这样的想法，她知道，这辈子输了。

戴晚清是在戏院留到最后的姑娘，真的只剩下她了，但她还没来得及高兴，叶申就吩咐她做第一件事情——要她离开云生戏院。

虽然戴晚清百般不愿，但还是唯命是从。

戴晚清被送到了百乐门唱歌，叶申为她铺好了所有的路。那时恒城最红的名伶方秋意刚刚病逝，而戴晚清容貌清丽，腔调柔美，一唱成名。

百乐门的日子比戏院还要好过，有人服侍，不必卑躬屈膝，而且每日都有富家公子的追捧。但戴晚清并不高兴，与其说她喜欢在云生戏院的日子，倒不如说她是记挂云生戏院的那个人。

叶申真的对她很好，从来没人对她那样好过。

叶申送了她锦衣华服，给了她书香门第的身世，她的一切吃穿用度都是从国外舶回来的，最后还把她捧成了百乐门最红的明星。

当然也有旁人对自己好，但戴晚清只觉得叶申好，那是第一个对她好的人。

至于旁人，根本无法与之比较。

叶申就是戴晚清命里的光。戴晚清一直朝着光走，没有想过要停下脚步。

总有人说，戴晚清在恒城算不得顶尖的美人，虽然清秀可人但性情太过寡淡，全然没有大明星该有的意气风发。只是那副泫然欲泣、我见犹怜的模样，任谁都难以忘却。

戴晚清变成了最难邀约的女明星，若是谁的宴会能请到戴小姐献唱一曲，那可是蓬荜生辉。

警察局局长也好，副市长也罢，戴晚清不知驳了多少达官贵人的面子，可众人底下骂得再难听，面子上总还得顾忌，谁都知道百乐门的戴晚清是云生戏院出来的，不好得罪。

这些也是叶申教她的，绝不可自降身份变成达官贵族人人能及的美人，所以戴晚清会上场的日子，百乐门总是一票难求。

旁的女歌手总会露出艳羡的目光，窃窃私语说着尖酸刻薄的话。对此戴晚清早已司空见惯，每每她都仿若未闻地走回休息室，不去理会，愈发显得模样孱弱性子清冷。

这一日照旧唱罢，进了休息室，戴晚清斜坐在沙发上喝酒，全无人前温和谦逊的模样。翠儿指着门口锦簇艳丽的花篮，小心翼翼道："晚清小姐，这是李老板、陈少爷、张将军送过来的……"

戴晚清瞧也不瞧一眼，冷漠地侧目："真碍眼。"

外头传来吵闹声，小厮在门口传话，说是陈少爷一定要见戴晚清。

这样的麻烦时常会有。

"老子为她花了多少钱！让戴晚清出来！！"叫嚣的声音传来。

闻言，戴晚清掩嘴轻笑："世人都说戏子真心不轻言，戏子无情不可信。怎到了此处，我一个戏子就偏要遂了他的恩情？"

门外很快就静了下来，会有人摆平这些麻烦。

瞧着失神的戴晚清，翠儿有些局促，不知如何是好。直到敲门声响起，门口有男声传来："戴小姐在吗？这里有叶先生送给您的花，请签收。"

戴晚清随即喜笑颜开，起身提着裙子去开门。是一束白色的玫瑰，戴晚清欣喜地把花揽在怀里，雀跃地问："叶先生晚上有空吗？你回去和他说，我晚上找他吃饭。"

门口的小厮回答："叶先生晚上有约了。"

失望写在了戴晚清的脸上，她搓揉着花瓣瘪嘴问道："那叶先生还说了什么？"

小厮微微侧身回答："晚上李老板的晚宴，请晚清小姐务必要去。"

关了门，戴晚清从花束中找到了一张字条，上面写着晚宴的目的，戴晚清的嘴角不由自主地扬起。翠儿愤愤道："叶先生又让小姐做如此危险的事！"

戴晚清扬了扬手，笑着说："拿到这样东西，他若是不亲自来见我，我便不给他。"

这是她离开了云生戏院还能再见到叶申的法子。

翠儿见戴晚清笑得开心，只觉得自己小姐傻愣了，愈发恼怒道："什么啊，这叶先生分明是在利用小姐，小姐怎还笑得出来？"

戴晚清听了这话，笑声渐渐清冷，变为苦涩，哽咽道："利用我也可以，说明他还需要我。我好害怕有一天我连被利用的价值也没有。"

是的，叶申教养她，给了她最好的一切，是为了让她成为顺手的利器，能自由出入名流社会，拿到他想要的东西。

对于戴晚清的念旧，翠儿却是不明所以，时常疑惑道："小姐为什么总想回戏院？戏院的日子多苦呀！每日要吊嗓子练身形，还要被那些人挤对。现在多好，每日都是吃好穿好，想要什么便会有人买来送给小姐。"

"没意思，那些算得了什么苦？"戴晚清掰着手指想着："见不到想见的人，那才是每天吃尽苦头。"

戴晚清托着腮看着白玫瑰，指尖把弄着发丝自言自语道："若我不是戴晚清就好了。"

翠儿着急道："小姐说什么丧气话，小姐现在是全恒城最红的明星呢！"

晚清摇摇头，笑了起来，仿佛在嗤笑翠儿的单纯："我过了这么久才知道，不相配就是不相配，喜欢这个词从来与身份地位无关。变成众人眼里优秀的女人那又怎样，还是与他无关。"

翠儿一头雾水："小姐这么漂亮，叶先生怎么会不喜欢小姐呢？"

戴晚清抿抿嘴，口红的颜色更浓了，她朱唇微启淡然道："就算能走到他的身边，也走不进他的心。不是我不努力，而是他从来没有给过我机会。"

就这样放弃了吗？戴晚清从未这样想过。不喜欢便不喜欢吧，就算叶申不喜欢自己，她也是欢喜的。戴晚清觉得自己大概真的是魔怔了。

恒城百姓都知道魏之深是百乐门的大老板，而叶申是魏之深的摇钱树。

魏之深手下最会赚钱的就是叶申，从盐粮药材到枪支军火，所有来钱的门路都是叶申在把控，从未出过错。除此之外，叶申还是白帮的二把手，掌管着恒城一半以上的码头。每日在叶公馆门口转悠想讨好叶申的人不计其数。

但叶申是个油盐不进、软硬不吃的性子，唯独有个爱好，那就是看戏。那些年轻貌美的戏子使尽浑身解数想要进叶公馆的后院，每每听到这样的消息戴晚清总能被气得上蹿下跳。

今日和戴晚清同场戏的女演员便被传言进过叶公馆，一夜之间身价百倍。旁人问起来那女演员也不否认，一副趾高气扬的模样，使唤旁人做这做那。

戴晚清正在上妆，那位叫陈绿悠的女演员带着人进了屋。翠儿见了着急地说："这是晚清小姐的屋子，你们怎么能进来？！"

陈绿悠也不说话，傲气地盯着戴晚清，眼里有些嫉恨。若不是这个女人，自己就会是最红的女演员了！而戴晚清只是瞥了一眼，并未多语，示意翠儿不要多争执，挪了挪凳子让出了一些地方。

陈绿悠的丫环却不肯罢休，傲慢道："叶先生说了，我家小姐得好好休息，听说就这间屋子最通透，可得委屈小姐和别人一同挤挤了。"

闻言，戴晚清突然起身，桌上的东西"哗啦"一声被带落到地上，她单手钳制住陈绿悠的下巴，语气带着笑意却狠狠地说："哦？叶先生喜欢你？"

陈绿悠吓得花容失色，她的丫环吼叫道："你想干什么？！快放开我家小姐！"

陈绿悠挣扎无果，声音嘶哑地喊叫："你想干什么啊？！若我有什么闪失，叶先生不会放过你的！"

戴晚清微笑着说："叶先生是喜欢你什么呢？喜欢你的脸？那我就把它划花，如果是喜欢你的腿，我就把它砍了。你说，他喜欢你哪里？"

陈绿悠吓得跑出了房间，到处说戴晚清因为嫉妒她面目可憎地欺辱吓唬自己。旁人皆不信，皆道戴晚清小姐最是和善。

其实戴晚清手上的功夫，也是叶申教的。

后来戴晚清和叶申眉飞色舞地提及此事，她歪着头看着叶申，笑着说："我才不信你会喜欢那样的人，若是真的，那你是不是也会喜欢我？"

戴晚清这个人，平时清清冷冷的，但只要遇到关于叶申的事，就会控制不住情绪。

但她从来没有把这些心思告诉叶申。叶申怎么可能不知道，他只是装作不知道罢了。

灯光摇曳，觥筹交错，这样的宴会，戴晚清参加过很多次，每一次都是为了拿到叶申所需要的"秘密"。

一如既往，戴晚清借故离开晚宴来到三楼，进入书房用事先准备好的钥匙拿到了文件，而叶申在花园里接应。

戴晚清离开书房小跑着来到走廊尽头的房间阳台，往下探身，看见叶申等候的背影。这一次，戴晚清有些失神，唤道："叶申。"

叶申抬头看到戴晚清的身影，指着阳台的绳索微笑着说："我们走吧。"

戴晚清正要攀上绳索，突然想到了什么。她莞尔笑着脱下了高跟鞋，爬上阳台，对着叶申说："叶申，我要跳下来，我要你接着我。"

叶申继续微笑："别闹，会受伤的。"

戴晚清只是抿嘴一笑，毫不犹豫地跳了下去。叶申伸手去接，眼里闪过不可察的意味。

很近，甚至可以闻到叶申身上独有的檀香。不过一瞬，叶申放开了手，依旧温和地笑着说："很危险，下次不要这样了。被发现了会有危险。"

戴晚清冷了目光说："叶申，你知道的，我从来就不怕死。"

"我只怕你会厌弃我。

"我只怕有人可以代替我。

"叶申，我们明明近在咫尺，却又隔着千山万水。"

这就是叶申和戴晚清距离最近的一次接触。

叶申这个人真的非常狠心，如果他不爱你，便一点机会也不会给你。

不过这样的日子也没有持续多久，戴晚清成为恒城最有名的女人不久后，就被送到了魏公馆，成为了魏之深名义上的女人。

戴晚清成了魏之深的人。

黑帮老大的情妇、白帮老板娘、替代了方秋意的女人，坊间传闻的任何一条，都在说戴晚清是个得罪不起的人。可魏之深却清楚，戴晚清是一颗好棋子，心却从来没有向着自己。

无法用金钱、权力笼络的女人太可怕，但他又无法舍弃这样好使的筹码。

魏之深曾经试探过她："叶申他只是在利用你达成自己的目的而已。"

戴晚清只是淡然地听着，然后轻描淡写地回答："旁人怎么诋毁叶申我都不会信的，就算是我亲眼看到，我也不会相信的。我只相信他告诉我的，哪怕是骗我，那也是我心甘情愿的。"

戴晚清从来不会在魏之深面前伪装自己，这是作为知道自己是颗怎样分量的棋子该有的觉悟和坦然。

没有什么忠心是不可被收买的，唯有爱情，会让尊严都变得微不足道。

所以当戴晚清第一次见到陆曼笙时，这么多年的梦终于被彻彻底底地击碎了。

在魏之深举办的晚宴上，与陆曼笙擦身而过的戴晚清闻到一股幽淡的檀木香，和整个浮华的晚宴大相径庭。

"那是谁？"看着一身墨绿长裙礼服的清丽背影，戴晚清疑惑道。

戴晚清自认见多识广，却也不得不承认陆曼笙那清冷、仿佛不食人间烟火的气质少有。她情不自禁地跟了上去，却意外地瞧见叶申在转角处拦住了陆曼笙。

一颗心仿佛沉入深海，原来自己钦慕多年的男子，也能露出那般随性的神态。只见叶申递给那女子一些东西，两人便分道扬镳。

只一眼，戴晚清就知道这姑娘于叶申来说和所有人都不同。叶申面对她时没有伪装和防备，这是自己认识他多年都未曾见过的模样。

自从晚宴归来，戴晚清就在房间里踱步了无数个来回，直到翠儿打听回来，喘着粗气和她汇报："小姐，打听着了，那位是南烟斋的陆曼笙老板。叶先生给她的东西是一张戏票。"

陆曼笙，几年前搬到恒城的香料铺老板娘，似乎是前朝官宦之后，除此之外她的事无人知晓。戴晚清有些泄气，不知何时叶申身边竟有了这样的人儿。

如此，就是自己和叶申的距离，相隔甚远。

戴晚清不死心，她要去看看这个陆曼笙到底是何方神圣。

所以第二日翠儿晨洗之后，便发现自家主子竟难得起早。戴晚清攥着戏票，依着时辰提早去了云生戏院。

看得翠儿忍不住嘟囔："小姐怎么突然想起来要听戏？以前登台的时候还没唱够呀……"

云生戏院的小厮是最有眼力见儿的，领着戴晚清进了平日里叶申专属的看台。戏开场了，台上唱的是曾经捧红了自己的《西厢记》，但戴晚清完全不在意台上青衣清朗的风姿，只心急如焚地寻找着陆曼笙的身影。

直到演到崔莺莺探病张生这一幕，戴晚清才看到自己寻觅已久的身影正匆匆往后台去，她连忙起身跟上。

蹑手蹑脚行至二层，戴晚清对云生戏院再熟悉不过。

"是元世臣派你来的？"窗阁之内传来陆曼笙轻柔的声音。

门外，戴晚清踌躇许久，思索着若真是陆曼笙与叶申相约在此处，自己接下来该如何是好？

"哐当——"

一阵杂乱嘈杂的撞击声猝不及防地响起，惊得戴晚清开窗窥视，只见地上躺了几个打扮成戏中角色的人，而陆曼笙正看着手中的纸条。

"不是世臣的字迹。"陆曼笙喃喃自语。

元世臣？听到这个名字，戴晚清陷入沉思。她曾帮魏之深调查过这个男人，似乎与叶申有些来往，当然，关于叶申的一切，戴晚清一律对魏之深缄默不言。

突然，陆曼笙身后有一老生扮相的男人扶着肩胛的伤颤颤巍巍地起身，执刀欲对陆曼笙下手。戴晚清毫不犹豫，推门而入反手击落老生手中的匕首，一掌敲晕老生。

陆曼笙飞速收起纸条，看向戴晚清，神色戒备："你是谁？"

"你的情敌。"戴晚清心里嘀咕，"你对叶申来说有所不同，若你有危险我却视而不见，我心中定会愧疚。"

面上，戴晚清却轻描淡写道："我是叶先生相熟之人。"

她的言语中透露着和叶申的亲近，言罢，戴晚清心中泛起了一丝得意，却见陆曼笙眼中有疑惑一闪而过。

"崔莺莺？"陆曼笙思索片刻，看着眼前容貌秀丽的女子恍然大悟，"你为何不再登台？你唱的《西厢记》旁人都比不得。"

闻言，戴晚清诧异，陆曼笙竟然看过自己初登台的戏，且记得饰演崔莺莺的自己，而不是因为自己是百乐门当红歌手亦或是魏之深的情妇。

"谢谢你。"陆曼笙擦拭好枪后答谢，准备离开。

戴晚清见陆曼笙对自己毫不在意，不满道："你可知我为何帮你？"

陆曼笙注目了戴晚清片刻，淡然一笑："自然是有莺莺姑娘的缘由，我已答谢，若是莺莺姑娘觉得曼笙言谢不诚，曼笙亦无可奈何。"

"你！"戴晚清语塞，如此伶牙俐齿倒是与某人有些相似。

"嗖——"突然一支箭矢破空而来，戴晚清还未来得及反应，就被眼前人伸手一揽，箭矢擦身而过。戴晚清回头，见陆曼笙挡在身后，护着自己。

箭矢将陆曼笙的袖子划开了口子，好在并未伤及体肤。

"莺莺姑娘，没事吧？"陆曼笙问道。

闻言，戴晚清抬头看着皱眉深思的陆曼笙，诧异道："没、没事……"

戴晚清手上的功夫不差，未曾想陆曼笙的功夫比她还好。但她使的却不是叶申的功夫，戴晚清有些失神。

楼梯上传来一阵脚步声，叶申的手下鱼贯而入，有人回话："陆老板，戴姑娘，放暗箭的人抓住了。"

陆曼笙点点头，指着地上的人道："告诉叶申，这不是元世臣的人，冲着魏之深来的另有其人。我会再调查的。"待下人示意明了，她转身对戴晚清道，"莺莺姑娘，就此别过。"

戴晚清呆愣许久，回过神来后她忙跑到窗口，对着已行至戏院门口的陆曼笙唤道："等一下！我不是崔莺莺，我叫戴晚清，你可记住了。"

陆曼笙回头，莞尔一笑。

就这一眼，戴晚清知道自己输了。她不能再朝着那道光走了，那是她永远走不到的地方。她不想放弃，却不得不放弃了。

可她曾经见过、有过，也不算遗憾了。

日子还是那样过，只是不再关注叶申的相关事情。戴晚清突然觉得释然许多，她只需专心扮演好魏之深的情人就是了。

一日闲暇时，戴晚清才发现，自己的衣柜里竟有着几百件衣裙，都是魏之深给她准备的。以往因为叶申喜欢青色，她也时常穿青色，所以一直不曾留意。看着琳琅满目的首饰衣裙，她许久才回过神来与翠儿说："我们去看看魏先生吧。"

翠儿喜上眉梢，她总觉得自家小姐对魏先生太过淡薄，如今戴晚清主动提起来，她怎能不高兴。自家小姐与魏先生好好的，才有她的好日子。

魏公馆距离白帮并不远，但戴晚清来的次数却很少。白帮门口挤满了来给魏之深送礼求办事的人，戴晚清仿若未见，下了车径直往里走。门口守卫自然没有人敢拦她。

突然有人揪住了戴晚清的手腕。

"阿沅？"是一个女人的声音。

这个名字既熟悉又陌生，戴晚清回头看着眼前这个穿着朴素、面容有些苍老的女人，满脸茫然，过了许久才想起她是谁。

"许小姐？"戴晚清开口问，这女人的眉眼瞧着像是当年将她卖到胭脂巷的许家大小姐。

那妇人猛地点头，语气亲昵道："哎哟，没想到在这里遇到你！阿沅，你认识魏先生？"

翠儿不爽道："我们家姑娘是魏夫人！"

戴晚清睨了翠儿一眼，示意她退下，这才打量起许家小姐的打扮。她离开胭脂巷以后听说许家小姐嫁给了她的表哥，但那表哥好赌，拿着家里的银钱花天酒地，许小姐的日子不大好过。

"那正好啊，我家夫君想找魏先生办点事，你帮我说一声。"妇人带了些命令的口吻说道。

戴晚清不着痕迹地挣脱了妇人的手，轻声道："我在魏先生面前说不上话，许小姐就不要为难我了。"

见戴晚清拒绝，那妇人立马变了脸色，高声道："什么夫人！不过就是个情人罢了。我对你客客气气的，倒是给你脸面了！"

门口本就有很多人，听见声响都围了过来。

"这女的，原是我府上的丫环，心怀不轨勾引男人，我好心只是将她逐了出去，如今她不知道用了什么下作手段攀上了魏先生！我定要与魏先生好好说说，将这女的赶走才是！

"后来她就跑去窑子里过活，也不知道勾搭了多少男人。

"听说还和白帮叶二爷有点什么关系……"

妇人见围观的人越来越多，越发起劲。曾经被她踩在脚底的丫环，如今却比她过得好，她如何能心里舒坦？

戴晚清没有解释，轻轻柔柔地说："那你见到魏先生后与他说便是了。"

说完戴晚清就要走，可那妇人拽住她还想再骂。

突然有男人低沉的声音传来："吵什么？"

众人抬头瞧去，只见魏之深从白帮门口走出来。

魏之深看到戴晚清，有些意外道："你怎么来了？"

戴晚清一时答不上话，她也不知道自己为什么要来，只好轻声说："你忙得都好几天没回去了，我来看看你。"

尽一个情人该尽的本分，戴晚清也不知道自己是演给旁人看，还是自己真心就想这么说。

妇人见到魏之深，急忙凑到他跟前，奉承道："魏先生你可还记得我？我们从前见过的，我是许家小姐，我夫君的茶叶生意……"

魏之深完全没有理会那妇人，突然高声道："以后，戴小姐所说的话就是我的命令。"

这就是给戴晚清撑腰来了。闻言，妇人脸色大变，忍不住退了几步。

"至于你……"魏之深回头看向妇人，冷哼道，"赶出去。"

这不是一个普通的命令，被魏之深亲令赶走，以后在恒城就再无人敢与许家相交了，许家的生活会愈发艰难。魏之深话音刚落，就听到妇人挣扎嘶吼的声音。戴晚清愣在原地。

"还杵在那里做什么？进来。"魏之深低声说。戴晚清这才回过神来跟了上去。

等魏之深离开后，周遭围观的百姓才敢议论。

"原来魏先生这么喜欢戴小姐啊。"

"天哪！他们虽没有结婚，但这就是魏夫人的待遇吧。"

"这许氏胆子也太大了，连魏夫人都敢惹……"

这些话传到戴晚清耳中，她突然觉得心中很是爽快。

一瞬间，她心里清明起来。

拨开迷雾，似乎有人在那里等着自己。

戴晚清小声告诉自己，所得非易，要懂得珍惜，总不会比爱而不得更难过。

她加快了脚步，向前跑去。

番外二

陆曼笙，我比你想象的更爱你。

元世臣，东三省最有势力的军阀。家财万贯，青年才俊，却迟迟没有成婚。

无数人家想把女儿嫁给他，可他一直在等那个人愿意嫁给自己。

元世臣少年时家境殷实，但那年元父遇疾病逝，元母只好领着元世臣和女儿元又语住到元二叔家中生活。但不久后元母因为操劳辛苦，累坏了身子也跟着元父去了，元世臣只得领着妹妹在叔叔婶婶手下讨生活。元家叔婶是市井小人，见兄妹俩没了依仗，便捏着元父留下的钱财苛待元家兄妹。元家兄妹时常缺衣少食，被叔婶掴打拉揉。

为了妹妹，元世臣只好忍气吞声。他负气离开自然无碍，但又不可能抛下元又语独自被叔婶苛待。可外头生活艰难，不晓得要吃多少苦，元又语听话乖顺，他舍不得。

这样的日子直到陆府派人来寻他们才结束。元母临终前担忧元家叔婶苛待孩子，便写信递到陆府，请求陆家照拂兄妹二人。元世臣的父亲是刑部尚书陆大人的手下，元母本想着多给孩子留个照拂，没想到担忧成真，元家兄妹在叔婶手里过得还不如乞儿。

元世臣借着陆家的势拿回了元父的财物，元家叔婶闹腾了几日，最终敢怒不敢言。

陆大人顾念元父，元家兄妹就这样住进了陆府。元又语成了陆家二小姐的丫环，而元世臣则跟着陆大人做事。

元世臣第一次见到陆曼笙，是元又语进陆府内院的时候。这下兄妹俩不得不分别，元又语在二门拉扯着元世臣的袖子不肯放手。他们没了爹娘，懂事的元又语也知道，自己跟着哥哥只会成为累赘，但她就是舍不得。

就在他们告别时，陆府二小姐陆曼笙领着丫环款款而至。她比元又语还小几岁，笑盈盈地走过来拉着元又语的手说："你是又语姐姐吧？父亲已经与我说过了，你不要害怕，陆府不会亏待你的。"

她语气轻柔和善，笑颜明媚。元又语就这样愣愣地看着陆曼笙，自己明明比陆曼笙大了几岁，陆曼笙却这样大方和善地与自己说话。元世臣见状也安心不少，陆家小姐是个好相与的，肯这样出来相迎，自家妹妹定不会受欺负了。

陆曼笙果然对元又语很好，她完全没有大户小姐的脾气，相反性子温顺谦和。元又语虽是丫环身份，二人却亲如姐妹。元又语负责打理陆曼笙院中的庶务，地位不言而喻，旁人都是要高看几分的。

元世臣见状更是放下心来，专心为陆大人做事。

偶尔几次相处，元世臣越发觉得这位二小姐心地善良，心中油然升起了保护她的心意。既然她对自己的妹妹好，他决定这辈子都会对她唯命是从。

元世臣性格沉稳干练，陆大人发现了元世臣行兵打仗的天赋。此时恰逢北方大乱，陆大人便提出送他去参军。留在陆大人身边虽安稳，但终究是奴仆身份，为了妹妹的未来，元世臣考虑后便答应了。

离开京上时，陆曼笙领着元又语来到城门口相送。元又语忍不住落了泪，她的兄长第一次要去这样远的地方，而且要去那么久。看着妹妹悲戚的神情，元世臣只得宽慰道："我又不是不回来了，你不要哭。"

元又语颔首："兄长要记得给我写信，当心安全。"

战场上刀剑无眼，元又语自然是担心的。

元世臣不自觉地看向元又语身后穿着竹青色大氅的少女，欲言又止，许久才道："麻烦二小姐照顾我妹妹了。"

陆曼笙笑得温善，轻声对元又语说："又语姐姐不要伤心了，元哥哥是建功立业为你挣前途去了，让你以后嫁个好人家，不让你被人欺负去了。你安心等着便是。"

元又语这才破涕为笑，用手点了点陆曼笙的额头，笑着说："谁教你说这样的话，二小姐也是学坏了。"

元世臣也跟着笑了起来，他看着陆曼笙眉眼弯弯，对往后会发生的事也没有那么惶恐了。

行军路真的很苦，北方的疆域一直有外族骚扰入侵，时常还会传来京上动乱的消息。元世臣没有家世背景，常会被派去做些苦累活。

没过多久京上送往北方的粮草就断了，将军不断安抚，军营众人苦等几个月都没有消息，开始焦躁不安起来。某一日，众人起来后发现将军竟然带着亲信和剩余的粮草连夜逃走了！将军乃是京上显贵，自然早早得到了京上无力再运送粮草的消息，这几天来不过是在欺骗众人。没有粮草便无法行路回京，大雪封路也无法去临近县城求救，只能等死。一时间几千人怨声载道，只余绝望。

元世臣不死心，他筹划路线，想带着人奋力一战。

等到天冷到连外族也不敢出营时，元世臣在入夜时带着人马烧毁了外族的马圈，抢来一批粮食。

其中艰险自不必说，元世臣的背上留下了从肩至腰的刀伤，但同去的人全部生还并带回了粮食。从此，军营上下无人不服元世臣，奉之为老大。

那次的伤让元世臣发了三日的高烧，但是值得。

虽然京上不再提供粮草，但仍是草草分了个将军头衔给元世臣，企图安抚众将士。但大家都深知，各地多有百姓、军队起义，或者打着旗号自立为王。

但元世臣却沉寂下来，他还在等，这不是最好的时机。

到了第二年冬天，京上发生了一件事——御史宋华严因上书陛下罪行落狱，在狱中自尽。上头震怒过后，关在牢狱中被连累的宋氏亲族却被遗忘。大雪纷纷，天寒地冻，寒冬难挨，宋华严的幺子宋廉差点死在牢狱中。陆曼笙去寻陆大人时，无意中撞见，就将宋家兄弟都救了下来。

陆曼笙将兄弟二人都送到了元世臣的身边，宋清、宋廉兄弟二人自幼熟读兵法，学识渊博，自然就成了元世臣的左膀右臂。

如果朝廷来了命令，元世臣就领兵装模作样地去剿"匪"，遇到弱小不堪的军队他就击溃收为己用，遇到势均力敌的对手他就私下达成盟友。时值乱世，此刻反朝廷的军队都是名不正言不顺的，谁也不愿意第一个与朝廷发生冲突，自然也愿意卖元世臣一个面子。

等各方军队回过神来时，元世臣的势力已经扩散到了整个东三省，竟无人能与之匹敌。

元世臣再次收到陆大人的信件时，预示着他不必再蛰伏、是时候为自己正名了。正在欣喜之时，第二封来信将他打入了冰窖深渊。

元又语病逝了。

这已经是年前的事了，信中没有隐瞒，将元又语和程玖、元家叔婶的事一一说清。元世臣第一次觉得撕心裂肺是这样的痛，他不停地喝酒来麻痹痛苦。每一晚的梦魇中，他都只能眼睁睁地看着他的妹妹元又语被大火席卷，而陆曼笙拼命地向火扑去，企图将元又语拉回来。大火烧毁了陆曼笙的衣服和头发，但她浑然不觉。可是元又语仿佛听不见似的，继续往大火中走去，直到消失不见，化作尘埃。

他最爱的人死了。

他就像个过客，无能为力。

第二日，元世臣放下军务策马赶回京上，平日里一个月的路程他跑死了几匹马，只用了十日就到了京上。

陆府早已乱成一团，无人看守。他畅通无阻地冲到内院，就看到自己的亲叔叔正在对陆曼笙下手。怒不可遏的元世臣抄起重物砸向元二叔，元二叔应声倒地。

元世臣这才看向坐在地上的少女。陆曼笙抬头看着他，面容有些憔悴，眼中却有欣喜。

"你来了。"陆曼笙嘟囔的声音越来越轻。

元世臣抱起陆曼笙，陆曼笙的怀里紧紧搂着元又语的牌位。元世臣心中五味杂陈，看着陆曼笙清丽的侧脸，他心中涌动的情绪竟然不是想保护她，而是想要娶她。这个想法突然就在他心里生根发芽。

元世臣将陆曼笙带离京上前往江南，恒城由漕帮掌控，这几年相对来说都会比较安生。只是他无法一路陪同，旁人对他的位置虎视眈眈，离开太久恐怕会军心动荡，他苦心经营的一切很可能会功亏一篑。他嘱咐自己精心栽培的宋廉照顾保护好陆曼笙，便狠心离开返回北方。

他想要夺得天下，时机不对他就蛰伏等待；他想要娶陆曼笙，就等陆曼笙心甘情愿地嫁给自己，绝不强逼。他有的是耐心。

时势造英雄，整整十年，元世臣终于成为了自认为配得上陆曼笙的人。他吞并了大部分军队，成为了势力最强大的军阀、东三省的霸主。

宋清曾劝过他，既然陆府陆大人都已经不在了，他自然是与陆曼笙般配的。但元世臣心里清楚，所谓的"差距"从来都与身份家世没有关系，如果陆曼笙不爱他，他们之间就永远有着无法跨越的距离。

元世臣时常会送些有趣精致的玩意到恒城，他的心意几乎都写在了宋廉的脸上。因为陆曼笙若是愿意嫁给元世臣，那他与兄长宋清也能团聚。

就在元又语逝世十年的忌日晚上，元世臣又做了从前的那个梦，梦里是熊熊大火正在吞噬整个陆府，但他没有看到陆曼笙和元又语。正在寻找之际，他猛然看到元又语就站在自己身后，狂风呼啸而过，风声里夹杂了她低泣着的劝诫。

"哥哥，她不是陆曼笙，你不要爱错人了。"

这是提醒，也是警告。

"没有爱错。"元世臣的神情没有变化，他缓缓地低下头，苦笑着回答，"我没有爱上陆曼笙。"

是的，元世臣一直就知道这个陆曼笙不是陆曼笙，从他回到京上看到她的第一眼起他就知道。原来的陆曼笙谦逊和善，但因为从小养尊处优，对外头那些污糟市井最是厌烦，看着元世臣的眼神是温和同情的。而那个在与元二叔抢夺牌位的陆曼笙果断隐忍，看向他的目光是真真切切的喜悦。

这是装不出来的，她没有把自己当作奴仆，也没有同情可怜自己。

从那刻开始，元世臣甚至有一丝期待，如果以前那个陆曼笙不在了也很好。这种该死的想法盘旋在他的心头，让他恼怒不已。这么期待的自己简直是罪恶至极！他如何对得起养育他的陆大人，如何对得起善待他妹妹的二小姐？

可他心里的欲望却越发膨胀，这世间只有一个她那样的人。无数个日夜元世臣都在想她是谁，她会不会走。哪怕她已经有着陆曼笙的身份了，但他依旧害怕，如果她没有选择自己，那他该怎么办？

所以当他得知陆曼笙的身边出现了叶申时，他再也等不下去了。他抛下军务来到恒城，等来的却是为了叶申拼命而昏厥的陆曼笙。

醒来后的陆曼笙变成了原来的陆曼笙。

梦醒了，元世臣失望至极。

军阀和白帮向来分庭抗礼，并非军阀惧怕白帮，而是白帮盘踞江南多年，军阀不敢强占，激起民愤可就不值了。但元世臣野心勃勃，他定要吞下江南。

利用白帮与东洋人的矛盾，让白帮产生内斗，一步步都在元世臣的算计之中。

他想要的陆曼笙不在了，因此他更没有了顾忌。

元世臣向来是个理性的人，他爱的陆曼笙不是现在的陆曼笙，但他依然愿意娶她，因为这样就能更好地控制叶申。他不喜叶申，但他也知道叶申绝对能成为自己不可多得的好帮手。

他向来公私分明，所有的人与物都会被他标注上"价值"二字。

可利用，不可利用。

当他做完这一切准备带着陆曼笙离开恒城时，他记挂的那个陆曼笙却回来了。

对此元世臣毫无喜悦，她的出现会让他失去所有的理智和判断力。

这一次的相逢即是告别。

陆曼笙下车离开时，元世臣追问道："你还会回来吗？"

他的语气有些卑微，但陆曼笙好像并没有理解他的意思，不置可否地点点头。

她自然会回来，还会跟着他回北方。

元世臣的心中不停地问，你会回来吗？你还会回来吗？不是那个陆曼笙，是你还会回来吗？

他没有问出口，自然也没有得到回答。

元世臣就这样看着她走到了叶申身边，面容上是他从未见过的淡然笑容。他一时看得出神，直到宋清走到他身边低声问道："督军，你为什么要帮白帮？这样做我们和东洋人的关系就彻底破裂了。驻扎在东三省外的其他军队对我们虎视眈眈，我们会有很大的危险。这不是督军你会做的事。"

"就这一次。"元世臣垂眸，声音沙哑，"我不想在她心里变成唯利是图的人。"

宋清自然不懂，辩解道："督军应该好好跟陆姑娘解释，陆姑娘可以理解的。如果我们守住了江南，我们就守不住北方。"

元世臣却突然说："宋清，你还记得小时候她把你们从刑部大牢里救出来，你弟弟快不行了，她拼尽全力救了你的弟弟吗？

"其实你们的生死与她何干。

"救了你们也许还会连累到陆府，可你们最后都活着不是吗？这里头她有多少艰难你们可知道？

"我做事向来权衡利弊，可我不想在她心里变成那样的人。

"这世间一切，都无法与她计较。"

所以元世臣看到陆曼笙晕倒的那瞬间，他的魂魄也像被抽走了一般。

他呆呆地望着远处的船只许久，直到天色暗下来，他转身回到车里，对司机说："走吧，回去了。"

"回哪里？"司机有些茫然。

"回北方。"

我早该清醒的，你不会回来的，你本来也不是为了我而来。

你不必知道原委，也不必内疚。

没关系的，我可以先放手。

分不清一直以来的是噩梦，还是美梦。

他终于醒过来了，这一次他失去了他的"陆曼笙"。

马上扫二维码，关注 "**熊猫君**"

和千万读者一起成长吧！